LOCUS

LOCUS

LOCUS

LOCUS

RECREATION

R 102
從我們開始
作者：柯琳．胡佛（Colleen Hoover）
譯者：趙盛慈
責任編輯：潘乃慧
校對：聞若婷
封面美編：簡廷昇
出版者：大塊文化出版股份有限公司
105022台北市松山區南京東路四段25號11樓
www.locuspublishing.com
讀者服務專線：0800-006689
TEL：(02)87123898 FAX：(02)87123897
郵撥帳號：18955675 戶名：大塊文化出版股份有限公司
印務統籌：大製造股份有限公司
法律顧問：董安丹律師、顧慕堯律師

It Starts with Us

總經銷：大和書報圖書股份有限公司
地址：新北市新莊區五工五路2號
TEL：(02) 89902588 FAX：(02) 22901658
初版一刷：2024年5月
定價：新台幣380元
Printed in Taiwan

從我們開始

IT STARTS WITH US

COLLEEN HOOVER

柯琳・胡佛　著
趙盛慈　譯

本書獻給大膽、勇敢的瑪莉亞・布萊洛克（Maria Blalock）

親愛的讀者：

這是《以我們告終》的續集小說，接續第一本小說的結尾寫起。建議你讀完第一本再閱讀《從我們開始》，這樣才能獲得最佳閱讀體驗。

出版《以我們告終》以後，我沒有想過有一天會提筆撰寫這本書的續集，也沒有想過《以我們告終》會獲得如此廣大的迴響。一如我從母親的故事獲得了力量，對於所有從莉莉的故事獲得力量的讀者，我由衷感謝。

《以我們告終》在抖音平台爆紅之後，我收到非常多讀者傳來的訊息，希望我能繼續寫莉莉和亞特拉斯的故事。我要如何拒絕這群改變我一生的人們的要求？我要用這本小說來感謝書迷的大力支持，所以這將是讀來輕鬆愉快許多的一本小說。

莉莉與亞特拉斯，值得有此待遇。

希望大家都能享受他們的故事。

獻上我全部的愛——

柯琳・胡佛

第一章 ［亞特拉斯］

波比餐廳的後門被人用紅色噴漆寫上「屎、王、八、蛋」，裡頭的第一個錯字，讓我想到我的母親。

她總是把那四個字分開來念，彷彿是四個獨立的詞。每一次聽見我都想笑，但當你就是那個經常被人如此咆哮辱罵的孩子，你實在很難感受其中的幽默。

「屎……王八蛋。」達倫咕噥說道：「那一定是小孩子搞的，大人大多知道是『死』，不是『屎』。」

「那可不一定。」我觸摸噴漆，漆已經乾掉，沒沾上手指。不管是誰做的，一定是昨天晚上關店後就噴上的漆。

達倫問：「你覺得對方是刻意寫錯字嗎？他們是不是想表達，你壞透了，說你是不折不扣的『屎』王八蛋？」

「你為什麼覺得對方衝著『我』來？也許他們是要罵你或布萊德。」

「這是你的餐廳。」達倫脫下外套，墊著外套，從窗戶邊緣撬起一大塊裸露的碎玻璃。「也許是不滿的員工搞的鬼。」

「我有不滿的員工？」我想不出有哪個領我薪水的人會做這種事。上一次員工離職是五個月以前，況且她是因為大學畢業離職，不是跟我鬧翻。

「在你雇用布萊德之前，有一個洗碗工，叫什麼名字來著？名字是礦物之類的，超怪。」

「石英。」我說：「那是綽號。」我很久沒想起這個人了。他真的會對我積怨積這麼久？當時這間店剛開幕沒多久，我就把他解僱了。我發現，除非他看到盤子上殘留了食物，不然他不會動手清洗。玻璃杯、盤子、銀器等餐具，只要從餐桌送回廚房的時候看起來很乾淨，他就直接放上碗盤瀝乾架。

要是我不開除他，餐廳很可能遭到衛生主管機關勒令停業。

「你應該打電話叫警察。」達倫說：「我們得申請保險理賠。」

我還沒來得及反對，布萊德就出現在餐廳後門，一雙鞋將腳下的碎玻璃踩得吱嘎作響。布萊德剛才在屋內清點庫存，查看是否有東西遭竊。

他搔了搔下巴周圍的鬍碴。「他們拿了麵包丁。」

我們都狐疑地沉默了一會兒。

達倫問：「你剛才說『麵包丁』？」

「對，他們把昨天晚上做的麵包丁全拿光了，不過餐廳裡似乎沒有遺失其他東西。」

我完全沒料到會碰到這種情況。某個人偷偷闖進餐廳，卻什麼器材也沒拿，也沒拿走任何值錢的物品，那對方很可能只是肚子餓才闖入偷竊。我自己就很清楚那種走投無路的感覺。「我不打算報案。」

達倫轉向我：「為什麼不報案？」

「犯案的人可能會被抓到。」

「那就是報案的目的啊。」

我從垃圾箱拿出一個空盒子，撿拾玻璃碎片。「我曾經闖進一家餐廳，偷了一個火雞肉三明治。」

布萊德和達倫同時盯著我看。

達倫問：「你是喝醉了嗎？」

「不是，我是肚子餓。我不希望有人因為偷麵包丁而被警察逮捕。」

「好吧，但也許食物只是開端，要是他們下次回來偷設備呢？」達倫說：「監視攝影機還是壞的嗎？」

他催我修理攝影機，催了好幾個月。「我很忙。」

達倫從我手中拿走裝玻璃的盒子，去撿剩下的玻璃碎片。「你應該在那些人又來搗亂之前，把攝影機修好。靠，波比餐廳實在太好攻擊了。他們今天晚上甚至可能去攻擊柯瑞根餐廳。」

「柯瑞根餐廳有保全系統。我不覺得有誰會到我的新餐廳搞破壞。他們只是順路打劫，不是鎖定哪間餐廳闖入偷竊。」

達倫說：「**最好是**。」

我正要張嘴回話，就被手機收到的簡訊打斷。我應該從來沒那麼快伸手拿手機。當我看見那不是莉莉傳來的簡訊，不禁有些洩氣。

今天早上我出門採買時，跟莉莉不期而遇。這是我們一年半以來第一次見面，不過她上班快要遲到了，我又收到達倫告知餐廳被闖空門的簡訊，所以我們道別得有點匆促，最後她表示到了上班地點會再傳簡訊給我。

已經一個半小時過去，我還沒收到她的簡訊。一個半小時是沒有多久，但是纏繞在我胸口的不安始終揮之不去；它試圖要我相信，莉莉對我們在人行道那五分鐘說的話有所猶豫。

我對「我自己」說的話沒有一絲一毫的後悔。也許，看見她那麼快樂、得知她沒有婚姻關係，讓我一時有些激動，但我說出口的每一個字、每一句話都發自內心。

我準備好了。**完全**準備好了。

我點開手機上她的聯絡資訊。這一年半，我數度想傳簡訊給她，但我最後一次跟她交談時已然表明心意，等待她的回應。當時她有太多事要處理，我不想讓她的生活變得更複雜。

現在她恢復單身了。我從她的話聽出，她終於準備好、要試試看我們能一起走多遠。可是她已經花了一個半小時，去思考我們剛才的對話。一個半小時，足以令人反悔。只要還沒收到她的簡訊，每一分鐘對我來說都像要命的一整天。

她在我手機上的顯示名稱還是「莉莉．金凱德」。於是我重新編輯姓名，把她的姓氏改回「布隆」。

我感覺達倫在我旁邊打轉，想越過我的肩膀看手機螢幕。「那是『我們的』莉莉嗎？」

布萊德抬起頭來。「他在傳簡訊給莉莉？」

我疑惑地問：「『我們的』莉莉？你們跟她才見過一次面。」

達倫問：「她還有婚姻關係嗎？」

我搖頭。

「真替她高興。」他說：「她那時懷孕了吧？她後來生了男孩，還是女孩？」

我不想討論莉莉的事，還沒有什麼好討論的。我不想八字還沒一撇就滿心期待。「是女孩，這可是我回答的最後一個問題。」我把焦點轉到布萊德身上。「席歐今天會來嗎？」

「今天是星期四，他會過來。」

我往餐廳裡頭走。如果我要跟任何人談論莉莉，那只有席歐。

第二章 〔莉莉〕

從我遇見亞特拉斯，已經過了快兩小時了，我的手還在發抖。我不曉得我手抖是因為激動慌張，還是因為從踏進花坊開始就一直在忙，忙到沒時間吃東西，連閒下來五秒鐘去想早上發生的事都不太有辦法，更別說去吃我帶來的早餐。

剛才真的發生了那件事？我真的連珠炮似地問亞特拉斯一堆超級尷尬，足以讓我接下來一整年羞愧難當的問題？

不過他的樣子看起來並不尷尬。他看見我似乎非常高興。他伸手擁抱我的時候，我內心冬眠已久的一塊地方突然甦醒過來。

我直到現在才有時間上廁所。我看著鏡中的自己，有點想哭。我身上有好多污漬，衣服抹到紅蘿蔔泥，指甲油大概從一月就開始剝落了吧。

倒不是說亞特拉斯會希望或想要我一切完美。但我想像過好多次遇見他的情景，完全沒料到會在鬧哄哄的早晨和他偶遇，而我半小時前，才剛被滿手副食品、十一個月大的嬰兒攻擊。

他的樣子好帥，身上好香。

我身上應該都是母乳的味道吧。

這一次偶遇可能代表的意義，令我十分慌張。我花了兩倍時間，才把今天早上要給送貨員的東西整理完畢，都還沒看官網今天有沒有新的訂單。我又看了鏡中的自己最後一眼，只見一個滿臉疲憊、操勞過度的單親媽媽。

我走出廁所，回到收銀台，從印表機抽出一張訂單，開始製作卡片。我從沒像現在這麼需要其他事情來轉移注意力，很慶幸今天早上必須忙東忙西。

訂單上寫著，某個叫「強納森」的人訂了一束玫瑰花，要送給一個名叫「葛蕾塔」的人。卡片內容是：**昨晚很抱歉，可以原諒我嗎？**

我悶哼一聲。我最不喜歡包裝道歉花束。我總會不停猜想，對方是因為什麼理由而道歉。是放約會對象鴿子嗎？太晚回家？是不是吵架了？

還是他動手打了她？

有時候，我會想在卡片寫上家暴收容所的電話號碼。我得提醒自己，不是每一次道歉，都像我曾經需要對方道歉的情況那麼糟。也許強納森是葛蕾塔的朋友，想要鼓勵她振作。也許他是她的老公，玩笑開得有點過了頭。

不管送花的原因是什麼，我都希望送花的用意是好的。我把卡片放入信封，插進玫瑰花束，再把花束放到配送架上。我正要查看下一張訂單時，手機收到一則簡訊。

我急忙伸手拿手機，彷彿簡訊會自動消失，僅剩三秒鐘可以讀取。看見螢幕上的訊息，我縮了一下，那不是亞特拉斯傳來的訊息，是萊爾。

她可以吃薯條嗎？

我快速回覆一封簡短的訊息。**軟的可以**。

我把手機碰的一聲重重放回櫃台。我不喜歡她太常吃薯條，不過萊爾一星期只照顧她一、兩天。她跟我在一起的時候，我會盡量讓她吃得營養一點。

可以有幾分鐘不去想萊爾的事，讓我心情很好。但他的簡訊提醒我他的存在。我擔心只要有他在的一天，**我就不能**跟亞特拉斯來往，連當朋友都不可以。如果我開始跟亞特拉斯交往，萊爾會怎麼想？如果他們兩個得碰面相處，他會怎麼反應？

也許現在想這些還太早。

我盯著手機看，想著該對亞特拉斯說些什麼。稍早我告訴他，等我到了店裡再傳簡訊給他，但我還沒打開花店的門鎖，就有客人在門外等著進來。剛才我又收到萊爾的簡訊，猛然想起還有萊爾的存在，讓我猶豫究竟該不該傳簡訊給亞特拉斯。

花店大門打開，我的員工露西終於現身。她總是把自己打扮得漂漂亮亮，不過我看得出來她心情不好。

「露西，早安。」

她把擋住眼睛的頭髮撥開，將包包放到櫃台上，嘆口氣。「這個早上一點都不平安。」

早上的露西不怎麼友善。這也是為什麼十一點之前，花坊通常都由我或另一名員工賽琳娜替客人結帳。露西通常待在後頭整理物品或文件。她要到喝完一杯咖啡，甚至五杯咖啡以後，才比較有心情跟客人應對。

「我剛才發現我們的賓客座位卡沒有送來，卡片停產了，現在要再加訂也來不及。婚宴剩不到**一個月**了。」

這場婚禮的籌備出了好多狀況，我真想跟她說乾脆別辦，但我不是迷信的人，希望她也不是。我提議：「現在很流行自己製作座位卡。」

露西翻了個白眼。「我討厭手工藝。」她咕噥：「我現在連婚宴都不想辦了。感覺辦婚禮的時間已經超過我們交往的日子了。」**是沒錯**。「也許乾脆取消，直接到拉斯維加斯登記算了。你們當初是裸婚，直接跑去登記結婚吧？妳後悔了嗎？」

我不曉得她講的這些，該從何回起。「妳怎麼會討厭手工藝？妳在花店工作耶。還有就是我已經離婚了。我當然後悔裸婚這件事。」我把一小疊尚未處理的訂單交給她。「不過**很有意思**。」我向她坦承。

露西到店鋪後方處理剩下的訂單，我的思緒則飄回亞特拉斯，**還有萊爾**，以及世界末日——這就是他們兩個同時存在我腦海裡，帶給我的感受。

我不曉得事情能如何順利進行。亞特拉斯跟我不期而遇時，包括萊爾在內的所有事，彷彿都消失無蹤。但現在萊爾又悄悄潛回我的腦袋。他已經不像「從前」那樣令我心心念念，而是像擋在路中間的障礙物。基本上，我的感情世界終於平靜無波，是因為我至少整整一年半沒有談戀愛。但是現在我覺得向前望去，我的感情世界只有崎嶇地帶、障礙物和懸崖峭壁。

這麼做值得嗎？為了亞特拉斯，當然值得。

可是為了「我們」值得嗎？我們有可能開花結果嗎？縱使讓我的生活其他方面充斥各種無可避免的壓力，還是一樣值得？

我的內心好久沒有這麼衝突。一部分的我，好想打電話給亞麗莎，把遇見亞特拉斯的事告訴她。但我不能這麼做，她知道萊爾對我還有感情，也知道如果我把亞特拉斯牽扯進來，他會有怎樣的感受。

我也不能跟我母親說，因為她是我媽媽。儘管近來我們母女的感情愈來愈親密，我仍無法自在地跟她談論感情生活。

只有一個人，我可以暢所欲言地談論亞特拉斯。

「露西？」

她從店面後方探出頭來，從耳朵拿掉一只耳機。「妳找我？」

「妳可以幫我顧一下花店嗎？我要出去辦點事，一小時後就回來。」

她走到櫃台後面，我拿起包包。有了愛默生之後，我沒有太多時間獨處，所以偶爾會在上班日，趁店內有人幫忙還走得開，盡量挪出一小時。

我有時喜歡一個人靜靜沉思，如果小孩在身邊，即使她在睡覺，我還是處於母親模式，無法真正靜下心思考。至於上班時間，不斷有各類事情要處理，很難有一段不受打擾的寧靜時光。

我發現，在車上一個人聽音樂，偶爾配一塊芝樂坊餐廳的甜點，就能解開腦袋的結。

我把車停在可以清楚欣賞波士頓港的位置，將汽車座椅的椅背調低，拿起我帶來的筆記簿和筆。我不知道這麼做，會不會產生偶爾吃塊甜點的效果，但我很需要像從前那樣釋放腦中的思緒。這個方法，在我需要讓思緒沉澱的時候，曾經幫助我。儘管這一次我希望的，只是讓世界不要分崩離析。

親愛的艾倫：

猜猜看是誰回來了？

是我。

還有亞特拉斯。

我們回來了。

今天早上，我帶著愛咪去找萊爾的途中，偶遇亞特拉斯。我見到他很開心。再次見到他，得知雙方各自的生活狀態，讓我更加確定自己的感情，只是我們的道別有些匆促。他的餐廳出了一點狀況、趕著去處理，而我開店也晚了，所以分開之前，我說會再傳簡訊給他。

我眞的想要傳簡訊給他，尤其是見到他，讓我想起我有多想念待在他身旁的感覺。

直到今天早上跟他相處的那幾分鐘，我才意識到自己有多寂寞。自從我跟萊爾離婚以後……喔，等一下。

哇，我還沒告訴妳我離婚了。

我實在太久沒寫信給妳了，請讓我前情提要。

愛咪出生之後，我決定從此和萊爾各走各的路。我把握愛咪剛出生的時機，馬上向萊爾提出離婚。我不是故意要挑那一刻折磨他，而是直到我懷裡抱著愛咪，知道要盡己所能打破家庭暴力的循環，才得以抉擇。

沒錯，提出離婚令人傷心，而且，我心碎了。可是我並不後悔。這個選擇幫助我瞭解，有時候，最困難的決定會帶來最好的結果。

我不能騙妳說我不想他，因爲我很想念他。我想念某些相處時光，想念我們原本可以給予愛默生的美好家庭。但我知道這是正確的決定，儘管有時候，我感覺自己快被這個沉重的決定給壓垮。困難的地方在於，我得繼續和萊爾往來。他身上還是有那些當初令我愛上他的優點，而現在我們不再是夫妻，不太會看見導致我們分手的缺點。我想那是因爲他在盡力拿出最佳表現。他必須配合我，沒有太多的抗議空間，因爲他很清楚，我本來可以通報他對我家暴，那樣他失去的就不只是妻子，而是更多。也因此，後來談監護權協議，比料想中來得順利。

很可能是因爲我提出的異議比他還少。我表達我想要爭取單獨監護權時，律師直截了當告訴我別這麼做。除非我願意上法庭揭露婚姻關係中最難堪的遭遇，否則我不太可能阻止萊爾探視愛默生。而且律師說，就算我主張萊爾家暴，一個沒有前科、願意照顧孩子，又事業有成、挑起家中經濟大樑的爸爸，也不太可能被撤銷關於孩子的各項權利。

我仔細思考手邊的兩種選項。我可以選擇對萊爾提告，把事情鬧上法院，最後很可能只落得協議共同監護愛默生。而同樣是共同監護，我可以試著跟萊爾談出雙方都滿意的條件。

大致上，我們各退了一步，但世上沒有一種協議，能讓我在得知對方脾氣很大的情況下，還安心地把女兒送去與他共處。我能做的，只有在監護權協議中兩害相權取其輕，希望愛咪永遠不會看見他的另外一面。

我想讓愛咪跟她父親培養好感情。我從沒想過要阻止她跟萊爾相處。我只想確定她是安全的，所以才央求萊爾答應頭幾年只在白天探視愛咪。我始終沒有明白告訴他，我無法確定是不是眞能把女兒託付給他。當時我應該是以我必須親餵，以及萊爾的工作要隨時待命當藉口，但我心裡很清楚，他知道我不讓愛咪在他家過夜的原因。

我們不談之前的家暴事件，只談愛咪，談工作，在女兒面前堆起笑臉。有時候很像硬擠出來的假笑，至少對我來說是這樣，但那總好過我對他提告還告輸。如果這麼做，可以不必跟他共享實質的監護權，不必增加讓女兒見識他最糟一面的風險，我會繼續強顏歡笑，直到女兒十八歲。

到目前爲止，事情進展得還算順利。除了他偶爾對我施展情緒操控和不必要的調情舉動。儘管我在談離婚的過程中，明白表示過我的感受，但他對我們的共同未來仍抱有希望。有時候，他會說一些話，透露他還沒完全放棄與我共組家庭。我很擔心萊爾之所以願意配合，有很大的原因是，他認爲只要持續好好表現，就有挽回我的一天。他相信時間久了，我自然會心軟。

可是艾倫，人生不會只按照他的劇本走。總有一天，我會放下陰霾繼續前進，而且老實說，我希望前進的方向是亞特拉斯。現在要去揣測我跟亞特拉斯的未來還太早，但我非常清楚不論再過多久，我都不可能重回萊爾的懷抱。

從我跟萊爾提離婚到現在，即將邁入一年。但從導致我們分手的爭執算起，快要十九個月，所以我有超過一年半沒有談戀愛。

時隔一年半再次談感情，應該等得夠久了。如果對方不是亞特拉斯，時間應該綽綽有餘。可是現在該怎麼辦？如果傳簡訊給亞特拉斯之後，他邀我一起吃午餐？如果午餐吃得很愉快（一定會的），從午餐變成晚餐呢？如果晚餐讓我們立刻重拾年少的美好時光？如果我們都很開心，再次愛上對方，而亞特拉斯永遠走進我的人生呢？

我知道這些話聽起來是我想太多，但我們講的這個人可是亞特拉斯。除非他個性一百八十度大轉變，艾倫，我想妳跟我都曉得，我有多麼容易愛上他。所以我才會這麼猶豫，我害怕一切進展得太順利。

如果進展順利，萊爾會如何看待我的新戀情？愛默生快要滿一歲了。我們這一年過得還算風平浪靜，但我知道那是因爲沒有干擾，我們找到了平順的生活節奏。爲什麼我感覺，提起亞特拉斯將引起一場大海嘯？

並不是說，我應該因爲萊爾而去擔心眼前的狀況，但他確實可能讓我的談戀愛過程變成地獄。萊爾為何仍在我的層層心思中占據一大部分?我的感覺就是那樣:即使眞的有好事發生,在我思前想後、做決定時,總有一份心思,必須顧慮萊爾和他的可能反應。

我最害怕的是他的反應。我也希望他不會嫉妒,可是他一定會。如果我開始跟亞特拉斯交往,他會為難我們每一個人。就算我知道離婚是正確的選擇,那依然是附帶後果的一項選擇,其中之一就是萊爾會永遠將亞特拉斯視為破壞我們婚姻的那個人。

萊爾是我女兒的父親。不論今後在我的人生來去的男人是誰,如果我想要給女兒平穩安定的生活,都無可避免要好好安撫萊爾。而萊爾絕對不會樂見亞特拉斯.柯瑞根重新參與我的人生。眞希望妳可以告訴我該如何抉擇。亞特拉斯的出現勢必會引發一場混亂。我該為了避免這場混亂,而犧牲可為自己帶來快樂的事物嗎?

我心裡是否永遠有個亞特拉斯專屬的空缺?唯有答應讓他走進我的生命,才能將之塡滿?他在等我傳簡訊給他,但我還需要一點時間思考。我甚至不知道該對他說些什麼,也不知道該怎麼做才好。

等我想出來,再告訴妳。

——莉莉

第三章

〔亞特拉斯〕

「『我們終於**到岸**了』？」席歐說：「你真的那樣**跟她說**？你真的說出口了？」

我在沙發上不安地變換姿勢。「我們以前都很喜歡《海底總動員》。」

「你會跟她說**卡通片**的台詞？」席歐誇張地抬起頭，表示無語問蒼天。「說那句話沒有用，從你遇見她到現在已經超過八小時，她都還沒傳簡訊給你。」

「她可能在忙。」

席歐傾身向前說：「或者你表現得太急切了。」他雙手交握，手夾在膝蓋中間，重新聚焦。「ＯＫ，在你說出一堆庸俗的搭訕詞之後，發生什麼事？」

這傢伙真是冷酷無情。「什麼也沒發生。我們都得去工作。我問她是否還留著我的電話號碼，她說她背下來了，然後我們就道別……」

「等一下。」席歐打斷我：「她把你的電話號碼**背下來**？」

「顯然是。」

「好啊。」他看起來充滿希望。「這可不是一件小事，現在已經沒有人在背電話號碼了。」

我跟他想的一樣，但我也在猜想，她把電話號碼背下來是不是有其他原因。當初我把電話號碼寫下來、塞進她的手機殼，是為了讓她應付緊急狀況。或許她也擔心會不會有需要用到的一天，而不是因為我才把電話號碼背下來。

「那我該怎麼做？傳簡訊給她？打電話給她？還是等她主動聯絡？」

「亞特拉斯，已經八小時了。冷靜點。」

他突然這樣建議，讓我丈二金剛摸不著頭腦。「兩分鐘前，你讓我覺得隔了八小時沒傳簡訊，實在太久。現在你又叫我冷靜？」

席歐聳聳肩，拿腳蹬我的辦公桌、轉起椅子。「我才十二歲，連支手機都還沒有，你卻要問我傳簡訊該有的禮貌？」

我很驚訝他竟然還沒有手機。布萊德不像那麼嚴格的父親。「你怎麼會沒有手機？」

他若有所思地說：「我爸說等我滿十三歲就買給我，再等兩個月。」

布萊德六個月前升職之後，每週有一、兩天，席歐放學後會來餐廳。席歐告訴我，他長大後想當諮商師，所以我就讓他拿我當練習對象。起初我們聊天，主要是為了幫他，但最近我發覺接受幫助的人是我。

布萊德把頭探進辦公室找兒子。「走吧，亞特拉斯還要工作。」他朝席歐示意要他站起來，但席歐繼續坐在我的辦公椅上轉圈。

「是亞特拉斯把我叫過來的，他要聽我的意見。」

「我永遠無法理解現在是什麼情況。」布萊德說，指了指我和席歐。「你要聽我兒子給你什麼意見？叫他教你怎麼閃躲家事，還是怎麼在電腦遊戲《當個創世神》中獲勝？」

席歐站起來，雙手高舉過頭，伸個懶腰。「其實是女生的事，而且《當個創世神》的重點不是贏得比賽。老爸，那是自由進行的沙盒遊戲。」席歐走出辦公室，同時轉頭看我。「傳簡訊給她吧。」他說得一副理所當然的樣子。也許，就是這麼簡單。

布萊德把他拽離門口。

我坐回辦公椅，盯著空蕩蕩的手機螢幕。**也許她背錯號碼了**。

我打開她的聯絡資訊，猶豫該不該傳簡訊。或許被席歐說中了。我今天早上可能表現得太過急切。當時我們在路上相遇，沒說幾句話，但說出口的話確實經過了思量，別具意義。或許那樣嚇到她了。

又或許……真被我猜中，她背錯號碼了。

我的手指停在螢幕鍵盤上。我很想傳簡訊給她，又不想給她壓力。但她跟我都曉得，要是我在有關她的決定沒犯那麼多錯，我們現在的人生會大不相同。

許多年來，我總是企圖尋找藉口，解釋為何我的人生不配擁有她的參與，但莉莉與我天造地設，她就是我的真命天女。這一次我不要再什麼都不嘗試就讓她離開。首先，要確定她有我的電話號碼，而且是正確的電話號碼。

莉莉，今天見到妳，我非常開心。

我等了一會兒，看她會不會回覆。當我看見代表正在輸入的三個圓點冒出來，不禁屏住呼吸，滿心期待。

我也是。

我瞪著她回覆的簡訊看了許久，希望那只是其中一封，接著還會有另一封傳過來。但是沒有，我只收到這一封簡訊。

只有三個字，我讀得出話中的含意。

我充滿挫折地嘆氣，任由手機滑落在桌上。

第四章 ［莉莉］

打從愛默生一出生，我跟萊爾就和一般父母不大一樣。應該沒有父母會同時辦離婚，並在新生兒出生證明上簽名。

面對萊爾讓我不得不結束婚姻，我是很失望，但我絕不會阻止他跟女兒培養感情。他的行程非常滿，所以我盡可能地配合他，有時甚至會趁他午休，把女兒帶去工作地點找他。

早在愛默生出生前，我就給了他一把我家的鑰匙，只因我一個人住，擔心我生小孩的時候，他需要進入屋內，卻沒有鑰匙開門。愛默生出生後，他沒有把鑰匙還給我，但我一直打算把鑰匙拿回來。少數幾次，他的手術安排得比較晚，有一些空檔，可在我出門後的白天時段來家裡陪愛咪。所以直到現在，我都還沒有拿回鑰匙。可是最近他送愛咪回家，就用這把鑰匙直接進門。

今晚我才剛關店，就收到他傳簡訊說愛咪累了，要把她送回家，哄她睡覺。最近他經常用那把鑰匙進入我家，讓我不禁懷疑，他想多花時間相處的人不是只有愛咪。

我終於回到公寓，大門沒鎖。萊爾人在廚房，聽見大門關上，抬頭看了我一眼。

「我買了晚餐過來。」他說，拿起一個袋子。那袋食物來自我最喜歡的泰式餐廳。「妳還沒吃晚餐吧？」

我不喜歡這樣。他在這裡待得愈來愈自在了。但我今天已經累得沒心情管那麼多。我搖搖頭，決定改天再處理這個問題。「還沒，謝謝。」我把包包放到桌上，經過廚房門口，往愛咪的房間走去。

他提醒我：「我才剛哄她睡著。」

我在她的房門外停下腳步，把耳朵貼在門上。房內很安靜，於是我離開房門，沒有吵她，逕自朝廚房走去。

我對今天稍早三言兩語回覆亞特拉斯的簡訊非常過意不去，可是我跟萊爾的互動方式證實我所擔心的一切。我的前夫還會幫我買晚餐、擁有我家大門的鑰匙，在這種狀況下，我要怎麼跟新對象發展感情？

我得先和萊爾劃清界線，才能思考和亞特拉斯交往的可能性。

萊爾從我的桌上型紅酒架挑了一瓶紅葡萄酒。「我可以開這瓶酒來喝嗎？」

我聳聳肩，把泰式炒河粉舀到我的餐盤。「你開吧，但我沒有要喝。」

萊爾把酒瓶放回去，改替自己倒了杯茶。我從冰箱拿出一瓶水，和他一起在桌邊坐下。

「她今天還好嗎？」我問他。

「有一點躁動，但我去辦了很多事。我猜她在兒童安全座椅上上下下也累了。去亞麗莎家的時候就好多了。」

「你下次什麼時候休假？」我問他。

「還不確定，我再跟妳說。」他靠近我，用拇指把我臉上的髒污抹去。我瑟縮一下，但他沒注意到，或者假裝沒注意到。我不確定他知不知道，每次他的手接近我，我都沒有太好的反應。根據我對萊爾的瞭解，他很可能以為我對他產生了曖昧的火花，才會退縮。

愛咪出生後，某些時刻我會感覺火花在我們之間竄出，比如當他做了貼心的舉動、說出貼心的話，或是抱著愛咪唱歌給她聽，這時我心中會漸漸冒出對他的熟悉渴望。可是我也發現不知怎地，每一次我都會瞬間抽離。縱使情感短暫波動，只要有過一次慘痛的回憶，那些短暫的波動都會瞬間黯然無光。

這是一條漫長崎嶇的路，但那些情感最終還是煙消雲散。

我想這是因為我寫了一張表，將選擇離婚的原因全部列出。有時他從我家離開後，我會走到房間讀這張理由表，讓大腦複習這對大家是最好的安排。

好吧，或許這不是「最好」的安排，因為我還是想把鑰匙拿回來。

我正打算再吃一口河粉，卻聽見放在餐桌另一端的包包傳出沉悶的叮咚聲。我放下叉子，搶在萊爾前面去拿手機。倒不是他會看我的手機簡訊，只是我現在不希望他為了表示禮貌，幫忙遞手機給我。他可能會瞥見簡訊是亞特拉斯傳來的。我還沒準備好面對可能引發的風暴。

但那不是亞特拉斯傳來的簡訊，而是我母親。她把這週稍早幫愛咪拍的照片傳給我。我把手機放下、拿起叉子，但萊爾直盯著我瞧。

「是我媽。」我說，我不曉得自己為何要告訴他。我不需要向他解釋，只是不喜歡他那樣盯著我。

「妳原本**希望**是誰？妳幾乎整個人撲向桌子另一邊去拿手機。」

「沒有誰。」我喝了口水，他仍盯著我。我不曉得萊爾能猜到多少我的心思，但他似乎知道我在騙他。

他用叉子捲起河粉，下顎緊繃，低頭看著餐盤。「妳有交往對象了？」他的語氣尖銳起來。

「雖然跟你沒什麼關係，但我沒有。」

「我沒說跟我有關，只是在閒聊。」

我沒有回話，因為他在騙人。離婚沒多久的前夫，問前妻是不是有交往對象，絕對不只是閒聊那麼簡單。

「我確實認為我們需要找時間，認真談一下交往對象的事情。」他說：「不管是妳還是我，都要先談一談，才能讓其他人跟愛默生相處。或許先設一些基本原則。」

我點頭。「我認為除了這件事，我們還有很多事要設基本原則。」

他眯起眼睛。「比如說？」

「比如說，你能不能進來我家。」我嚥下一口口水。「我想要回我家的鑰匙。」

萊爾沒有回答，只是不苟言笑地盯著我。他把嘴巴擦乾淨，說：「我不能送女兒上床睡覺？」

「我不是那個意思。」

「莉莉，妳知道我的行程有多滿，我根本沒多少時間見到她。」

「我的意思不是要減少你們見面的時間。我只是想要拿回**我家**的鑰匙，隱私對我很重要。」

萊爾的表情變得僵硬，他在生我的氣。我知道他會生氣，但他在小題大作。那跟我讓他多久見一次愛咪無關，我只是不希望他隨意進出我家。我搬出來住、跟他離婚，是有原因的。

那不是什麼大的改變，但我需要這麼做，否則我們將永遠卡在這個不健康的日常模式中。

「那我要開始讓她跟我過夜。」他斬釘截鐵地說，並觀察我的反應。我知道他可以察覺到，我馬上因為這句話陷入不安。

我刻意用和緩的語氣說：「我覺得我還沒準備好。」

萊爾砰的一聲把叉子放到餐盤上。「也許我們需要修改一下孩子的監護權協議。」

這句話觸怒了我，但我設法忍住怒火，不對他發作。我站起身，拿起餐盤。「萊爾，你是認真的嗎？我想拿回『我』家的鑰匙，你就拿法院來威脅我？」

這是我們都同意的協議，他卻一副拿好處的人「只有我」的樣子。他明明曉得在他讓我經歷那些事之後，我其實可以上法院告他，爭取單獨監護權。可惡，我從沒報警讓他被逮捕，他應該要謝謝我對他如此寬宏大量。

我走進廚房，把餐盤放下，手緊緊抓著流理台邊緣，頭低垂著。**莉莉，冷靜，他在意氣用事**。

我聽見萊爾後悔地嘆息，跟著我走進廚房。我沖洗盤子時，他靠著流理台。「妳可以至少給我一個時間表嗎？」他放低聲音說：「我什麼時候才能留她過夜？」

我轉過身，靠著流理台面對他。「等她會說話的時候。」

「為什麼要等到那個時候？」

我討厭他竟然要我說出口。「萊爾，那樣如果發生什麼事，她就可以自己告訴我。」

當他聽懂我剛才那句話究竟是什麼意思，便咬著下唇，微微點了點頭。我可以從他脖子浮現的青筋，看出他的挫敗。他從口袋拿出鑰匙串，把我家的鑰匙拆下來，丟到流理台上，然後掉頭離開。

當他抓起外套，消失在大門外，我心中浮現一陣熟悉的愧疚感。這種愧疚感總是伴隨著一些疑問，例如：**我是不是對他太嚴厲了？如果他真的改變了呢？**

我明知這些問題的答案，但有的時候，讀一讀我的離婚理由表很有幫助。我走進房間，從首飾盒中拿出那張表。

一、他因為妳笑他而呼妳巴掌。

二、他把妳推下樓梯。

三、他咬妳。

四、他試圖強迫妳跟他發生性關係。

五、他讓妳必須上醫院縫合傷口。

六、妳的丈夫不只一次對妳施加肢體暴力。那種事會一再發生。

七、妳這麼做是為了妳的女兒。

我摸了摸肩膀上的刺青，感受被他咬過留下的微小疤痕。萊爾是在我們感情最甜蜜的時候，對我做出那些事，換作是感情不順遂的時候呢？

我把理由表摺好、放回首飾盒，等下次需要提醒時，再拿出來複習。

第五章 ［亞特拉斯］

布萊德瞪著塗鴉說：「這絕對是鎖定犯案。」

前天晚上破壞波比餐廳的人，昨天晚上找上我的新餐廳。柯瑞根餐廳有兩扇窗戶被打破，後門則被噴上另一條訊息。

去你媽的，亞特拉屎。

對方把我名字的最後一個字改掉，還在底下畫一條橫線。這樣的巧思讓我不禁想笑，但我今早實在沒心情展現幽默。

昨天不知是不是因為才剛跟莉莉巧遇，我整個人還處於興奮的狀態，所以餐廳被人破壞沒造成太大的煩惱。然而，今天早上一覺醒來，「她明顯在躲我」的念頭盤據心頭，新餐廳也遭人破壞的感覺就像傷口被人灑了鹽。

我說：「我去查看監視器畫面。」我希望從中找到有用的資訊。我還沒決定要不要報警。假如對方是我認識的人，至少可以在不得已採取行動前，先跟對方當面談一談。

布萊德跟我走進辦公室。我啟動電腦，打開監視系統的程式。我猜布萊德察覺到我的心情沮喪，因為我查看監視畫面的那幾分鐘，他都沒出聲。

布萊德指著螢幕左下角說：「那裡。」我放慢影片，直到畫面上出現一個人影。

我按下播放鍵。我們兩個都一臉困惑地盯著螢幕：有個人一動也不動縮著身體，躺在後門的台階上。我們大概看了半分鐘，我再次按下倒帶鍵。從畫面上的時間戳記來看，那個人在台階上躺了超過兩小時。波士頓的十月天，他連張毯子都沒蓋。

「那個人『睡在』這裡？」布萊德問：「他不怎麼擔心被捉到吧？」

我又往前倒帶，停在那人剛出現在鏡頭畫面的時候。大概是清晨一點鐘出頭，天色很暗，難以辨識臉部特徵。但對方的樣子看起來年紀很輕，應該不是成年人，而是青少年。

他東張西望了幾分鐘，翻了翻垃圾箱，查看後門的門鎖。然後拿出噴漆，噴上帶有小巧思的訊息。

接著，對方試圖用噴漆罐砸破窗戶。不過柯瑞根餐廳裝的是三層玻璃窗。最後那人覺得無聊，或是懶得像在波比餐廳那樣，把洞弄得夠大好鑽進去，就直接躺在後門台階上睡覺。

他在太陽即將升起前醒來，四處張望，然後一派輕鬆，步行離開，彷彿昨晚的一切都沒發生。

布萊德問：「你認識他嗎？」

「不認識。你呢？」

「不認識。」

我把影片停在可以把那個人看得最清楚的畫面，不過畫質很差。那個人穿著牛仔褲和黑色連帽T恤，帽沿拉得很低，看不出髮色。

就算親眼見到對方，也不可能辨識出來。畫面不夠清晰，而且對方始終沒有正眼看鏡頭。警察甚至不會認定那是有用的畫面。

不過，我還是把檔案傳送到自己的電子郵件信箱。我剛按下傳送鍵，就聽見手機發出叮咚聲。我瞄一眼手機，原來是布萊德收到簡訊。

「達倫說波比餐廳沒事。」他把手機收進口袋，朝辦公室門口走。「我去清理。」

我等檔案傳送到電子郵件信箱後，又把監控畫面重播一遍，此刻的我同情多過惱怒。我想起莉莉讓我在她的房間棲身之前，我在那間廢棄屋子度過的寒冷夜晚，光是用想的都能感受到寒風刺骨。

對方是誰，我毫無頭緒。把我的名字寫在門上已經很令人不安，更令人不安的是，對方甚至自在地逗留小憩了兩小時，彷彿在向我挑釁。

我的手機在桌上震動起來。我伸手去拿，但那是我沒見過的電話號碼。我通常不會接聽不認識的電話號碼，但我還記掛著莉莉，她有可能用工作專用的手機打給我。

天啊，我聽起來真可悲。

我把手機拿到耳朵邊。「喂？」

電話另一端傳出嘆息聲，是女性的聲音。我接起電話似乎令她鬆口氣。「亞特拉斯？」

我也嘆了口氣，不是放心，而是因為那不是莉莉的聲音。我不確定來電者是誰，但不是莉莉，我免不了一陣失望。

我往椅背一靠。「請問有什麼事？」

「是我。」

我不知道這個「我」是誰。我回想可能打電話給我的前任女友，沒有人是這種聲音，而且沒有人會認為只要說「是我」，我就聽得出來。

「請問妳是誰？」

「**是我**。」她又說了一次，彷彿再次強調，我就能聽出她是誰。「莎登，**你母親**。」

我立刻把手機從耳邊拿開，又看一眼那個電話號碼。這一定是某種惡作劇。我母親怎麼會有我的電話號碼？她怎麼可能「想要」我的電話號碼？好多年前，她就表明不想再見到我了。

我什麼話都沒說。**沒什麼好說的**。我挺直背脊，身體前傾，等她自己說出她終於想盡辦法聯絡我的原因。

「我……嗯……」她支吾不語。我可以聽見背景傳來的電視聲，應該是估價節目《價格猜猜猜》。我幾乎可以想像，她早上十點鐘就一手拿著啤酒，一手夾著香菸，坐在沙發上。我小時候她幾乎都上夜班，所以下班後總是吃完晚餐，熬夜看《價格猜猜猜》，才上床睡覺。

那是我一天當中最不喜歡的一段時間。

我急促地問：「妳想要什麼？」

她從喉嚨深處發出一個聲響，就算過了好多年，我還是能聽出她不高興。我光是從那一聲氣音就知道，**她並不想**打這通電話。她是**迫於無奈**才打給我的；她不是打來向我道歉，而是因為走投無路。

我問：「妳快要死了嗎？」只有這個答案不會讓我掛電話。

「我快要**死了嗎**？」她一面笑、一面複述我的問題，彷彿我這個人既荒謬又不可理喻，還是一個**屎**、**王**、**八**、**蛋**。「沒有，我不是**快要死了**。我活得好好的。」

「妳需要錢嗎？」

「誰不需要？」

光是跟她講電話這短短幾秒，過去她帶給我的焦慮感，就一點一滴再次找上我。我立刻掛斷電話。我沒什麼話好跟她說，我把她的電話號碼封鎖。我很後悔，不該讓她跟我講那麼久的電話。我應該在她表明身分時，馬上掛斷。

我身體往前靠向辦公桌，雙手托住頭。我的胃因為前幾分鐘的意外來電，不安地**翻攪**。

老實說，我對自己的反應很驚訝。我想過會有這一天，可是在我的想像中，自己不會那麼在乎。我以為她再次出現在我的人生，應該就像當時她逼迫我離開她的人生那樣，不會讓我產生任何情緒。但當時的我，對許多事情都漠不關心。

而現在的我**挺喜歡**自己的生活，我以自己的成就為榮。我絕對不要讓過去的人介入並威脅到我現在的人生。

我伸手揉臉，努力度過這幾分鐘。接著我推著桌子起身，走去外頭幫忙布萊德修繕，盡力不讓自己陷在這一刻。可是很難，感覺往事從四面八方朝我襲來，而我實在沒有人可以談這件事。

我跟布萊德一起靜靜忙了幾分鐘，然後我對他說：「你應該買支手機給席歐；他快十三歲了。」

布萊德笑了。「你才應該找個跟你年齡差不多的諮商師。」

第六章

〔莉莉〕

「妳決定要怎麼幫愛默生慶生了嗎？」亞麗莎問。

亞麗莎和馬歇爾幫女兒萊儷舉辦的人生第一場生日派對，規模堪比甜美十六歲的祝福派對。

「我很確定只會給她吃個蛋糕，送她幾件禮物。我沒有空間辦大型派對。」

「可以在我們家辦啊。」亞麗莎提議。

「我要邀請誰？她才剛要滿一歲，沒有朋友，連話都不會說。」

亞麗莎翻了個白眼。「我們又不是為了『寶寶』舉辦派對，我們是為了讓朋友刮目相看。」

「我只有妳一個朋友，我不需要讓妳刮目相看。」我從印表機抽出一張訂單交給亞麗莎。「今天要一起吃晚餐嗎？」

我們一週至少會去亞麗莎家吃兩次晚餐。萊爾偶爾會臨時加入，不過我都刻意挑他要值班的晚間過去。我不知道亞麗莎有沒有注意到這件事，就算她注意到，應該也不會怪我。她說我在的時候，她看萊爾看得很痛苦，因為她也懷疑萊爾仍抱有復合的期待。她寧願我不在場的時候與他共處一室。

「馬歇爾的爸媽今天進城找我們。妳沒忘記吧？」

「對耶，祝妳好運。」亞麗莎很喜歡馬歇爾的父母，但我不認為有誰真的會期待招待公公、婆婆一整個星期。

前門鈴聲響起，亞麗莎和我同時抬頭看向門口。我懷疑她的世界是不是跟我一樣開始旋轉。

亞特拉斯正朝著我們走過來。

「那是不是……」

「喔，老天。」我喃喃自語。

「這位確實『是』天神。」亞麗莎低聲說。

他怎麼會來這裡？

而且，他怎麼**可以**一副天神下凡的模樣？這讓我正在權衡的決定更加困難。有好一會兒，我連打招呼的聲音都發不出來，只能面帶微笑等他朝我們走來。不過從前門走到櫃台的距離，似乎被放大了一、兩公里。

他一路上視線沒有離開我，直到走近櫃台，才展露笑容向亞麗莎致意。接著，他的目光回到我身上，將一個加蓋的塑膠碗放在櫃台上。「我來送午餐給妳。」他一派輕鬆地說，彷彿他每天都送午餐給我，而我也知道他會過來。

喔，他的聲音，我忘記他的聲音穿透力是那麼強。

我拿起塑膠碗，但亞麗莎還在我身旁打轉，等著看我們如何互動。我不知該說什麼。我瞄了她一眼，用眼神向她示意，她卻假裝沒看見。我只好繼續盯著她，她才終於放棄。

「好吧，我去幫**那些花**……澆水。」她這才走開，給我們一點隱私。

我把注意力重新放在亞特拉斯送來的午餐。「謝謝。裡面是什麼？」

「我們的週末特餐。」亞特拉斯說：「叫作『妳為什麼躲著我』義大利麵。」

我笑了，覺得難為情。「我沒有躲……」我快速嘆口氣，搖搖頭，知道自己騙不了他。「我**是在**躲你。」我把手肘撐在櫃台上，雙手摀面。「抱歉。」

亞特拉斯沒說話，於是我抬起頭看他。他一臉真誠地對我說：「妳想要我離開嗎？」

我搖搖頭。我一搖頭，他的眼角就微微瞇起來。那連微笑都稱不上，我的心口卻已注入一道暖流。

昨天早上我偶然遇見他，說了好多話，現在卻是心思紊亂，說不出話來。我在他面前緊張得連舌頭都打了結，根本不知道該如何跟他好好聊過去二十四小時，我心中浮現的各種想法。

他帶給我的衝擊，跟年少時如出一轍。可是那時的我天真單純，不曉得亞特拉斯這樣的男性有多難能可貴，所以也無法瞭解能在生命中遇見他，自己有多幸運。

現在的我曉得了。於是我怕搞砸一切，或是**萊爾**會搞砸一切。

我把他帶過來的義大利麵拿起來。「聞起來好好吃。」

「**是真的**很好吃，我煮的。」

我聽到這話應該要笑出聲或露出微笑，但我沒有表現出符合對話的反應。我把麵碗擱到一旁，再次看向他。他可以從我的表情看出我內心的掙扎。他給我一個安慰的表情。我們沒有說太多話，非語言線索所傳遞的訊息就已足夠。我用眼神為這二十四小時沒聯絡道歉，他則用靜默告訴我沒關係。我們都在猜，接下來會如何發展。

亞特拉斯的手緩慢地從櫃台對面伸過來，用食指輕輕劃過我的小指。那是個輕柔至極的細微動作，但令我心神蕩漾。

他把手收回去，握起拳頭，彷彿跟我產生同樣的感受。他清了清喉嚨。「我今天晚上可以打電話給妳嗎？」

我才正要點頭，亞麗莎突然從門口衝進來，瞪大雙眼靠近我們，壓低聲音說：「萊爾快到了。」

我感覺血管裡的血液彷彿凍結。「**什麼**?!」我不是聽不懂、要她重說，而是震驚，但她又解釋了一遍。

「萊爾正在停車，他人就要到了。他剛才傳簡訊給我。」她一隻手對著亞特拉斯揮舞。「妳還有十秒鐘把他藏起來。」

我看向亞特拉斯。相信他看得出我的表情有多驚恐，但他非常冷靜地說：「妳想要我躲在哪裡？」

我指向辦公室，帶他往那裡跑。進去後，我開始懷疑自己的決定。「他可能會進來。」我用一隻顫抖的手摀著嘴，同時動腦筋，接著指向辦公室的儲藏櫃。「你可以躲進那裡嗎？」

亞特拉斯看向櫥櫃，再看看我，指著門片說：「躲進櫃子裡？」

我聽見前門的鈴聲響起，心急如焚。「可以嗎？」我打開儲藏櫃的門。雖然那不是塞進一個人的好地方，但那是步入式櫥櫃，他是進得去。

他經過我身邊、走進櫥櫃的時候，我甚至不敢正眼看他。我尷尬得要命。只能喃喃自語說著「真的很抱歉」，同時把櫃門關上。

我盡力鎮定下來，走出辦公室，亞麗莎正在跟萊爾聊天。萊爾向我點點頭，注意力馬上轉回到亞麗莎身上。她在翻皮包找東西。

她說：「剛才還在這裡。」

萊爾的手指不耐煩地敲著櫃台。

我問她：「妳在找什麼？」

「鑰匙。我不小心帶出來了，馬歇爾得開休旅車去機場接他爸媽。」

萊爾一臉煩躁。「妳確定我告訴妳我要來拿鑰匙的時候，妳沒有先拿出來放在旁邊嗎？」

我歪著頭看著亞麗莎。「妳知道他要來？」亞特拉斯進來的時候，她怎麼沒想到要告訴我，萊爾正在過來花店的路上？

她的臉有一點紅。「我剛才因為……意外事件分心了。」她以勝利之姿舉起一隻手。「找到了！」她把鑰匙放到萊爾手裡。「ＯＫ，掰掰。你可以走了。」

萊爾動了一下，看來準備離去，又轉過身來嗅聞空氣中的氣味。「是什麼東西這麼香？」

他和亞麗莎同時看向義大利麵碗。亞麗莎把碗拉近，抱在懷裡，騙萊爾說：「我幫我們兩個煮了午餐。」

萊爾揚起眉毛。「**妳**煮了午餐？」他伸手拿碗。「我得瞧瞧妳煮了什麼？」

亞麗莎猶豫了一下才把碗遞給他。「是啊，這是雞肉……巴拉巴……杜勒。」她看著我，眼睛睜得好大。**她實在很不會說謊**。

「雞肉**什麼**？」萊爾打開碗蓋查看。「看起來是鮮蝦義大利麵。」

亞麗莎清了清喉嚨。「對，我用……雞肉高湯煮蝦子，所以叫雞肉巴拉巴杜勒。」

萊爾把蓋子蓋回去，用擔心的眼神看著我，再把碗推回去給亞麗莎。「如果我是妳，我會訂披薩吃。」

我擠出一個笑容，亞麗莎也一樣。我們同時笑出來，對一個根本不好笑的玩笑來說，實在太刻意了。

萊爾表情嚴肅，後退幾步，眼裡流露懷疑。他一定是習慣聽我們說只有我們兩個聽得懂的笑話，才會一句話也沒問就轉過身，匆匆走出花坊，去把鑰匙交給馬歐爾。我和亞麗莎像兩尊雕像靜止不動，直到確定他離開建築物，不可能聽見我們說的話，我才不可置信地看向她。

「雞肉巴巴**什麼**？妳剛才是編出一套全新的語言嗎？」

「我總得說點**什麼**吧。」她替自己解釋：「妳就呆呆地站在那裡！不客氣喔。」

我又等了幾分鐘，確定萊爾有足夠的時間遠離，才走出門口確認萊爾的車子已經開走。然後，我懊惱地走進辦公室，往儲藏櫃走，要告訴亞特拉斯警報解除了。我呼了口氣，才把櫃門打開。

亞特拉斯在裡面耐心地等我，雙手抱胸，靠著置物架，彷彿一點也不在意躲在櫥櫃裡。

「真的很抱歉。」我不確定要為自己無理的要求道歉幾次，才能彌補亞特拉斯。我有心理準備再說個一千次。

「他走了嗎？」

我點頭，但亞特拉斯沒有走出來，反而拉住我的手，把我帶進去，關起櫃門。

現在，我們都站在櫃子裡。

櫥櫃裡頭**黑漆漆的**，但沒有黑到看不見亞特拉斯眼中的閃爍微光。我看出他在憋笑，**或許他沒有真的埋怨我叫他躲起來**。

他鬆開我的手，但兩個人擠在裡面，空間相當窄，彼此的身軀不得不輕輕觸碰。我的胃打結了，於是把背往後緊貼層架，以免貼到他身上。但他就像一張溫暖的毯子覆蓋我的全身。他離我好近，我可以聞到他洗髮精的味道。我極力鎮定自己，試著和緩呼吸，消除緊張。

「所以，可以嗎？」他放低音量，輕聲詢問。

我不曉得他在問什麼，只想肯定地回答「可以」。不過，我並未不加思索地答應根本沒聽懂的問題，而是靜靜數到三，問道：「可以什麼？」

「今晚可以打電話給妳嗎？」

喔。他直接跳回剛才在外頭的對話，彷彿我們沒被萊爾打斷過。

我收起下唇咬住。我很想回答「好」，因為我想要亞特拉斯打電話給我。但我也想讓他知道，今天我為了不讓萊爾發現、把他藏起來，以後我們的相處也有可能出現類似的場景，因為萊爾跟我共同撫養小孩，我們會經常遇到他。

「亞特拉斯……」我喚他名字的方式，暗示我接下來要說的事很糟糕，但他沒讓我說完。

「莉莉。」他微笑叫著我的名字，彷彿我喊出他的名字之後，不太可能說出不好的事。

「我的生活很複雜。」我不是想警告他，而是事實如此。

「我希望能讓妳的生活簡單一些。」

「恐怕你的出現會讓事情更複雜。」

他揚起一邊眉毛。「我會讓『妳的』生活變複雜，還是會讓『萊爾』的生活變複雜？」

「他的生活變複雜，就等於『我的』生活變複雜。他是我的小孩的爸爸。」

亞特拉斯以幾乎無法察覺的動作，微微點了點頭。「沒錯，他是她的爸爸。但他不是妳的先生，妳不該因為擔心他的感受，說服自己放棄可能成為妳人生中第二美好的事物。」

他的話真有說服力。我的胸廓裡，心臟像節目《價格猜猜猜》的籌碼，沿著遊戲機台嘩啦嘩啦地落下。**我人生中第二美好的事物？**真希望我能感染他的自信。「我人生中『第一』美好的事物是什麼？」

他意有所指地看著我。「愛默生。」

聽見他說我的女兒是我人生中第一美好的事物，我幾乎要融化了。我環抱自己，忍住不露出笑容。「你就是要跟我為難，是吧？」

亞特拉斯慢慢搖頭。「我絕不想為難妳，莉莉。」他移動身體，門片打開，光線灑入櫥櫃。他一手撐著門，一手扶著牆壁，面對我。「今天晚上什麼時候打電話給妳比較方便？」他一派輕鬆地提問，讓我好想把他拉回櫥櫃親他，也許這樣他的信心和耐心就會傳遞一些給我。

我說：「都可以。」嘴裡乾得像棉花。

他的目光短暫落到我的嘴唇，他引起的悸動，一路往下傳遞到腳趾。但亞特拉斯把櫃門關上，留我獨自一人關在裡頭。

是我活該。

一股複雜的情緒湧上我的臉頰，有點難為情和緊張，甚至帶點渴望。我一直到聽見前門傳來微弱的開門鈴聲，才移動身體。

一會兒過後，亞麗莎打開櫥櫃門，我正在替自己搧風。我立刻雙手扠腰，掩飾亞特拉斯出現對我的影響。

亞麗莎雙手抱胸。「妳把他藏在櫥櫃裡？」

我羞愧得垂下雙肩。「我知道這很怪。」

「**莉莉**。」她的語氣似乎很失望，但她還能期望我怎麼做？重新介紹他們認識？「是說我很慶幸妳把他藏起來，我不敢去想他們碰到面會怎樣，但妳……竟然把他藏進**櫥櫃**。妳剛才簡直把他當成一件舊大衣塞進去。」

她只是換句話說把情況重述一遍，但這沒有幫助我感覺好一些。我往店鋪前台走，亞麗莎緊跟在我後頭。「我別無選擇。在這個世界上，萊爾最不可能讓我交往的對象，就是亞特拉斯。」

「我很討厭這麼說，但是這個世界上，萊爾會讓妳交往的對象只有他自己。」

我心裡一驚，沒有回話。她恐怕說得對。

「等一下，」亞麗莎說：「妳跟亞特拉斯在**交往**嗎？」

「沒有。」

「但妳剛才說，萊爾絕對不會答應讓妳跟他交往。」

「我那樣說，是因為萊爾看到他在這裡的話，會那樣想。」

亞麗莎兩隻手臂交疊，靠在櫃台上，一副失望的樣子。「我現在覺得被妳嚴重排擠，妳得好好前情提要。」

「前情提要？什麼意思？」我把一只花瓶拿過來，調整幾支花朵的位置，假裝在忙。亞麗莎把我手中的花瓶取走。

「他送午餐給妳。假使你們聊得不熱絡，他怎麼會送午餐給妳？然後，要是你們聊得很熱絡，妳怎麼沒告訴『我』？」

我把花瓶從她手中拿回來。「我們昨天偶然見到面，什麼事也沒發生。愛咪出生之前，我就沒跟他講話了。」

亞麗莎又把花瓶搶回去。「我每天都偶遇老朋友，他們可不會送午餐給我。」她把花瓶推還給我。我們把花瓶當作海螺殼一般，拿到花瓶的人，才可以發言。

「妳的朋友應該不是廚師。幫人準備午餐，不就是廚師的工作嗎？」我把花瓶推還給她，但她沒繼續說。她集中精神，努力思考，彷彿在嘗試讀懂我的心思，穿透她認為我在編織的所有謊言。我把花瓶從她手中拿回來。「真的什麼都『還』沒發生，要是有什麼風吹草動，妳會是第一個知道的人。」

這個回答看來讓她暫時滿意了。但她把目光移開前，臉上短暫閃現一絲不同的表情。我無法分辨那是擔心還是難過。我沒有開口問她，我知道這個狀況對她而言並不好受。我猜不是萊爾，而是**其他男人**送午餐給我，這一點應該讓她有些難過吧。

在亞麗莎心目中的完美世界應該是，她希望哥哥永遠沒傷害我，而我仍是她的嫂嫂。

第七章

[亞特拉斯]

「處理比目魚的時候，刀要這樣拿。」我示範怎麼用刀背從魚尾巴開始處理，但我才剛刮起魚鱗，席歐就把視線撇開。

「好噁心，我辦不到。」他搗著嘴咕噥說道，然後走到流理台另一邊，跟烹飪課教學現場保持距離。

「我只是在刮魚鱗，都還沒把魚剖開呢。」

席歐發出作嘔的聲音。「我沒興趣料理食物。我繼續當你的諮商師就好。」席歐撐起身體，坐到流理台上。「說到這個，你傳簡訊給莉莉了嗎？」

「我傳了。」

「她有回你嗎？」

「算有吧，她回得很簡短，所以我今天決定去送午餐給她，看看她怎麼想。」

「你滿大膽的。」

「關於莉莉，我這輩子都沒有大膽行動。我要確定她真的曉得我這次立場堅定。」

「不妙。」席歐說：「你這次又說了什麼跟魚、跟海灘，還是跟岸邊有關的噁爛搭訕台詞？」

我真不該告訴他，我對莉莉說我們終於到岸了。這件事會被他念個沒完。「閉嘴，你才十二歲，應該跟女生講話的經驗都沒有吧。」

席歐笑了，我卻注意到，在他以為我沒看他的時候，他被一股尷尬氛圍逐漸籠罩。四周相當嘈雜，他卻安靜下來。廚房裡頭至少還有五個人，都在專注做自己的工作，沒有人注意聽我跟席歐的對話。

我問他：「你有喜歡的人嗎？」

他聳聳肩說：「算有吧。」

我和席歐談心時，通常只聊我的事。他很喜歡提問，但很少回答關於自己的問題，所以我小心翼翼地問：「是嗎？」我試著輕鬆回應，好鼓勵席歐多講一些。「她是誰？」

席歐低頭看雙手，摳起大拇指的指甲，但我看得出來，我提問之後，他的肩膀略為下垂，彷彿我做錯了什麼。

或是「說錯」了什麼。

「還是，是『他』？」我用只有他聽得見的音量小聲追問。

席歐突然抬頭直視我的眼睛。

他不需要承認或否認，我可以從他眼底的恐懼看到真相。我繼續手上正在處理的比目魚，盡可能泰然自若地對他說：「你跟他上同一間學校嗎？」

席歐沒有馬上回答。我不確定自己是不是他坦承這一面的第一個對象，所以必須謹慎以對。我想讓他知道我跟他站在同一邊，但同時我也希望他瞭解，他爸爸也會跟他站在同一邊。

席歐四處張望，確定沒人在附近逗留，偷聽我們的對話。「他跟我一起參加數學研究社一整年了。」他說得既迅速又簡潔，彷彿想一吐為快，然後不再提起。

「你爸爸知道嗎？」

席歐搖搖頭。我看他似乎在努力壓抑內心的緊張。

我刮完魚鱗，放下刀子，走到距離席歐最近的水槽洗手。「我認識你爸爸很久了，我會跟他成為好朋友是有原因的，我不會跟不善良的人來往。」我發現我說這些話的時候，席歐放下心來，但我也看出他不自在，或許想換一個話題。「我想要建議你傳簡訊給你喜歡的這個人，但你可能是地球上僅存、沒有手機的十二歲小孩。照這個速度下去，你永遠找不到交往對象，還可能單身一輩子，而且沒手機用。」

席歐在我的捉弄下鬆口氣。「我真慶幸你決定當廚師，不是諮商師。你的建議爛透了。」

「我覺得被冒犯了。我的建議明明很棒。」

「好吧，亞特拉斯，隨你怎麼說。」他放鬆下來，跟著我返回工作台。「你去莉莉上班的地方，有沒有約她一起出去？」

「沒有，我今晚會問她。我回家後會打電話給她。」我要走去冷凍櫃的途中，經過席歐，順便弄亂他的頭髮。

「嘿，亞特拉斯？」

我停下腳步。他露出擔心的眼神。有個服務生推門進來，從我們中間走過，席歐不得不立刻打住。但他不需要說出口，我也明白。

「席歐，你不必開口，客戶保密協議是雙向的。」

我的話似乎令他安心不少。「很好，要是你透露給我爸，我就告訴他，你的搭訕台詞有多噁爛。」席歐故意用雙手捧著臉頰，嘲笑我：「我的小鯨魚，我們終於到海灘了。」

我瞪著他。「我才不是那樣說的。」

席歐指著廚房另一端。「妳看那是沙！我們上陸啦！」

「別鬧了。」

「莉莉，我的天啊，我們的船失事啦！」

連他爸爸下班了，他還跟著我在廚房打轉、嘲笑我。當他終於離開時，我真是再高興不過了。

第八章

〔莉莉〕

快要晚上九點半了，我的電話還沒有顯示未接來電。愛默生已經入睡一個半小時。她通常早上六點就會醒來，而我通常是十點鐘左右上床睡覺，要是沒睡足八小時，我隔天可能會變成行屍走肉。可是，要是今晚亞特拉斯沒有在十點前來電，我還真不確定自己睡不睡得著。我會不停地鑽牛角尖，是不是該為今天把他藏在櫥櫃裡，再多道歉七十次。

我走向浴室洗手台，準備進行每晚的皮膚保養步驟，而且沒忘記帶著手機。自從他今天午餐時間來店裡告訴我今晚會打電話，我走到哪裡都帶著手機。我應該問清楚「今天晚上」是指今天晚上的幾點。

對亞特拉斯來說，**今天晚上**可能是指晚上十一點。

對我來說，可能是晚上八點。

我們有可能對早或晚有完全不同的定義。他是事業有成的廚師，午夜十二點過後才回到家放鬆休息，而我晚上七點已經換上睡衣了。

我的手機發出聲響，但不是來電鈴聲，好像是要求視訊通話的聲音。

拜託，千萬別是亞特拉斯。

我才剛敷上臉部磨砂膏，根本沒有視訊的心理準備。我看向手機，果然是他。

我接起電話，趕快翻轉手機，不讓他看到我，同時把手機放在洗手台上，加快清潔的動作。

「你問我可不可以『打電話』給我，但這是『視訊電話』耶。」

我聽見他的笑聲。「我看不見妳啊。」

「對啊，因為我在洗臉，準備上床睡覺了。你不需要看到我。」

「莉莉，我需要。」

他的聲音引起我的皮膚一陣酥麻。我把鏡頭轉回來，拿高手機，一副「就告訴你了」的表情。

此時，我濕漉漉的頭髮還用毛巾包裹，身穿一件外婆可能穿過的睡裙，臉上滿是綠色泡沫。

他露出自然、性感的微笑。他坐在床上，穿著一件白色T恤，靠著木質的黑色床頭板。我只去過他家一次，也沒進過他的臥室。牆壁顏色是類似牛仔布的藍色。

他說：「打視訊電話的決定太值得了。」

我把手機放回原位。這一次鏡頭對著我，我繼續把臉洗乾淨。「謝謝你今天送午餐給我。」

我不想把他捧上天，但那真的是我吃過最好吃的義大利麵。而且在我終於有空午休吃麵的時候，已經放了兩個小時。

「妳喜歡『妳為什麼躲著我』義大利麵嗎？」

「你知道那碗麵很好吃。」我把臉沖洗乾淨後，就走到床邊，用枕頭架著手機，側躺在床上。

「你今天過得如何？」

他說：「很好。」但「好」字的尾音往下掉，不太具有說服力。

我做個鬼臉，表示我不相信。

他的視線短暫從螢幕移走一下，像在思考該如何回答。「莉莉，就是諸事不順的一個星期，不過現在好一點了。」他嘴角往上，浮現輕柔的笑容，我也跟著嘴角上揚。

我不需要跟他寒暄。就算完全不說話，靜靜看著他一個小時，心情也會很好。

「你的新餐廳叫什麼名字？」我已經知道他用自己的姓氏替新餐廳命名，但我不想讓他知道我搜尋過他的事蹟。

「柯瑞根餐館。」

「跟波比餐館賣的是同類型的餐點嗎？」

「算是吧。那是一間高級餐廳，賣義大利料理為主。」他不知拿什麼撐著手機，翻身側躺，變成跟我一樣的姿勢，很像我們以前在我床上熬夜聊天的情景。「我不想聊我的事。妳呢？花坊生意好嗎？妳的女兒是怎樣的寶寶？」

「你問了好多問題。」

「我還有很多問題沒問。先回答那些問題。」

「好吧。嗯……我很好，大部分時間都累得要命，但我想那是因為我要經營自己的店鋪，又是單親媽媽。」

「妳看起來不像是累得要命。」

我笑了。「那是燈光的效果。」

「愛默生什麼時候滿一歲？」

「這個月十一號。我要哭了，第一年過得好快。」

「我真的覺得她長得好像妳。」

「是嗎？」

他點點頭，接著說：「話說花坊的經營狀況還不錯吧？妳做得開心嗎？」

我搖一下頭，扮了個鬼臉。「還可以囉。」

「為什麼只是還可以？」

「我不知道。我對經營花坊這門生意疲乏了，或者說我累了。事情很多，單調乏味又賺不了什麼錢。我的意思是，我很自豪能把花店經營成功，也以自己為榮，但有些時候我會幻想自己到工廠生產線工作。」

「我懂。」他說：「回到家就不用再想工作的事，這很吸引人。」

「你會厭倦當廚師嗎？」

「偶爾會。坦白說，那就是我開柯瑞根餐廳的原因。我決定加重經營者的角色，少做一點廚師的工作。我一週仍有幾個晚上在內場做菜，但現在我花很多時間維持兩家餐廳的營運。」

「你工作時間超長嗎？」

「對，但也不是不能安排晚上出去約個會。」

我聽完之後面露微笑，用手擺弄被子，避免與他四目交接，我知道我臉紅了。「你在約我出去嗎？」

「對，妳要答應嗎？」

「我可以空出一晚。」

我們同時微笑。不過亞特拉斯清了清喉嚨，彷彿出言示警。「我可以問妳一個不太好回答的問題嗎？」

「可以。」面對他的提問，我故作鎮定。

「今天稍早，妳提到生活很複雜。如果**我們**……這段關係……發展下去，萊爾真的會很介意嗎？」

我毫不猶豫回答：「會。」

「為什麼？」

「他不喜歡你。」

「是針對我，還是任何可能跟妳交往的對象？」

我皺起鼻子。「是你。特別是你。」

「是因為我們在餐廳發生過爭執嗎？」

我老實對他說：「原因很多。」然後翻身平躺，同時移動手機。「他把我跟他大部分的爭執都怪到你頭上。」亞特拉斯顯然很疑惑，於是我稍做修飾，把前因後果解釋給他聽。「你還記得我們十幾歲的時候，我有寫日記的習慣嗎？」

「我記得。雖然妳從來不讓我看妳寫些什麼。」

「就是呢，萊爾發現了我的日記，還翻開讀過。他很不喜歡他讀到的內容。」

亞特拉斯嘆口氣。「莉莉，我們那時年紀還小。」

「顯然嫉妒不會有過期的一天。」

亞特拉斯緊抿嘴唇一會兒，試著壓抑內心的沮喪。「我真的很不想看見事情還沒發生，妳就因為他可能的反應而感到有壓力。不過我能理解，妳的處境很為難。」他對我投來安慰的眼神。

「我們一次前進一步就好？」

我提議：「一次前進非常『緩慢』的一步就好。」

「沒問題。一小步、一小步慢慢來。」亞特拉斯調整頭下的枕頭。「我以前常看妳寫日記。每次都在想，不知道妳是怎麼寫我的……**如果**妳有把我寫進去的話。」

「我幾乎都在寫你。」

「妳還留著那些日記嗎？」

「還在啊，就放在衣櫥的盒子裡。」

亞特拉斯坐起來。「念一些給我聽吧。」

「**天啊**，我才不要。」

「莉莉。」

他滿臉期待，等著我把日記念給他聽，但我沒辦法把青少女時期的想法，在視訊電話中大聲念給他聽。光是用想的，我臉都紅了。

「拜託？」

我用一隻手遮住臉。「拜託，別求我。」要是他繼續用那雙小狗般的藍眼睛看著我，我就要屈服了。

他看得出來，我快要妥協了。「莉莉，我從十幾歲就一直很想知道妳對我的看法。一個段落，只要念一個段落給我聽就好。」

我如何拒絕他的請求？我低吟一聲，終於認輸，把手機扔到床上。「給我兩分鐘。」我走向衣櫥，從上方取出盒子，再放到床上，開始翻日記。我想找一段不會讓自己太難為情的內容。「你想要我讀什麼？我怎麼描述我們的初吻嗎？」

「不要。我們要慢慢來，記得嗎？」他逗趣地說：「從妳開始寫日記的段落讀起。」

那樣簡單多了。我拿起第一本日記，翻到一篇看來簡短又不會太丟臉的內容。「你記得有一天晚上，我爸媽吵架，我去找你哭訴嗎？」

「我記得。」他在枕頭上躺好，一隻手枕在頭下方。

我翻了個白眼，咕噥：「我難為情得要死，你可舒服了。」

「莉莉，那是我，是『我們』，沒什麼好難為情的。」

他的聲音一如既往，讓我平靜下來。我盤腿坐著，一手拿著手機，另隻一手拿著日記本，開始念。

過了幾秒鐘，後門打開，他看了看我身後，又查看左右兩邊。直到他看向我的臉，才發現我在哭。

「妳還好嗎？」他問我，然後走出屋外。我用上衣擦眼淚，這才注意到他走出屋外，沒有邀我入內。我坐在門廊的台階上，他也在一旁坐下。

「我沒事。」我說：「我只是很生氣。有時候我生氣會哭。」

他伸出手，把我的頭髮塞到耳後。我喜歡他這個舉動，我突然沒那麼生氣了。接著他伸出手臂環過我，把我帶向他，讓我的頭靠在他的肩膀上。我不懂他怎麼一句話也沒說，就能安撫我的情緒，但他成功了。有些人身上散發著平靜的氛圍，他就是那樣的人，跟我爸爸完全相反。

我們維持那樣的姿勢坐了一會兒，直到我發現我房間的燈亮了起來。

他小聲說：「妳該回去了。」我們都看到我媽媽站在房間裡，尋找我的蹤影。那一刻我才意會過來，原來他可以清楚看見我的房間。

我走回家時試著回想，亞特拉斯待在老屋的這段期間，我有沒有在天黑後、燈沒關就在房內走動，因爲晚上我進房間後，通常只穿一件T恤。

艾倫，瘋狂的來了——我有點希望自己曾經那麼做。

——莉莉

我念完後，亞特拉斯沒有露出微笑，反而五味雜陳地盯著我。他眼中透出的沉重感，令我胸口一緊。

他說：「我們那時年紀好輕。」聲音中有一絲痛楚。

「我知道，就我們當時面對的情況，年紀實在太輕了，尤其是你。」

亞特拉斯沒有繼續看手機，但點頭表示贊同。氣氛轉變了。我看得出來，他的思緒飄到其他地方。這讓我想起他剛才不想認真回答我的問候，只說是「諸事不順的一個星期」。

「什麼事情讓你心煩？」

他的眼神移回手機，似乎想再次輕描淡寫地帶過。但他只是嘆口氣，重新調整姿勢，坐起身，背靠著床頭板。「有人到我的餐廳搞破壞。」

「兩間都被人破壞了？」

他點頭。「對，從幾天前開始。」

「你覺得是你認識的人嗎？」

「不像是我認識的人。但監視器畫面不是很清楚。我還沒有報警。」

「為什麼？」

他皺起眉頭。「不管對方是誰，那個人看起來很年輕，可能才十幾歲。我有點擔心他遇到跟我類似的處境，一無所有。」他眼裡的緊張感稍減。「要是他沒有拯救他的莉莉呢？」

我花了幾秒才聽懂他的意思。但聽懂之後，我沒有笑，而是嚥了嚥口水。希望他沒有看出我的心理變化。他不是第一次提到我當時救了他。但每次他說起這件事，我都想反駁。我沒有救他，我所做的只是愛上他。

我明白自己愛上他的「原因」。哪有餐廳老闆不關心實際損失，反而更擔心破壞餐廳的人？我喃喃自語：「亞特拉斯是如此體貼。」

他說：「妳說什麼？」

我沒有想要大聲說出來。我伸出一隻手輕撫脖子，感覺那裡散發著熱氣。「沒事。」

亞特拉斯清了清喉嚨，傾身向前，笑容隱隱在他臉上浮現。「回到妳的日記。」他說：「那時候我很好奇，妳是不是知道我可以從窗戶看到妳的房間。因為那天晚上之後，妳真的很常開著燈。」

我笑了，幸好他讓氣氛輕鬆起來。「你那裡沒有電視，我想讓你有東西可看啊。」

他低聲呻吟。「莉莉，妳『得』讓我讀剩下的日記。」

「不要。」

「妳今天把我關在櫥櫃裡面耶。讓我讀一讀妳寫的日記，會是很好的道歉方式。」

「我還以為你不介意。」

「可能是我到現在才感到介意吧。」他緩緩點頭。「嗯……開始感覺不太對勁了。我『超』介意的。」

我笑了出來。這時走廊另一頭傳出愛咪正在醞釀的哭聲。我嘆口氣，還不想掛電話。但我也不是小孩大哭可以不理的媽媽。「愛咪要醒了。我得掛電話，你欠我一次約會。」

他說：「說個時間吧。」

「我星期天不工作，所以星期六晚上可以。」

「明天是星期六，」他說：「但我們要慢慢來。」

「是說……如果從我們認識的第一天開始算，步調已經很慢了。從認識你到跟你第一次出去約會，中間隔了好多年。」

「六點鐘好嗎？」

我微笑。「六點鐘非常好。」

我一說完，亞特拉斯馬上緊閉雙眼，閉了兩秒鐘。「等一下，我明天不行。**可惡**，餐廳要辦活動，我必須待在餐廳。星期天可以嗎？」

「星期天我要照顧愛咪。我覺得過一陣子再帶她去見你比較好。」

「我能理解。」亞特拉斯說：「那約下週六？」

「這樣我就有時間找人帶她了。」

亞特拉斯咧嘴一笑。「那就說好囉。」他站起身，開始在房間走來走去。「妳星期天都不工作吧？那這個星期天，我可以打電話給妳嗎？」

「你說『打電話』是指視訊嗎？這次我可要好好準備。」

「妳就算不準備，也很完美。」他說：「那我就打視訊電話。既然可以看到妳人，為什麼要浪費時間只打電話？」

我喜歡亞特拉斯這樣撩撥我。我不得不咬住下唇兩秒鐘，克制開心傻笑的衝動。「亞特拉斯，晚安。」

「莉莉，晚安。」

光是他跟我道別時的炙熱眼神，都能令我內心小鹿亂撞。我掛上電話，把臉埋進枕頭，像是重回十六歲那樣尖叫。

第九章

［亞特拉斯］

席歐說：「給我看照片。」他坐在後門的台階上，看我撿拾昨晚餐廳第三次遇襲留下的碎玻璃和幾袋垃圾。布萊德今早打電話告訴我，波比餐廳又被人破壞。雖然我告訴他不必麻煩跑這一趟，但他還是跟席歐過來跟我一起清理。不管是什麼原因，我都不喜歡讓員工在唯一的公休日過來店裡。

我告訴席歐：「我沒有她的照片。」

「她很醜嗎？」

我把一盒碎玻璃扔進垃圾箱。「她很美，完全不是我能高攀的等級。」

「醜女也不是你的等級啊。」他假裝冷冷地說。「她沒有用社群媒體嗎？」

「她有，但沒有公開。」

「臉書？ＩＧ？你都沒有加她好友嗎？你該不會連通訊軟體 Snapchat 都沒有吧？」

「你哪知道 Snapchat 是什麼？你連手機都沒有。」

「我有自己的管道。」他說。

他爸爸拿著一個垃圾袋走回屋外。他把袋子撐開，我們開始把散落四處的垃圾往袋子裡扔，不過席歐坐在台階上一動也沒動。他說：「我願意幫忙，但我才沖過澡。」

布萊德說：「你是昨天沖的澡。」

「是啊，我身上還很乾淨。」席歐的注意力回我身上。「你有用社群媒體嗎？」

「沒有。我沒時間用。」

「那你怎麼知道她的帳號沒有公開？」

我偶爾會上網查一下她的消息。我很不想承認，但地球上應該沒有哪個人不曾到 Google 搜尋從前認識的人吧。「我查過她的消息，要用個人帳號追蹤，才能查看她的頁面。」

「那你就開個帳號追蹤她啊。」席歐說：「我發誓，有時候你真的把簡單的事情弄得很困難。」

「情況是很複雜。她的前夫不喜歡我，要是被他看見我們是網友，她可能會遇上麻煩。」

席歐問：「他為什麼不喜歡你？」

「我們打過一架。其實呢，就發生在這間餐廳。」我朝建築物點點頭。

席歐眉頭微微抬起。「真的？真的打起來了？」

布萊德挺直身體。「等一下，那個人是莉莉的**老公**？」

我說：「我還以為你知道。」

「我們都不知道他是誰，也不知道你為什麼跟他打起來。也唯獨那一次，我們看到你把客人趕出餐廳。這樣講就合理多了。」

這應該是事件發生後，我第一次談起。我記得那天晚上跟萊爾發生爭執後，我就直接離開餐廳了。他們都沒機會開口問我。星期一上班時，大家應該看出我心情不好，知道我還是不想談。

席歐問：「你們為什麼起爭執？」

我瞄了布萊德一眼。他知道莉莉經歷過什麼事。莉莉待在我家的時候，曾經告訴他和達倫。但布萊德看樣子是想讓我自己決定要不要一五一十告訴席歐。我通常都開誠布公，但我沒資格轉述莉莉的事。

我咕噥說：「我根本沒印象了。」

我其實認為這是機會教育的好時機，可以讓席歐瞭解不該對伴侶做出哪些行為。但是關於莉莉那一部分的人生經歷，我覺得不太適合在她本人不在場的時候談論。當初，我也不該插手她的那段經歷。不過有機會重來的話，我仍然不會改變當時的作法。那天晚上我出手打萊爾或許是幼稚的行為，但我已經有所克制。我想做的可不只是揍他一拳。我不曾對任何人那麼生氣，就連對我的母親或繼父、對莉莉的爸爸，都沒那麼生氣。

你對我不好、我因此不喜歡你，那是一回事，但假如你欺負我在這個世界上最欣賞的人，那種憤怒是前者完全無法比擬的。

我放在口袋裡的手機在震動。我趕緊拿出來，發現莉莉正在回撥我一小時前打的視訊電話；

當時她在開車，說等她到家後會打給我。

我們星期五聊過之後，又傳了幾封簡訊，但我一直好想再跟她面對面講話。

「是她打來的嗎？」席歐興致勃勃地問。

我點點頭，想繞過他從階梯走進去。但他站起身，跟著我往餐廳裡邊走。

我轉過身問他：「你真的要跟來？」

「我想看她長什麼樣子。」

我得在電話掛斷前接起來，於是一面用手指滑開螢幕，一面試著把席歐擋在外面。「我等一下用螢幕截圖拍給你看，你先去幫你爸。」視訊電話接通後，席歐還在想辦法擠進來。我對螢幕上的莉莉微笑：「嘿。」

「嘿。」莉莉說。

「讓我看啦。」席歐小聲說，試圖把手伸進門縫裡搶手機。

「莉莉，等我一下。」我把手機壓在胸口，不讓她目睹這個狀況。然後，我把後門開大一點，伸手按住席歐的臉，讓他轉身走下台階。「布萊德，來把你的小孩帶走。」

「席歐，過來。」布萊德說：「來幫我的忙。」

席歐垂下肩膀，終於屈服，朝他爸爸走去，嘴裡含糊說著：「但我身上很**乾淨**耶。」

我關上門，從胸口拿起手機。莉莉在笑：「剛才是怎麼回事？」

「沒事。」我走進辦公室，把門關上鎖住，讓我們保有一點隱私。「妳今天過得好嗎？」我在沙發上坐下。

「很好。我們跟我媽和她男友一起吃了午餐，剛回到家。我們去了一間博登街的三明治小鋪，很可愛。」

「妳母親還好嗎？」除了她提到爸爸過世，我們還沒聊過她的父母。

「她過得非常好。」莉莉說：「她有個交往中的男友，叫羅伯，他讓她很開心。雖然看她因為男人而心花怒放有點奇怪，但我很喜歡他。」

「她現在住在波士頓？」

「對，我爸過世後她就搬過來了，想住得離我近一點。」

「那樣很好。我很高興妳在這裡有家人。」

「你呢？你舅舅還住在波士頓嗎？」

我舅舅？

喔，我的確跟她提過我舅舅。我緊捏脖子後方，臉皺了一下。「舅舅。」實在是太久以前，我不記得當時究竟對她胡謅了什麼。「莉莉，我舅舅在我九歲時就過世了。」

她困惑地皺眉頭。「不是啊。你十八歲要搬來波士頓跟舅舅住，所以才離開。」

我嘆口氣，真希望可以回到過去，重來一遍我們共同經歷的事，還有我為了不讓她難過而說出口或沒說出口的話。但如果可以重新經歷十幾歲的年華，誰不想呢？「我是騙妳的。那時我沒有哪個舅舅住在波士頓。」

「什麼？」她還在搖頭，希望搞清楚是怎麼回事。她沒露出生氣的神色，真要說，只有滿臉的困惑。「那你是去跟誰住？」

「沒有誰。我總不能一直偷偷溜到妳的房間睡覺。我知道那樣最後不會有好下場，而且除了妳，鎮上沒有什麼資源可以幫助我改善我的處境。波士頓有收容所，也有資源。我告訴妳我舅舅還活著，這樣妳就不會擔心我了。」

莉莉的頭往後靠向床頭板，閉了一下眼睛。「亞特拉斯。」她語帶同情，喊著我的名字。當她再度睜眼，一副在強忍眼淚的模樣。「我不知該說什麼。我那時還以為你有家人。」

「抱歉，我說了謊。我沒有惡意，只是不想……」

「別道歉。」她沒有讓我把話說完：「你那樣做是對的。那時冬天就要到了，繼續待在那間屋子，你可能活不下去。」她抹去眼淚。「我無法想像你過著多麼辛苦的日子。小小年紀，一無所有，一個人搬到波士頓住。」

「結果還不差。」我快速掛上大大的笑容說：「一切順利。」試著帶她跳脫我剛才讓她陷入的低潮。「別掛念我們從前的經歷，只要想著現在就好。」

她微微一笑。「你現在在哪裡?那是你的辦公室嗎？」

「對。」我翻過手機，讓她看一眼辦公室的環境。「這裡很小，只放了一張長沙發和一台電腦。我很少待在這裡，大都待在廚房。」

「你在波比餐廳嗎？」

「對。兩間餐廳週日都不營業，我是來清理東西。」

「我等不及要去柯瑞根餐廳看一看了。我們下週六約會要去那裡嗎？」

我笑了。「我是不會帶妳到這兩間餐廳約會的。我的工作夥伴們對我的私生活太好奇了。」

她咧嘴一笑。「真有趣，我也很好奇你的私生活。」

「我對妳沒什麼好隱瞞的。妳想知道什麼？」

她思考了幾秒回我：「我想知道有哪些人參與你的人生。我們十幾歲時，你身邊沒有其他人，但是你現在成年了，有自己的事業和朋友，過著我不太清楚的生活。亞特拉斯．柯瑞根，你身邊有哪些人？」

我逕自笑了出來，不知該如何回答。

可是她沒有笑。我這才意識到，她會問這個問題，不是出於好奇，而是出於擔心。我溫柔凝望著她，希望減輕她心中的擔憂。我說：「我有朋友，其中幾個之前妳在我家見過了。我沒有家人，但我沒有因此感到空虛。我喜歡我的工作和生活。」我停下來，百分之百地坦承：「我很開心。如果那是妳想知道的事。」

我看見她的嘴角揚起。「很好。我一直想知道你後來過得如何。我在社群媒體平台搜尋過你，但我運氣不好，什麼都沒搜到。」

我聽了笑出來，因為席歐才剛跟我聊到這個話題。「我很少用社群媒體。」要是我跟她說，假使她把帳號轉成公開、我就會天天用，席歐可能會罵我，講話太直白會把人家嚇跑。「我有幫餐廳建立粉絲頁，但我交給兩名員工管理。」我把頭靠回沙發。「我忙得沒時間經營這些。幾個月前我有下載抖音，但那真的不是明智之舉。有天晚上，我沉迷其中，玩了好幾個小時，結果錯過隔天早上的會議。我當天稍晚就把程式刪了。」

莉莉笑出來。「如果能看到你拍抖音影片，我大概什麼都願意做。」

「那絕不可能。」

莉莉的注意力暫時跑掉，接著她從床上撐起身體，然後又突然打住。「等我一下，我得把手機放下來。」她放下手機，我想她應該沒發現手機碰到東西翻起來，正以某個角度照著她。我看見她把愛默生從一邊的胸部換到另一邊。過程只有短短幾秒，快到我幾乎無法辨識是什麼情況，所以我覺得她不是故意把鏡頭對著自己。

她發現鏡頭對著她的時候，眼睛瞪大一秒鐘，接著立刻把鏡頭遮住，畫面變黑。當鏡頭再次對著她的臉，她用手摀臉，透過指縫往外看說：「我很抱歉。」

「為什麼？」

「我剛才好像不小心露奶了。」

「對，但妳不必因此道歉。是我應該謝謝妳。」

她笑了，看起來對我的回話很滿意。她尷尬又可愛地聳聳肩說：「你以前又不是沒看過。」她抱著愛默生餵母乳的那隻手臂下方墊了一個枕頭，她調整了一下。「她快滿一歲了。我試著幫她戒奶，已經減到一天餵一次，但星期日我多半整天跟她在一起，不太容易做到。」她皺起鼻子：

「抱歉。你可能不想知道哺乳的細節。」

「我想不出妳講哪個話題會讓我感到無趣。」

「喔，跟你打賭，約會前我會想出來的。」她把我的話當成挑戰。她的視線暫時移開手機螢幕，我看不見愛默生，但我看得出來，莉莉正低頭看她，因為她臉上浮現只有講起或看著女兒才有的微笑。那是一種引以為傲的笑容，我好喜歡看到莉莉臉上閃過這個表情。

「她睡著了。」莉莉輕聲細語地說：「我該掛電話了。」

「好，我也差不多該掛了。」我不想讓布萊德和席歐獨自清理餐廳外被破壞的爛攤子。

莉莉說：「如果可以，我今晚再打給你。」

「當然可以。」我想起席歐想看莉莉的照片，於是在她掛斷前，快速截了螢幕畫面。手機發出明顯的截圖聲響，莉莉好奇地歪了歪頭。

「你剛才在照……」

我趕緊回：「我只是想要一張妳的照片。莉莉，再見。」趕快在自己太尷尬之前掛電話。我不曉得螢幕快照有聲音，而且會被她聽見。席歐最好心存感激。

我打開辦公室，發現布萊德在掃廚房，我一頭霧水。因為餐廳打烊後，我們都會清理廚房，而且前一天晚上，餐廳被破壞的只有外頭。「他們昨天晚上沒有掃地嗎？」

布萊德說：「廚房很乾淨，我只是假裝在掃地。」他察覺我臉上的困惑，繼續解釋：「席歐太排斥打掃了，所以我想把外頭大部分的髒亂丟給他清理。爸爸在教兒子。」

走去。

「喔，那就說得通了。」其實根本**說不通**。不過，我還是留他在那裡假裝掃地，自己朝屋外

席歐表情扭曲，伸出拇指跟食指勉強撿起一個垃圾，嘴裡咕噥：「好噁心。」同時把垃圾丟進袋子。「你得請個保全之類的；情況失控了。」

這個建議還不賴。

我把手機舉高到席歐面前，讓他看我剛才截圖拍下的莉莉。

他把脖子往後縮，頗為驚訝。「那是莉莉？」

「那是莉莉。」我把手機放回口袋，從席歐手上接過垃圾袋。

「那就解釋得過去了。」他在階梯最上層一屁股坐下。

「解釋什麼？」

「解釋你在她身邊，為什麼舌頭會嚴重打結，說那些蠢話。」

我可不認為我的話很蠢，但他說對了一件事，就是莉莉真的很美，我在她身邊有時確實覺得舌頭打結，說不出話來。我說：「我等不及看你開始約會了。到時我再把這些鬼話奉還。」

第十章

〔莉莉〕

「媽，沒關係，真的。」我把手機夾在臉頰跟脖子中間。「我已經到亞麗莎家了；一點也不會不方便。」

「妳確定嗎？羅伯說可以幫忙照顧她。」

「不用啦。羅伯要照顧妳。」

「好。告訴愛咪婆婆很抱歉。」

「婆婆？妳現在決定要讓她叫妳婆婆了？」

「我剛才是想讓她喊喊看。」她說：「我不喜歡她叫我『外婆』。」

愛咪出生後，她換了四種關於「祖母」的自稱，到現在都還沒個定案。「媽，我愛妳，祝妳早日康復。」

「我也愛妳。」

我掛上電話，把愛咪抱出安全座椅。我發現萊爾的車子沒有停在他的車位，鬆了一口氣。我原本並不打算走進萊爾和亞麗莎住的公寓大樓，但我媽和愛咪這星期出現同樣的感冒症狀。

我昨天去媽媽家接愛咪的時候，愛咪已經輕微發燒。凌晨兩點左右，她開始發高燒，體溫怎麼都降不下來，直到今天我準備出門上班，她才退燒。結果到了下午，換我媽媽病倒了。我只好在上班時間去把愛咪接回來。我有點慌了手腳，因為今天晚上要跟亞特拉斯約會。原本我已經準備取消約會，幸好亞麗莎替我化解危機。

我沒有告訴她，我為什麼需要找人顧小孩。我傳簡訊問她，今天下午到晚上能不能幫忙照顧愛咪幾小時，她只回了一個字：「**來**。」

我警告她，愛咪昨天晚上發燒。不過愛咪和萊儷太常玩在一起，我們從幾個月前就不再擔心她們互相傳染。反正她們每一、兩個星期就會互相傳染一次。愛咪可能最早就是被萊儷傳染，才會感冒發燒。

我敲了敲亞麗莎家的大門。她一打開門就伸手抱住愛默生。「來姑姑這。」她一邊說，一邊接過愛默生，用力抱緊她。「她身上好香喔。萊儷已經沒有小貝比的味道了，我好傷心。」她替我把大門推開。我提著媽媽包走進去，亞麗莎這才留意到我身上的衣服。「等一下。」她說，一隻手指對我上下比劃。「這是怎麼回事？為什麼要我幫妳顧愛咪？」

我真的很不想告訴她我要去哪裡，但她可是亞麗莎，比任何人都瞭解我。她看出我臉上的猶豫，開門見山地小聲問：「這一身是『約會』打扮嗎？」然後關上大門。「是那個希臘男神嗎（譯註：「亞特拉斯」Atlas是希臘神祇的名字）？」

「對，是亞特拉斯。請不要告訴妳哥。」

就在我說那句話的時候，我看見馬歇爾就站在客廳，離我們很近。他馬上摀住耳朵說：「我什麼都沒聽見，什麼都沒看見，啦啦啦啦啦。」他穿過玄關，走進廚房。

亞麗莎揮揮手，表示可以當他不存在。「他很懂得怎麼保持中立。別擔心他。」接著示意要我跟她走進客廳。萊儷待在嬰兒圍欄裡，亞麗莎抱著愛咪朝萊儷走去。「萊儷，看看誰來了！」

萊儷見到愛咪，露出微笑。兩個女孩現在看見彼此，都會露出興奮的表情。我很高興她們年齡相仿。隨著愛咪漸漸長大，六個月的差異也逐漸縮小。

「他要帶妳去哪裡？」

我伸手撫平衣服，彈掉一小塊絨毛。「我們要去吃晚餐，是我沒去過的地方，希望我不會穿得太正式。」

「這是妳第一次跟他約會？妳似乎很緊張。」

「這是我們第一次約會，我是『真的』很緊張，但不是那一種緊張，而是好的緊張。我跟他很熟了，我不覺得自己是要跟陌生人一起吃晚餐。」

亞麗莎用溫柔的眼神，審視我一會兒。「妳看起來很期待的樣子。我想念這樣的妳。」

「對啊，我也是。」我彎腰親一下愛咪跟萊儷。「我不會待太晚。我得先回花店，幫露西打烊。他會到花店接我。我九點半左右就會回來了。如果妳不介意，盡量別讓她睡著。」

「妳幹嘛那麼早回來？很掃興耶。」

「我昨晚沒睡，快累死了。但我又不想取消約會，只好強打精神赴約。」

「媽媽們可不都是這樣。」亞麗莎翻白眼說：「我不會讓她睡著的，妳好好約會吧。喝杯咖啡或提神飲料之類的。」

我今天不知已經喝了幾杯咖啡。「我愛妳。謝謝妳當我今天的救星。」我邊說邊走出大門。

她哼唱著說道：「那就是我存在的目的囉。」

第十一章

〔亞特拉斯〕

我希望今天過得快一點，所以就算我為了今晚的約會，已經為波比餐廳安排足夠的人力，還是決定進廚房幫忙。結果現在，我把自己搞得滿身大蒜味。這已經是我第三次試著洗掉手上的蒜味，卻一點效果也沒有。但再不出發，我就要遲到了。

我們決定慢慢來，所以我不是要去她家，而是要到她的工作地點接她。我不知道她現在住哪裡，也不知道她是不是還住在兩年前她向我求助時，我去過的那棟公寓大樓。總之，我們都沒有跟對方提現在自己住哪一區。她很可能並不曉得，我今年稍早已經把之前那棟房子賣掉，搬到市區住。我很好奇我們現在住得有多近。

「我聞到古龍水的味道。」達倫經過我身邊的時候說。他停下朝冷凍櫃前進的腳步，轉身打量我。「你為什麼噴了古龍水？還穿得這麼講究？」

我聞了聞自己的雙手。「我身上沒有散發大蒜味？」

「沒有，你散發要赴約的味道。你要離開了嗎？」

「對，我**要**出發了。但我會在打烊時間回來。我今晚打算留在這裡，看能不能抓到破壞餐廳的人。」前幾次餐廳被破壞，中間相隔平靜無事的幾天，昨晚餐廳又被人第四度破壞。只不過損失金額不是很高，這一次，對方只是又把垃圾弄得到處都是。收拾垃圾比重新粉刷容易多了。可能是因為布萊德總是帶著席歐來幫忙。我也許應該警告席歐，他抱怨得愈多，愈不願意做家事，就愈有可能被帶來做家事。

我打算今晚跟破壞餐廳的人當面談一談，看能不能釐清對方的動機，說服他別再搞破壞，如果行不通再去報警。我深信大部分的事情，只需坦承彼此的想法就能解決，無須動用誇張的手段，但我不清楚自己面對的是怎樣的人。

達倫靠過來悄聲問：「你要跟誰出去？是莉莉嗎？」

我用毛巾擦乾雙手，點點頭。

達倫微笑走開。我很高興朋友們喜歡莉莉。那個撲克之夜過後，他們提起過莉莉一、兩次，但我想他們看得出來我很困擾。莉莉沒有參與我的生活，所以我不喜歡聊她的事。

不過現在她似乎有可能重新回到我的生活。可能吧。也許因為如此，我才會那麼緊張——我知道莉莉今晚跟我出門，承受很大的風險。如果我們繼續發展，可能會為她的生活帶來負面的影響。因此，我從兩個小時前就覺得壓力很大，想著一定要讓這次約會完美呈現，才不枉她冒險跟我出門。

但我身上散發一股「懼怕吸血鬼」的味道，跟我原先設想的已經不同。

•••

我五點五十五分把車停進停車場。莉莉一定早就在等我了。我還沒下車，她就走出花店，把大門鎖上。

我看向她，心情更緊張。她穿著一襲黑色連身褲和高跟鞋，實在太美了。莉莉穿上外套，走到停車場中央跟我會合。

我靠過去快速親吻她的臉頰打招呼。「妳好美。」我發誓，我說完以後，她的臉有一點紅。

「是嗎？我昨天整晚沒睡，覺得自己看起來像是九十歲的老人。」

「妳為什麼沒睡？」

「愛咪發了一整晚的燒，現在好多了，只是……」莉莉打了個哈欠。「抱歉，我剛才喝了咖啡，等下精神就來了。」

「沒關係，我是不累，只是聞起來都是大蒜味。」

「我喜歡大蒜。」

「很好。」

莉莉將重心往後腳跟移，低頭看自己的服裝。「我沒去過這間餐廳，不確定怎麼穿比較好。」

「我也沒去過，我也不知道，但我有預感妳這樣穿很得體。」我選了一間我一直很想嘗試的新餐廳。車程大概要四十五分鐘，但我們也會有足夠的時間敘舊。

「我準備了一份禮物給你。」她說：「我放在車上，我去拿。」

我跟過去，走到她的車子旁邊，看她從汽車中控台拿出一樣東西。她遞給我的時候，我無法抑制臉上的微笑。「這是妳的日記本？」她昨天晚上又念了一小段給我聽，但最後難為情得念不下去，就打住了。

「那是其中一本。看看今晚如何，再決定要不要給你看另一本。」

「妳不用覺得有壓力或是怎麼樣。」我陪她走到我的車子，替她打開副駕的車門。我幫她關上門的時候，她又打起哈欠。

我覺得很過意不去，感覺她已經累得沒什麼體力跟我約會。我不知道照顧小孩有多累，覺得自己沒有提議改天再約會有一點自私。於是，從停車場倒車出去前，我開口說：「如果妳想回家睡覺，我們可以下週末再約。」

「亞特拉斯，我就只想跟你出去。我等死了以後再睡。」她扣好安全帶。「你身上真的有大蒜味。」

我想她是在開玩笑。我們小時候，莉莉總愛一直開玩笑。我非常喜歡她這一點——不論她身邊發生多少不好的事，她似乎總能維持好心情。她在急診室發現自己懷孕後，跟我待在一起的那幾天，所展現的正是這股我欣賞的力量。我知道那是她人生最低潮的日子，但她依然微笑以對，甚至在撲克之夜，對我的朋友們展現絕佳的幽默感。

每個人處理壓力的方法不同，沒有絕對的對錯，但莉莉處理得很優雅。優雅，正是最吸引我的人格特質。

莉莉問：「你星期六晚上怎麼可以不在餐廳？」

我真討厭自己正在開車，因為我想看著她回答問題。我從沒見過她這麼……有女人味？那應該是讚美吧？我真的不曉得，也許不要說出口比較好。如果不是讚美就糟糕了。只不過從前我們愛上對方的時候，都不是我們口中的成年人。今天晚上就不一樣了。我們已經長大成人，擁有自己的事業。她是一名母親和花店老闆、一名獨立自主的女性，**真是性感**。

成年後，我跟她唯一相處的那段日子，基本上她還跟萊爾在一起，所以那個時候，如果我用這樣的眼光看她，感覺並不恰當——這是**帶著欲望的眼光**。

我把注意力放在路況上，試著不讓對話出現空白，但我想我可能有一點慌張。我很驚訝。

「我怎麼可以不在餐廳？」我說，假裝思考她的問題，而不是一心一意想著我有多想注視她。

「我請了可靠的員工。」

莉莉聽了之後，微微一笑。「你平常週末都在工作嗎？」

我點頭。「我通常是星期天休息，那是固定的店休日。偶爾週一休假。」

「你最喜歡工作的哪個部分？」

她今晚提出好多問題。我斜眼看她一下，露出微笑。「看我們餐廳的評價。」

她發出吃驚的聲音。「不好意思，」她說：「你剛才說餐廳的『評價』？你會看你們餐廳的評價？」

「每一條。」

「**什麼？**我的天啊，你一定是完全沒有不安全感。我是請賽琳娜經營社群媒體帳號，這樣我就『不必』去讀我們的評價。」

「妳們的評價很好。」

她在座位上，把整個身體轉過來面對我。「你還讀『我的』評價？」

「朋友經營的店的評價，我都會去讀，會很奇怪嗎？」

「不能說『不』奇怪。」

我打了方向燈。「我喜歡讀評價。我覺得店家評價反映出老闆是怎樣的人。我想知道別人怎麼看待我的餐廳。有建設性的評語可以幫助餐廳進步。我跟很多主廚相比，內場經驗還不夠豐富，批評指教是最好的老師。」

「讀『其他人』經營的店的評語，有什麼收穫？」

「說實話，沒什麼特別的收穫，我只是覺得很有趣。」

「我有負評嗎？」莉莉的視線從我身上移開，轉過身再次面對前方。「沒關係，別說好了。我只想假裝都是好評，假裝大家都很愛我的花。」

「大家都『很』愛妳的花。」

她緊抿嘴唇，想忍住笑意。「你最『不喜歡』工作的哪個部分？」

我很喜歡她跟我東聊西聊。讓我想起我們以前熬夜的時光。她會問一大堆關於我的問題。我對她坦承：「直到上星期以前，我最不喜歡的是衛生稽查，壓力實在很大。」

「上星期之後呢？有什麼不一樣？」

「我的餐廳被人破壞。」

「又發生了？」

「對。這星期被人弄了兩次。」

「你還是不知道是誰嗎？」

我搖頭。「毫無線索。」

「你有懷恨在心的前女友嗎？」

「應該沒有吧。她們不像是那種女生。」

莉莉踢掉高跟鞋，把一隻腳縮到椅子上，坐得更舒服一些。「你談過幾次認真的戀愛？」

好，她開口了。「說說看怎樣叫『認真的』戀愛。」

「我不知道，超過兩個月？」

我說：「一次。」

「你們交往多久？」

「一年多一點。我在軍中服役時認識她的。」

「你們為什麼分手？」

「我們住在一起。」

「所以才分手？」

「我覺得生活在一起之後，我們更清楚彼此不合適。又或者說，我們處在不同的人生階段。我把重心放在事業，她的重心放在上夜店要怎麼穿搭，而我厭倦一直跟她跑夜店。我退伍後搬回波士頓住，她還留在當地，跟兩個朋友搬進開放式閣樓套房。」

莉莉笑了。「我沒辦法想像你上夜店。」

「對，我想那就是我單身的原因。」我的手機響了，是柯瑞根餐廳的來電。我原本想問她相同的問題，結果話被打斷。我說：「我得接聽一下。」

「你接。」

我用藍牙耳機接聽，結果是冷凍櫃出狀況，還得再打兩通電話處理，請維修技師過去。當我的注意力終於可以回到莉莉身上，我快速看她一眼，發現她睡著了。她的頭垂在肩膀上。我的耳邊傳來輕柔的鼾聲。

我猜，咖啡因沒有發揮作用。

我讓她一路睡到餐廳。我們大約在六點五十分抵達，天色很暗，餐廳看起來坐滿了人，但離我預訂的時間還有幾分鐘，可以等一下再進去，所以我讓她繼續休息。

她的鼾聲就跟她一樣可愛，非常纖細，輕到幾乎聽不出來。我趕快拿相機錄了一小段，想以後拿出來鬧她。接著，我伸手到後座拿她的日記本。我知道她不要我當她的面讀，但嚴格來說我沒有這麼做，她正在睡覺。

我翻到第一頁，開始讀。

才讀第一篇日記，我就深深入迷。我感覺，現在讀日記好像打破我們訂好的規則，但日記本可是她自己帶來的。

我讀了第二篇，再讀第三篇。然後，我登入餐廳訂位程式，取消了訂位，因為不想遲到就得現在叫醒她。我寧願把位子讓給別人，因為莉莉看起來有一段時間沒有好好睡上一覺。

而且，我還想再讀一篇日記。等她醒來之後，我再帶她到其他地方用餐。

她的字字句句勾起了我們的年少回憶。有好幾次，她說的話和她的描述方式讓我忍俊不已，但我還是忍住，不想驚醒她。

我幾乎可以肯定要來到描述初吻的段落了。我看向時鐘。我們在這裡坐了半小時，但莉莉仍在熟睡，我也不想在這篇日記讀到一半的時候放下。於是我繼續讀，希望她再多睡一點，直到我把這一篇讀完。

他說：「我要告訴妳一件事。」

我屏住呼吸，不曉得他要說什麼。

「今天我跟舅舅聯絡了。我以前跟媽媽曾經住在他波士頓的家。他告訴我，等他出差回來，我可以過去跟他住。」

那一刻，我應該要爲他感到非常開心才對，我應該露出微笑向他道賀，但我閉上眼，替自己傷心難過，那一刻我覺得，我還眞是個幼稚的孩子。

「你要去找他嗎？」我問。

他聳聳肩。「我不知道，我想先告訴妳。」

他和我在床上離得好近，我可以感受到他溫暖的氣息，而且他聞起來有薄荷的味道，心想他也許用瓶裝水刷過牙才來這裡。每天他離開時，我都會拿很多水讓他帶回去。

我伸手到枕頭上，拔一支凸出來的羽毛。終於拔出來後，我用手指扭轉。「亞特拉斯，我不知道該說什麼。我很高興你就要有地方住了。那學校怎麼辦？」

他說：「我可以到那裡念完。」

我點頭，聽起來他已經決定好了。「你什麼時候離開？」

我心想，不知波士頓有多遠。車程可能要幾小時，如果沒車開，應該遠得不得了。

「我還沒確定要去。」

我把羽毛放回枕頭上，手放在身側。「爲什麼不去？你舅舅要給你地方住，不是很好嗎？」

他緊抿著雙唇，點點頭。他拿起我剛才把玩的羽毛，開始用手指拗折羽毛。他把羽毛放回枕頭上，接下來他做了一件出乎我意料的事。他伸出手，用手指觸摸我的嘴唇。

天啊，艾倫。我以爲我會就那樣原地死去。我的身體從來沒有湧現如此深刻的感受。他的手指在那停留了幾秒，接著他說：「謝謝妳，莉莉。謝謝妳所做的一切。」他的手指往上，撫過我的頭髮，接著他靠近我，在額頭上留下一吻。我的呼吸好急促，必須張開嘴吸更多的空氣。我可以看見，他的胸口和我一樣劇烈起伏。他視線低垂看著我，我發現他的視線移到我的嘴唇。「莉莉，妳接吻過嗎？」

我搖搖頭表示沒有，接著把臉抬向他。我需要他在這一刻、在這裡替我改變一切，否則我要無法呼吸了。

接著，他彷彿把我當成極其脆弱的蛋殼，將嘴唇往下蓋住我的嘴唇，就停留在那裡。我不知道該怎麼做，但我不在意，就算整晚維持這樣，嘴唇不再移動也沒關係。這就足夠了。

他的唇緊緊碾著我的唇，我似乎感覺到他的手在顫抖。我模仿他，像他那樣移動嘴唇。我感覺到他舌尖掠過我的嘴唇，我覺得眼珠快要翻到後腦勺去了。他又用舌尖刷過我的嘴唇，然後又一次，我也開始學他。我們的舌頭第一次相碰時，我微微笑了一下，因爲我幻想過初吻很多次，心想會發生在哪裡、跟誰初吻，但我從沒想到是這個感覺。

他讓我平躺，一隻手捧我的臉，繼續親我。我愈來愈自在，也愈來愈享受他的吻。我最喜歡的時刻，是他把頭抬起來，往下凝望我，然後再度更熱烈地吻我。

我不知道他親了多久。他親了好久、好久，久到我的嘴唇開始發疼，眼睛睜不開。我很確定，我們睡著時，他的嘴還停留在我的唇上。

我們沒再聊到波士頓的事。

我還是不曉得他是不是打算離開。

——莉莉

哇……**哇！**

我闔上日記本，看向莉莉。她把我們的初吻描述得好仔細，讓我覺得似乎比不上青少年時期的自己。

當時真的是那樣進行的嗎？

我記得那一天晚上，但我其實比莉莉描述的要緊張太多了。真有趣，當你還在青春期，你會以為地球上只有自己一個人缺乏經驗又很緊張。你以為其他少男少女，幾乎都比你更瞭解人生，但事情完全不是那樣。當時我們都一樣害怕，一樣被戀愛沖昏頭，一樣沉醉於愛情。

在我們初吻之前，我早就愛上她了。那一刻之前，我從來沒那樣愛過其他人。在那一刻**之後**，我再也沒像愛她那樣愛過別人。

我想現在可能依然如此。

莉莉並不是很清楚我人生的那一部分。讀完她對我們年少時光的幾段描述後，我有好多事情想告訴她。她顯然不曉得，當時她在我的人生中扮演多麼重要的角色。在沒有一個人站在我這邊的時候，只有莉莉為我挺身而出。

她仍然睡得很熟，於是我拿出手機，打開空白的備忘錄開始打字，寫下莉莉出現以前我過著怎樣的生活。我本來沒有打算寫那麼多，但我猜我想對她說的話實在不少。

我繼續打字，打了二十分鐘才寫完。又過了五分鐘，莉莉才終於醒過來。

我把手機放到杯架上，不太確定是不是真要給莉莉看我剛才寫下的內容，可能等個幾天或幾個星期再給她看吧。她想要慢慢來，我不確定信尾的內容是否符合她所說的「慢慢來」。

她抬起一隻手搔了搔頭。她面對著車窗，所以我沒有看見她什麼時候睜開眼睛。但我看得出來她醒了，因為她突然坐直身體，盯著窗外看了一下，然後快速把頭轉向我，有幾縷髮絲貼著她的臉。

我靠著這邊的車門，一派輕鬆地看著她，彷彿就第一次約會來說，這是再正常不過的行為。

「亞特拉斯。」她叫我名字的方式像在道歉又像在詢問。

「沒關係，妳累了。」

她快速拿起手機看時間。「我的**天啊！**」她彎身向前，雙手手肘撐著大腿，把臉埋進手心。「真不敢相信。」

「莉莉，沒關係。真的。」我拿起日記本。「我有妳的陪伴。」

她凝視日記本，接著哀號。「**太尷尬了**。」

我把日記本丟到後座。「我個人覺得獲得了很多資訊。」

莉莉開玩笑似的捶了我的肩膀一下。「別笑了，我心情好糟，一點都不好玩。」

「別心情不好，妳只是累壞了，可能也餓扁了。我們可以在回程途中買個漢堡吃。」

莉莉誇張地往椅背一靠。「廚藝精湛的廚師帶女生出門約會，卻因為她睡著了，只好去吃速食。有何不可？」她把遮陽板拉下來，看見頭髮貼在臉上。「哇，我真是個不折不扣的『媽媽』。這是我們最後一次約會嗎？是的。我已經毀了這一晚吧？我不會怪你的。」

我打了倒車檔，準備離開。「在我讀完那些日記之後，還差得遠了。我想不出有比這次更好的約會。」

「亞特拉斯，你的標準超低。」

她的自嘲實在可愛迷人。「我對妳的日記有個疑問。」

「什麼疑問？」她把暈開的睫毛膏擦拭乾淨。她覺得自己毀了我們的約會，看起來沮喪得不得了，但我止不住臉上的笑意。

「我們初吻的那一晚……妳是故意拿毯子去洗嗎？妳用這招讓我睡在妳床上？」

她皺起鼻子。「你讀到那麼後面囉？」

「妳睡了很久啊。」

她仔細想了想我的問題，點頭承認。「那時我希望我的初吻對象是你，要是你繼續睡在地板上，就不可能成真了。」

話是這樣說沒錯，而且這個決定很有用。

效果一直「延續」到現在，因為閱讀她對我們初吻的描述，勾起當晚她在我心中喚起的種種感受，就算她回程途中都在睡覺，我依然會覺得這是我有生以來最美好的一次約會。

第十二章 〔莉莉〕

「我不敢相信你讓我睡了那麼久。」都過了十分鐘，我的胃還因為尷尬而不安翻攪。「你讀完整本日記了嗎？」

「我讀到初吻的地方。」

還好，沒有到令人超級尷尬的地步。要是他趁我在旁邊睡覺時，讀到我們第一次發生關係的內容，我真的不知道心情還能不能平復。

我咕噥說：「真是太不公平了。你也要做點讓你尷尬的事情才公平，因為我現在覺得我把整個晚上都搞砸了。」

亞特拉斯笑出來。「妳覺得我也出點糗，會讓妳今晚好過一點？」

我點頭。「對，這是宇宙運作的法則，以牙還牙、以眼還眼，要尷尬就一起尷尬。」

亞特拉斯拇指輕敲方向盤，用另一隻空出來的手按摩下顎，然後朝立在杯架裡的手機點點頭。「打開手機的備忘錄程式，讀第一篇備忘錄。」

哇，我是開玩笑的，但還是迅速伸手拿手機。「解鎖密碼是什麼？」

「九、五、九、五。」

我輸入密碼，趁手機打開，快速瞄一眼主畫面。所有應用程式都整齊地放在資料夾裡，沒有一條未讀簡訊，而且只有一封尚未閱讀的電子郵件。「你有潔癖喔？竟然只有『一封』電子郵件未讀？」

「我不喜歡東西亂七八糟。」他說：「這是從軍的副作用。妳有幾封未讀的電子郵件？」

「幾千封。」我打開備忘錄程式，點開最近撰寫的那一則。我一看見第一行的五個字，立刻把手機翻面朝下，放到大腿上。「**亞特拉斯**。」

「莉莉。」

我感覺自己的難為情被一股溫暖的期待包圍。「你寫了『給莉莉的信』？」

他緩緩點頭說：「妳睡了好一陣子。」然後快速看我一眼，暫時收起笑容，彷彿對他寫下的內容感覺不安。他的臉再次轉向前方，我可以看到他的喉頭滾動。

我把頭靠向副駕駛座的窗戶，開始默默看他寫的備忘錄。

親愛的莉莉：

妳醒來後，會發現妳在我們第一次約會時睡著了，然後羞愧得無地自容。我真期待看妳怎麼反應。不過我去接妳的時候，妳看起來累壞了，所以看妳休息一下，我其實很高興。

這個星期過得很不眞實，對吧？我原本已經覺得自己或許永遠無法成爲妳生命中某個重要的人，結果突然之間，妳就出現了。

我可以一直重提那天巧遇對我的意義，但我向我的諮商師保證，我不會再對妳說那些庸俗又沒營養的話。不過別擔心，我打算打破承諾很多次。只是妳說我們要慢慢來，那我就等我們多約會幾次，再來行動。

現在，我想學妳寫日記的方法，聊一聊我們的往事。這樣才公平。妳在如此脆弱的人生時期，讓我讀妳心中最私密的想法；我認爲讓妳多瞭解我當時的生活，是我最起碼能做的事。

只不過我的版本比較現實一點。我會試著省略最糟糕的細節，但我不確定，如果妳不曉得我遇見妳之前的經歷，是否還能完全理解妳的友誼之於我，有著怎樣的意義。

我已經描述過一些事情了。我解釋過我怎麼會落入那種處境，住在廢棄的屋子裡。但在那之前，我早就覺得自己無家可歸。眞的，就算有房子可住，身邊有媽媽，有段時間還有繼父，我始終覺得自己沒有家。

我不記得自己小時候過著怎樣的日子。我會幻想，或許許久以前她是個好媽媽。我記得我們有一天到鱈魚角旅行，我人生第一次在那裡吃到椰香炸蝦。但如果除了那一天、那一餐之外，她一直是個稱職的媽媽，那一部分的她也不曾烙印在我的記憶中。

我主要記得的，都是自己一人度過的時光，或者試著不妨礙到她。她個性急躁，容易生氣，遇到事情想都不想就反應。在我人生最初的十幾年，她比我強壯、動作比我快，大部分時間我都躲著她，想辦法不讓她打我，不讓她用香菸燙我，不讓她對我破口大罵。

我知道她壓力很大，是個單親媽媽，靠著上夜班養活我，但就算那時候我爲她找再多的藉口，我還是見過許多單親媽媽，不用像我媽媽那樣，也能游刃有餘，因應生活的挑戰。

妳看過我的傷疤。我不打算說太細，儘管情況已經很糟，她第三次結婚後更是雪上加霜。他們認識的時候，我十二歲。

我完全沒想到，十二歲會是我唯一平順的一年。她總是待在他身邊，經常不在家，回家後也因爲墜入愛河，心情不錯。一個人對伴侶的愛，竟能左右他們如何對待自己的小孩，眞是諷刺。

但接著，我來到十三歲，提姆搬過來跟我們一起住。接下來四年，我過得苦不堪言。我不是惹媽媽生氣，就是惹提姆生氣。我在家裡總是被人大吼大叫。我在學校時，他們打架、吵架，破壞家裡的東西，等我回到家才有人清理。

跟他們一起生活是一場惡夢。等我終於有力量捍衛自己，提姆決定他再也不要跟我住。我媽媽選擇了他，於是我被掃地出門。其實不需要他們多說，我早就想離開了，但那是因爲我有地方可去。

到最後，我也無處可去。我離家三個月，寄住在朋友家。後來朋友一家人搬到了科羅拉多。我沒有人可依靠，也沒有其他地方可去。就算有地方去，也身無分文，無法成行。於是我不得不回去，問媽媽能不能回家住。

我還記得我回到那間屋子的那一天。我才離開不到三個月，那裡就破敗不堪。從我被趕出家門前幫院子除過一次草，院子的草再也沒除過。窗戶全部沒了紗窗，原本門把的位置變成敞開的洞口。從外觀看，妳會以爲我離開了好幾年。

我媽媽的車子停在車道上，但提姆的車子不在。她的車子像是停在那裡很久了。引擎蓋被撐開，工具散落四周，旁邊至少有三十個啤酒罐靠著車庫門，疊成一座金字塔。

在裂開的混凝土走道上，還有堆成一整疊的報紙。我記得我先把報紙堆撿起來，放在舊鐵椅上晾著，才伸手敲門。

伸手敲自己住了好幾年的房子，感覺很奇怪，但我擔心提姆可能在家，不想擅自把門打開。我身上還有屋子的鑰匙，但提姆清楚表明，如果我用鑰匙開門，他會報警告我擅闖民宅。

就算我想使用鑰匙，也不能用，因爲沒有門把。

我聽見有人穿過客廳的聲音。大門上半部小窗戶的窗簾被拉開，我看見我媽媽往外窺視。她盯著我看了幾秒鐘，沒有動作。

最後，她把門打開十公分左右。透過門縫，我可以看見，她在下午兩點鐘仍穿著睡衣，那是她從前某任伴侶遺留下來的威瑟樂團的寬鬆T恤。我很討厭那件上衣，因爲我很喜歡那個樂團。每次她穿上身，我對威瑟的喜歡程度就減少一點。

她問我爲什麼來，我不想立刻把原因告訴她，而是反問提姆在不在家。

她把門又打開一點，雙手緊緊交叉在胸前，其中一名團員的頭，像被砍掉一樣。她說提姆去上班了，問我想做什麼。

我問她能不能進去屋內。她考慮一下我的問題，接著看向我肩膀後方，掃視街道。我不知道她在查看什麼，可能是害怕被鄰居看見她允許自己的兒子進屋逗留。

她開門讓我進去，然後去臥室換衣服。我記得屋內黑得嚇人，窗簾全被拉起來，營造一種讓人無法判斷時間的混淆感。爐子上閃爍的時鐘一點幫助也沒有，而且時間差了超過八小時。要是我還住在那裡，那也是我會修理好的一樣東西。

要是我還住在那裡，窗簾會打開，廚房流理台不會堆滿髒碗盤，門把不會不見，院子不會沒整理，有好幾天份的潮濕報紙堆成一疊。那一刻我明白了，從小到大，那個家只有我在維護環境。那給了我希望。希望他們或許意識到，我其實是資產、不是累贅，會願意讓我回家待到高中畢業。我發現廚房餐桌上放著一套門把零件，便拿起來查看。門把零件底下壓著收據。我看了一下收據的日期，起碼兩週前就買回來了。

那是一組能跟大門配對的門把，我不知道提姆為何買了兩個星期還沒安裝上去。我到廚房櫥櫃的抽屜找出工具，拆開包裝。幾分鐘後，我媽媽從房間走出來的時候，我已經把新門把安裝到大門上。

她問我在做什麼。我轉動門把，把門打開一點，讓她看門把可以用了。

我永遠忘不了她的反應。她嘆口氣說：「你爲什麼老是要搞這些有的沒的？好像你非要他討厭你不可。」她從我手中一把搶走螺絲起子，說：「也許你該趁他還沒發現你來過，趕快走。」

我跟那個屋子裡的人永遠處不好的部分原因是，他們總會出現跟平常人不一樣的反應。當我主動幫忙家務，提姆會說我在跟他作對。如果我不幫忙做家務，他會說我懶惰、不知感恩。

「我不是想惹提姆生氣。」我說：「我把你們的門把修好了。我只是想幫忙。」

「他有時間就會修。」

提姆有個問題，就是他時間很多。他每份工作都不會做超過六個月。他花在賭博的時間，比跟我媽媽在一起的時間還多。

「他有工作了嗎？」我記得當時問她。

「他正在找。」

「所以他是去找工作？」

我可以從她的表情看出，提姆不是出門找工作。不管他現在人在哪裡，我很確定他會讓我媽媽欠上更多錢。我當初之所以被趕出去，壓垮駱駝的最後一根稻草就是她的債務問題。我找到一堆藏起來、刷爆的過期信用卡帳單，上面寫著她的名字，所以我去質問提姆是怎麼回事。

他不喜歡有人質問他。比起即將成爲大人的我，他比較喜歡十三歲之前的我。他喜歡那個可以任意擺布、不會反抗的我。他喜歡那個好操控、不會指責他的我。

那樣的我，在十五、十六歲時消失了。當提姆意識到他再也無法用肢體暴力威脅我，他就開始用其他方式破壞我的人生。其中之一是讓我無家可歸。

最後，我放下自尊心，直接向媽媽坦承我回來的原因。我告訴媽媽我無處可去。

我媽媽不僅沒有同理的表情，還一臉厭惡。「我希望你不是在做了那些事情之後，還想搬回來。」

「我做了哪些事情？妳是說我罵他賭癮纏身，讓妳負債？」

她就是在那時候罵我死王八蛋，或「屎」王八蛋。她總是把那個字念錯。

我試著央求她，但她瞬間變回我以前常見的樣子。她抄起螺絲起子用力朝我扔來。事發突然，當下我們根本不是在吵架，我沒有心理準備，閃躲不及，螺絲起子直接砸到我的左眼上方、眉毛中央的位置。

我用手指摸了摸傷口，一看上面沾染了鮮血。

我只是要求搬回家住。我沒有不尊重她，沒有對她惡言相向，只是過去見她，幫她把大門修好，並且試著跟她講道理，結果卻換來深深一道流著鮮血的傷口。

我記得我盯著手指，心想：「這不是提姆做的，是我媽媽。」

長久以來，我把這個家的所有不對勁都怪到提姆頭上，但這個家一切問題的源頭在她，提姆只是讓原本就很糟糕的環境雪上加霜。

我記得當時心想，就算死掉我也不要搬回去跟她住。在那一刻之前，我心中還有一部分對她抱有某種情感。我不知道那是不是僅存的一絲尊重，我還是感激她把小時候的我養大，但是父母在決定把小孩帶來這個世界時，不就應該承擔這份最基本的責任嗎？

那一刻，我意識到我把她想得太好了。我總是把我們感情不好歸咎到她是單親媽媽，然而，很多忙碌的單親媽媽還是跟小孩感情很好；有媽媽在孩子遭受虐待時挺身而出；有媽媽在十三歲的孩子被不當懲罰後，眼睛瘀青、嘴唇破掉時，不撇過頭去；有媽媽不允許老公把就學年齡的孩子趕出家門；有媽媽不會把螺絲起子扔到孩子頭上。

儘管瞭解到她是多麼無情的一個人，我仍嘗試了最後一次，試圖喚醒她內心的人性。「能不能至少讓我拿點東西再走？」

「這裡沒有你的東西了。」她說：「我們要用那些空間。」

在那之後，我無法看她的眼睛。我感覺，她好像只想把我從生命抹去。於是，我在那一刻發誓，我會讓她如願以償。

我往屋外走的時候，鮮血滴入我的眼睛。

我無法告訴妳，後來的我怎麼度過那一天。我的內心感受到巨大的遺棄感，覺得自己不被愛，孤單至極。我沒有人可以依靠，沒有任何東西，沒有錢，沒有隨身物品，沒有家人。

只有一道傷口。

人年紀還小的時候，容易受到外界影響。當原本應該看見你的價值的每個人，多年來不停說你一無是處，你也會開始相信自己一無是處。你會漸漸失去一切的價值。

話說回來，莉莉，我遇見了妳。縱使我已一無是處，妳看著我的時候，不知怎麼仍能看見我的價值，那是我已經看不見的東西。在我的生命中，妳是第一個對我感興趣的人。從來沒有人，像妳那樣提問，想要知道我的事情。跟妳相處幾個月、慢慢認識妳之後，我不再覺得自己一無是處。妳讓我發現自己是個有趣又獨特的人。妳的友誼賦予我價值。

我要爲此謝謝妳。就算這次約會沒有進展，就算我們再也不講話，我仍會永遠感謝妳，因爲不知怎麼，妳在我身上看見被我自己媽媽視而不見的價值。

莉莉，妳是我最喜歡的人。現在妳知道原因了。

——亞特拉斯

我讀完之後喉嚨緊縮，眼淚快要奪眶而出，甚至無法開口回話。我把手機放到腿上，擦拭眼睛周圍。我真的很討厭他現在正在開車，要是車子停著，我一定會張開雙臂，用他沒被緊緊抱過的力氣，把他抱緊。我很可能會親吻他，把他拉到後座，因為從來沒有人像他這樣，用如此甜蜜的方式，對我訴說這般痛徹心扉的往事。

亞特拉斯伸手拿他的手機，放回杯架，然後伸手牽我。他的視線沒有離開前方，同時把手指穿過我的手指，緊緊扣住。這個動作在我的胸口引起一陣悸動。我把另一隻手蓋在他手上。像這樣牽著手，讓我想起從前我們一起搭公車，緊握彼此的手，默默不語，承受著傷心和寒冷。

我望著窗外，他則直視前方，我們開回市中心的路上沒再說話。

• • •

我們在離花坊僅僅三公里的地方，停車買了外帶漢堡。亞特拉斯知道我不想讓愛默生超過睡覺時間太久還沒睡覺，所以我們就在花坊的停車場吃漢堡。方才直到開回市中心點餐，我們才開始聊一些比較輕鬆的話題。我意識到自己不再感覺羞愧難當。他對我坦承脆弱的一面，就像是我需要的重新設定鈕，讓今晚的約會重返軌道。

我們聊彼此玩過哪些地方。他待過海軍陸戰隊，去過的地方比我多太多了。他去過五個國家，我唯一出國的一次是去加拿大。

「妳連墨西哥都沒去過？」亞特拉斯問。

我用餐巾紙擦拭嘴巴。「沒去過。」

「妳跟萊爾沒去度蜜月？」

啊，真不想約會到一半聽見他的名字。「沒有。我們跑到拉斯維加斯登記結婚，沒時間度蜜月啊。」

亞特拉斯啜飲一口飲料。他看向我，眼神穿透過來，似乎想解讀我沒說出口的想法。「妳那時想舉辦婚禮嗎？」

我聳了聳肩。「我不知道。我知道萊爾一直不想結婚，所以他提議去拉斯維加斯結婚時，我覺得機會稍縱即逝。我那時應該是覺得，直接登記結婚總比不結婚好。」

「如果再婚呢？妳想改變作法嗎？」

我對他的問題發笑，馬上點頭。「當然，我什麼都想要，花朵、伴娘和一堆拉里拉雜的東西。」

我把一根薯條塞進嘴裡。「還要有浪漫的誓詞，以及浪漫無比的蜜月旅行。」

「妳想去哪裡？」

「巴黎、羅馬、倫敦。我完全不想坐在某個炎熱的海灘上。我想要到歐洲各個浪漫的景點，在每一座城市做愛，在艾菲爾鐵塔前面拍接吻照。我想要吃可頌，在火車上牽手。」我把薯條的空盒子裝進袋子。「你呢？」

亞特拉斯伸手牽我空著的那隻手。他沒有回答，只是對我微笑，緊握我的手，彷彿他想要的現在講出來還太早。

我跟他牽手牽得很自然，也許是因為我們十幾歲的時候，經常牽起彼此的手。跟他坐在這輛車子裡「不牽手」，感覺反而比牽手還奇怪。

雖說約會途中發生我睡著的意外插曲，這一夜卻讓我覺得輕鬆自在。待在他身邊，對我來說習慣成自然了。我伸出一隻手指輕輕滑過他的手腕上方。「我得走了。」

「我知道。」他說，拇指輕輕擦過我的拇指。亞特拉斯的手機發出叮咚聲。他用另一隻手去拿手機，讀剛傳來的簡訊。他輕聲嘆口氣，他把手機放回杯架的樣子，讓我覺得傳簡訊來的那個人令他心煩。

「沒事吧？」

亞特拉斯擠出笑容，但徒勞無功，我立刻看出他在假笑，他也知道。他移開看著我的視線，低頭看我們的手。他把我的手心翻過來朝上，描繪起我手掌的紋路。他的手指好像避雷針，透過我的手將電流傳導到我全身上下。「我媽媽上週打電話給我。」

他對我坦承的事，出乎我的意料。「她想做什麼？」

「我不知道。她還沒來得及告訴我，我就掛斷了，但我滿確定她是需要錢。」

我再次扣住他的手指，不知該對他說什麼。他快十五年沒聽見母親的消息，終於聯繫上卻是因為有所求，這一定很不好受。這讓我非常感激我母親密切參與我的生活。

「我不想在妳趕時間的時候提這些事。我們應該留一些話題等第二次約會再聊。」他對我露出微笑，氣氛馬上轉變。他的笑容足以支配我胸中的感受，真是不可思議。「走吧，我陪妳走到妳的車子那裡。」

我笑了出來，因為我的車子其實就在半公尺外。但亞特拉斯快步從車前繞過來，替我打開車門，扶我出來。接著我們各走一步，來到我的車子旁邊。

我鬧他說：「真是愉快的散步。」

他臉上快速閃過笑容，不知他是不是故意想引誘我，但身處寒冷的天氣，我卻突然全身發熱。亞特拉斯越過我的肩膀偷瞄一下，頭朝我的車子一抬。「妳車裡還有其他本日記嗎？」

「我只帶了這一本。」

「真可惜。」他說，單側肩膀靠著我的車子。於是我面對著他，學他擺出一樣的姿勢。

我不知道我們是不是要接吻了。我是不會拒絕他，只不過我睡了超過一個小時，剛才又吃了洋蔥，此時此刻，口腔氣息應該不怎麼迷人。

我問：「我可以重來一遍嗎？」

「重來什麼？」

「這次約會。下一次，我要保持清醒。」

亞特拉斯笑出聲來，但他的笑容逐漸消失。他凝視著我一會兒。「我都忘了，待在妳身邊是多麼有趣的一件事。」

他的話教我困惑，因為「有趣」不是我對年少歲月的認知，那段歲月應該令人傷感吧。「你覺得那時候很有趣嗎？」

他一側的肩膀微微一聳。「我的意思是，那當然是我人生最低潮的時期。但是跟妳共度的時光，仍是我最美好的回憶。」

他的讚美讓我臉紅起來，幸好周圍很暗。

他說得沒錯，那是我們人生中的低潮，但不知怎地，跟他在一起仍是我少女時期最特別的一段時光。我想「有趣」確實是最好的詮釋，而且既然我們在彼此的人生低潮期都能快樂度過，那我不禁想，處於人生高峰期的我們可以如何共度人生。

這跟我上星期對萊爾的看法恰恰相反。我和亞特拉斯一起度過低潮中的低潮，但他對我永遠是那麼好，始終非常尊重我。我選擇結為連理的男人，卻不知怎麼，用任何人都不該接受的方式對待我……而且還發生在我們的人生顛峰期。

我很感謝亞特拉斯，因為我知道，他是我現在對人要求的標準。我從一開始就應該要求萊爾做到跟他一樣。

這時，一陣冷風向我們襲來，亞特拉斯剛好可以趁此機會擁我入懷，但他沒有這麼做。沉默在我們之間不斷堆積，直到我們只剩下兩個選擇——親吻彼此，或者互道晚安。

亞特拉斯將我額頭上的一縷髮絲撥開。「我還不會親妳。」

我希望自己沒有露出明顯的失望，但我知道那很明顯。我在他面前幾乎像洩了氣一般。「你在懲罰我睡著嗎？」

「當然不是。我只是讀完妳對我們初吻的描述後，覺得自己矮了一截。」

我爆笑出聲。「比『誰』矮一截？你自己？」

他點頭。「妳眼中的少年亞特拉斯很迷人。」

「成年的亞特拉斯也是。」

他輕聲低吟，彷彿想要改變心意吻我。這聲低吟讓氣氛認真了一點。他以流暢的動作離開車子，站在我的正前方。我的後背緊貼著車門，我抬頭望他，希望他給我來個熱烈的吻。

「還有，妳要我慢慢來，所以……」

可惡，我真的有要求他。如果沒記錯，我說過我們的進展速度要**非常緩慢**，**我討厭我自己**。

亞特拉斯傾身向前，我閉上雙眼。就在他快速親吻我的頭側時，我感覺到他的氣息灑落在臉頰上。「莉莉，晚安。」

「好吧。」

好吧？我怎麼會說出「好吧」？我慌到一個不行。

亞特拉斯溫柔地笑了。我張開雙眼的時候，他正在遠離我，朝他的汽車駕駛座走去。他離開前一隻手放在車頂上，對我說：「希望妳今晚能睡點覺。」

我點頭，但不確定我是否還能夠安睡。我感覺今天攝取的每一滴咖啡因都在這一刻發揮了作用。今天約會過後，我肯定是睡不著了。我會不斷想著他讓我讀的那封信，就算沒在想那封信，也會整晚在腦中重播我們的初吻，好奇往下進展會如何。

「一直游，一直游，游下去就對了……」

我打開亞麗莎和馬歐爾家的大門，客廳傳來電影《海底總動員》的熟悉台詞。

我經過廚房時，馬歐爾站在冰箱前面，兩扇門都敞開著。他向我點頭打招呼，我揮揮手，但我急著去抱愛默生，沒跟他閒聊。

我走進客廳，發現萊爾坐在沙發上，我嚇一跳。他沒跟我說今晚不值班。愛默生在他懷裡睡著了，亞麗莎卻不見人影。

「嘿。」

萊爾沒有抬頭向我打招呼，但他不必抬頭，我也知道他正在煩心。我看得出來他下顎繃得很緊——出現這個跡象，明顯表示他生氣了。我想把愛默生抱起來，但她睡得很安穩的樣子，我就讓她繼續躺在萊爾懷裡。「她睡了多久？」

萊爾的視線仍盯著電視機，一手護著愛咪的背，一手枕在頭後方。「從電影開演就睡了。」

我認得那一幕，所以我知道大概播了一小時。

亞麗莎終於走進客廳，為客廳帶來朝氣。「嘿，莉莉，抱歉還是讓她睡著了。我們很努力讓她保持清醒。」我們快速交換兩秒的眼神。她為萊爾出現在這裡，默默向我道歉，我用眼神示意沒關係。他們是兄妹，我總不能期望，當他知道妹妹在照顧自己的女兒，還不找去她家。

萊爾向亞麗莎示意。「妳可以幫我把愛默生放到小床上嗎？我需要跟莉莉談一談。」

他唐突的語氣，讓我跟亞麗莎心中同時警鈴大作。她從萊爾懷中把愛默生接過去，又跟我交換一個眼神。看著亞麗莎把她放到小床上，讓我更想抱抱她。

萊爾站起身。我進門後，他這才終於跟我有了眼神的接觸。他快速打量我，發現我的打扮和高跟鞋。我可以看見他的喉嚨慢慢滾動。他朝上方抬抬頭，示意他想到屋頂露台跟我談。

不管他想談什麼，他都要求絕對的隱私。

他走出公寓，朝屋頂走去。我看向亞麗莎，想知道是怎麼回事。等到萊爾聽不見了，她才說：「我告訴他，妳今晚有活動。」

「謝謝。」亞麗莎向我發過誓，不會跟萊爾提我約會的事。我實在不懂，如果他不知道我去哪，怎麼會那麼生氣。「他為什麼不高興？」

亞麗莎聳了聳肩。「不曉得。他一個小時前到的時候，看起來沒事啊。」

我比誰都清楚，萊爾可以前一秒還好好的，下一秒就變了個人。但我多半知道他大發雷霆的原因。

他發現我去約會了嗎？**還是發現我的約會對象是亞特拉斯？**

我走上屋頂，找到倚靠矮牆、俯瞰下方的萊爾。我的胃已經糾結成一團。我朝他走去，高跟鞋發出咔嗒咔嗒的踩地聲。

萊爾快速看了我一眼。「妳看起來……**挺美**。」他說話的方式沒讓我覺得那是讚美，反而讓我覺得是羞辱。又或者，只是我的愧疚感在作祟。

「謝謝。」我倚靠矮牆，等他開口說到底是什麼令他心煩。

「妳剛才去約會回來嗎？」

「我去出席活動。」我順著亞麗莎的謊言說下去，因為我還不曉得跟亞特拉斯之間究竟有無可能，而且說真話只會讓萊爾更生氣。我背靠著矮牆，雙手交疊在胸前。「萊爾，你要跟我說什麼？」

他等了一下才開口。「今晚之前，我都沒看過那部卡通。」

他是想跟我閒聊嗎？還是有什麼事讓他生氣？我完全搞不懂我們對話的目的。

然後，我搞懂了。

我發誓，自己有時真的很白目。**他當然會不高興**。他讀過我的每一篇日記。在他讀過我對《海底總動員》的敘述之後，得知這部電影對我的意義，而我猜現在他終於看過那部電影，也該把事情串起來了。從這個狀況判斷，他還自行加油添醋了。

他轉過身面對我，一臉被背叛的表情。「妳幫我們的女兒取名『多莉』？」他朝我走近一步。「妳是根據妳跟**那個男人**的關係，來挑選我的女兒的中間名？」

我感覺太陽穴旋即一陣跳動。**那個男人**。我把視線從他的眼睛移開，思考怎麼把事情講清楚。我選擇「多莉」當愛默生的中間名，並不是為了亞特拉斯。在亞特拉斯出現之前，那部電影對我就意義重大，但我在取這個中間名之前，或許是該三思。

我清了清喉嚨，準備說真話。「我挑那個中間名，是因為小時候那個角色帶給我不少啟發，跟其他人沒有關係。」

萊爾發出惱怒和失望的笑聲。「莉莉，妳真的很讓人火大。」

我想跟他爭論、進一步澄清，但我緊張起來。他現在的行為舉止，令我想起他曾帶給我的所有恐懼。我想用逃避來化解眼前的狀況。

「我要回家了。」我開始朝樓梯走，但他快我一步，走到我前頭，在樓梯間前方擋住我。我緊張地後退一步，把手伸進口袋找手機，以防萬一。

他說：「我們要幫她換一個中間名。」

我用堅定的語氣回答他：「我們用你哥哥的名字替她取名『愛默生』，那是你跟她的名字的關聯；她的中間名則是代表『我』跟她的關聯。這樣才公平，是你過度解讀。」

我試著繞過他，但我一動作，他也跟著移動。

我扭頭衡量一下我跟矮牆的距離。我不覺得他會把我推下去，但我之前也沒想到他會把我推下樓梯。

萊爾問：「他知道嗎？」

他不必開口說出亞特拉斯的名字，我也知道他在講誰。我覺得自己被愧疚感吞噬，也擔心萊爾會感覺出來。

亞特拉斯確實知道愛默生的中間名叫「多莉」，因為我特別告訴過他這件事。但我真的不是因為亞特拉斯，替女兒取這個名字。我是為了「我自己」。在我知道世界上有亞特拉斯・柯瑞根這個人之前，多莉早就是我最喜歡的動畫角色。我欣賞她的堅強個性，我替女兒取這個名字，是因為堅強是我最希望女兒擁有的人格特質。

不過，萊爾的反應讓我想向他道歉，因為《海底總動員》確實對我和亞特拉斯意義非凡，而之前我在街上追著亞特拉斯、想要告訴他愛咪的中間名，那個時候我確實是感知到這一點。

也許萊爾生氣得有道理。

但我們的問題就在這裡。萊爾可以生氣，但那不代表我應該承受他的怒氣。我再度陷入相同的陷阱。我忘了無論我怎麼做，都不能把他過去的極端反應合理化。

我也許並不完美，但我也不該每次犯錯都要擔心自己的生命安危。這次或許是我有錯，也可以進一步討論，只是現在四下無人，我感覺跟萊爾在屋頂討論這件事並不安全。

「你讓我很緊張。我們可以回去樓下嗎？拜託？」

我這樣說，讓萊爾的態度立刻一百八十度轉變，彷彿被犀利的言詞侮辱刺傷。「莉莉，**拜託**。」他從門口移開，一路走到露台另一端。「我們在爭執，誰不會吵架，**我的老天**。」他朝反方向轉身，背對我。

他使出情緒操控這招，想要我被害怕的感受搞瘋，即使我的恐懼其來有自。我盯著他一會兒，心想我們是不是吵完了，他還有沒有其他的話要說。我不想再爭吵下去，便打開樓梯間的門。

「莉莉，等一下。」

我停下腳步，因為他的聲音冷靜許多，讓我相信他今晚也許能好好講出反對意見，而不是跟我激烈爭吵。他一臉痛苦地走回我這邊。「抱歉，妳知道我對他的事有什麼感受。」

我就是知道，才會因為亞特拉斯可能再次走入我的人生，感到矛盾不已。光是想到要當萊爾的面說出口，就讓我想吐。尤其是現在這個場面。

「我發現，妳為我們的女兒挑選那個中間名，可能是為了故意刺傷我的心，這讓我很難過。妳不能期待我對那種事無動於衷。」

我靠向牆壁，雙手在胸前交叉。「那跟你或亞特拉斯無關，只跟我自己有關，我發誓。」光是大聲說出亞特拉斯的名字，似乎就讓這個名字成為萊爾可以伸手揮拳的一個有形物體，卡在我們之間。

萊爾繃著臉點了點頭，但他似乎接受那個回答。老實說，我不知道他該不該接受，也許我真的下意識想那樣傷害他。我連在這一刻都不確定是否如此。他的怒氣讓我懷疑自己的意圖。

這一切，真是熟悉得不得了。

我們靜默了一會兒。我一心只想去找愛默生，但萊爾似乎還有話要說，因為他朝我走近，把一隻手放在我的頭旁邊的牆壁上。他看起來不再生氣，讓我鬆一口氣。但我不確定自己是否喜歡他眼裡取代怒氣的神情。自從我們分居以來，他不是第一次用這種神情看我。

我感覺整個身體隨著他的行為舉止，逐漸變得僵硬。他朝我移近五、六公分（**太**靠近了）並低下頭來。

「莉莉，」他用嘶啞的聲音向我低語：「我們這是**在做什麼**？」

我沒有回應他的問題，因為我不確定他問這句話是什麼用意。我們在談事情啊，是他自己起的頭。

他舉起一隻手，用手指輕摸我外套底下連身褲露出的衣領。他嘆了口氣，氣息穿過我的髮絲。

「一切會容易許多，只要我們……」萊爾停下來，或許在思考他要說的話，只是我不想聽。

「別說了。」我小聲說，不讓他把話講完。

他沒有講完想說的話，但也沒有退開。真要說的話，我反而覺得他比剛才離我更近了一些。我不曾做出什麼舉動，讓他以為可以這樣接近我。我的行事也沒有給他希望，讓他覺得我們會培養更進一步的關係，最多只會維持基本的禮貌、一起撫養小孩。是他，總想要突破我的底線，遊走在我能接受的範圍邊緣。老實說，我受夠了。

他問：「如果我改變了？**真的**改變了呢？」他的眼裡同時充滿了真誠與悲傷。

這樣對我沒效，**完全沒效**。「我不在乎你是不是改變了，萊爾，我希望你**改變**，但我沒有責任去驗證這件事的真假。」

我的話深深打擊他。我看見了，因為他必須花點時間，才能憋住語帶惡意的回話。他知道現在不該把那些話說出口。他不再開口說話，不再看我，不再汲汲營營。

他受挫地哼一聲，往後退開，朝樓梯走去——希望他是回自己的公寓。他用力把門甩上。

我沒有馬上下去，原因很明顯，我需要消化一下。

這不是他第一次問我們在做什麼，彷彿離婚是我想放長線釣大魚。有時他會順口提，有時傳簡訊問，有時會用開玩笑的方式說。每一次，他都表示離婚對我們沒有意義，而我看透了他。那是他用來左右我的手段。他認為只要他不把離婚當真，我就會認同他，重新接納他。

如果我重新接納他，他的人生會輕鬆許多，或許連亞麗莎和馬歇爾的人生也會變輕鬆，因為那樣他們就不必小心翼翼應付我們離婚的事實，以及他們與他的關係。

可是「我的人生」不會因此輕鬆。只要一個不小心，就得擔心自身安危，一點也不輕鬆。

「愛默生的人生」也不會輕鬆。我經歷過那種人生。在那樣的家庭裡生活，一點也不輕鬆。

我等憤怒感減退，才往樓下走去，但那股憤怒並沒有消失，反而隨著我往下走的每一步，不停地增加、累積。我覺得自己對剛才發生的事反應過大，也許我在萊爾身邊已經習慣如此，又或者，我不只習慣那麼反應，還因為缺乏睡眠。也可能是因為我跟亞特拉斯約會了，雖然約會差點被我搞砸。不管什麼原因使我反應如此激烈，都在亞麗莎的家門外，一股腦地朝我襲來。

我得花點時間平復情緒，才能進去找女兒，於是我坐在走廊地板上哭了起來。我喜歡躲起來哭，而且很不幸我經常這麼做。只是最近我發現自己太常不堪負荷。離婚、成為單親媽媽、經營生意，以及應付仍會嚇到妳的前夫，都帶來沉重的壓力。

還有萊爾講一些話，暗示離婚是個錯誤決定時，會有一絲害怕的感覺潛入我內心。因為有時候我的確會想，那也是他的孩子，要是還有老公一起分擔育兒責任，我就不會過得這麼辛苦。有時我也會想，我不讓女兒跟親生父親過夜，是不是太小題大作了。只可惜人際關係和監護權協議沒有一張指路藍圖。

我不知道自己的決定是不是都正確，但我盡力了。我不需要他的左右和情緒操控。真希望我人在家裡。我會直接去取首飾盒，拿出提醒自己的離婚理由表。我應該把它拍下來，隨時在手機上查看。我完全低估了跟萊爾互動是多麼困難，是多麼容易擾亂我的心思。

那些資源不如我或缺乏親朋好友支持的人，要如何走出這樣的循環？他們如何每分每秒保持堅強？我覺得在前夫面前，只要有那麼一刻感覺脆弱不安，你就會說服自己那是錯誤的決定。

任何人在離開善於操控、有暴力傾向的配偶之後，還能想辦法走下去，都該獲頒獎牌、立尊雕像，簡直可以拍成「超級英雄」系列電影。

社會大眾顯然一直崇拜錯誤的英雄人物。我相信，永遠離開暴力環境所要花費的力氣，比抬起一棟建築物還要難上千倍。

幾分鐘後，我聽見亞麗莎的家門打開，我還沒停止哭泣。我抬起頭，看到馬歇爾提著兩袋垃圾走出家門。他看我坐在地上，便停下動作。

「喔。」他的雙眼迅速掃視四周，彷彿希望有其他人來幫助我。我不是需要幫助，只是需要喘息片刻。

馬歇爾把垃圾袋放到地上，朝我走來。他在我對面坐下，伸直雙腿。他不自在地搔抓膝蓋。「我不確定該說什麼，我不擅長應對這種狀況。」

他手足無措的樣子讓我破涕為笑。我單手一擺，表示無奈。「我沒事，只是有時需要在跟萊爾吵架後哭一哭。」

馬歇爾收起一隻腳，像要站起來去找萊爾。「他有傷到妳嗎？」

「沒有，沒有。他很冷靜。」

馬歇爾放鬆下來，坐回地上。然後不知為何，也許是我面前有個比我更不幸的可憐蟲，所以我把心裡話一股腦地對他說出來。

「我覺得問題就在這裡——這一次他其實有『權利』對我生氣，而且他還滿冷靜的。有時候我們是會起爭執，但最後只是不贊同對方的意見而已。那時我就會開始懷疑，要求離婚是不是小題大作。我的意思是，我知道我沒有小題大作。我『知道』我沒有，可是他就是有辦法在我心中埋下懷疑的種子，彷彿只要多給他一點時間修正，事情的發展就會好很多。」我因為把這些煩惱加諸在馬歇爾身上，感到很過意不去。萊爾是他最要好的朋友，這樣對他並不公平。「抱歉，這不是你該處理的問題。」

「亞麗莎背著我出軌過。」

馬歇爾的話，讓我驚訝得整整五秒鐘說不出話。「什……什麼？」

「那是很久以前的事。我們想辦法克服了。但可惡的是，那真的好痛，她傷透了我的心。」

我搖頭，試圖消化這個訊息。他繼續往下說，我只好想辦法跟上這個話題。

「我們當時狀況不好。我們念不同的大學，試著維繫遠距離戀愛，而且那時我們還年輕。那不是什麼嚴重的大事，她喝醉了，一時忘記我是多棒的一個人，在派對上跟一個傢伙親熱。她告訴我的時候……我這輩子從來沒那麼生氣。我從來沒像那樣感到心如刀割。我想要報復她，背著她偷吃，讓她也嘗嘗那種感覺。我想刺破她的輪胎，把她的信用卡刷爆，把她衣服統統燒掉。可是不管我有多生氣，當她站在我面前，我不曾想過要對她施加肢體暴力，一秒鐘都沒動過這種念頭。真要說的話，我只想擁抱她，在她的肩膀上哭泣。」

馬歇爾用真誠的眼神看我。「當我想到萊爾打妳……我氣得不得了。因為我很愛他，真的，他從小就是我最要好的朋友。可是我也好討厭他怎麼不當個更好的人。不管妳做過什麼，或者妳有可能做什麼，任何一個男人都不該拿這個當生氣動手的藉口。莉莉，妳要記住這一點。脫離那個狀況是對的，永遠不要因此感到愧疚，妳應該感到驕傲才是。」

我原本都沒發現這一切帶給我多重的負擔，但馬歇爾這番話替我減輕大半的重量，我覺得自己簡直能漂浮了。

我想，要是那些話出自別人口中，意義還沒那麼大。但是從跟萊爾親如兄弟的朋友口中聽見他對我的認可，可是具有特殊意義。那對我而言是莫大的安慰，也賦予我力量。

「馬歇爾，你說錯了。你還滿會安慰人的。」

馬歇爾微笑，伸手扶我起來。他拿起垃圾袋，我則走回他們的公寓找我的女兒，緊緊擁抱她。

第十三章

【亞特拉斯】

同一個夜晚，竟然可以從實現我期盼多年的夢想，轉變成我害怕多年的惡夢。

要是送莉莉回去的時候沒有收到那封簡訊，我一定會吻她。但是我希望我們長大成人後的第一個吻，不要受到其他事物的干擾。

那時達倫傳簡訊告訴我，我母親人在波比餐廳。我沒有跟莉莉提簡訊內容，因為我還沒告訴她，我母親想要重新參與我的人生。而且我一跟她說是我媽媽打的電話，我就後悔了。我們約會的過程很順利，我卻冒險讓約會結束在沉鬱的氣氛中。

我沒有回覆達倫的簡訊，因為我不想打斷我跟莉莉的相處時光。即使約會結束，我們各自開車回家，我還是沒有立刻回覆達倫的簡訊。我開著車四處繞了半小時，試著釐清該怎麼做。

我希望我媽媽等得不耐煩自己走掉。我一路上故意慢慢開回餐廳，但我現在已經回到這裡，該面對了。她似乎非跟我說到話不可。

我在波比餐廳的後巷停好車。這樣我就可以從後門進去，以免她在餐廳的門廳或用餐區等我。我不確定她見到我認不認得出來，但我要用自己的方式接近她，取得優勢。

達倫注意到我從後門進餐廳，立刻朝我走過來。

「你收到我的簡訊嗎？」

我點頭，脫下外套。「我收到了。她還在嗎？」

「對，她堅持要等你。我讓她坐在八桌。」

「謝謝。」

達倫看著我的眼神有些小心翼翼。「也許是我多事，可是……我發誓我聽你說過，你的母親過世了。」

我聽了差點笑出來。「我從來沒說她『過世』，我只是說她不在了。意思有差。」

「我可以去告訴她，你今天不會過來。」他一定是感覺到風雨欲來。

「沒關係。我有預感，如果我不理她，她今天不會離開這裡的。」

達倫點頭，接著轉身，返回廚房的工作崗位。

我很高興他沒有多問，因為我不曉得她過來的目的，我甚至不認識現在的她。她很可能想跟我要錢。可惡，要是那樣能換得她不再打電話或出現，我願意給她錢。

萬一是那樣，我得準備一下。我走進辦公室，從保險箱取出一把現金，然後穿過廚房的門，走進餐廳。我猶豫了一下，視線才掃向第八桌。

我看過去的時候，發現她背對著我。這讓我鬆一口氣。

我深呼吸，讓自己冷靜下來，然後朝她走去。我不想讓自己不得不擁抱她，也不想假裝友好，所以我跟她一對到眼，就直接在她對面的椅子坐下。

她隔著桌子看我，臉上擺出從前老掛在臉上那副無動於衷的表情。她的嘴角稍微噘起，不過她向來如此。儘管那是出於下意識的表情，但她總是噘著嘴。

她的樣子很憔悴。從我最後一次見到她算起，大概才過了十三年，她的眼睛跟嘴巴周圍卻彷彿長出幾十年的新皺紋。

她仔細觀察了我一會兒。我知道，我跟她上次見到我時已大不相同，但她沒有表現出驚訝。她不動如山，彷彿應該由我先開口，但我沒有開口。

「這些都是你的？」她終於開口問我，朝著餐廳揮手比畫。

我點頭。

「哇。」

任誰看見我們，都會以為她在佩服我的成就，但是他們不像我那麼瞭解她，她的那一聲「哇」是貶抑，彷彿在說：「**哇，亞特拉斯，你沒那麼聰明啊，竟然能有這種成就**。」

「妳需要多少？」

她翻了個白眼。「我不是來要錢的。」

「那妳要什麼？妳要人捐腎嗎？還是捐**心**？」

她往後一靠，雙手放在腿上。「我都忘了你有多難對話。」

「那妳為什麼還要繼續？」

我母親瞇起眼睛。她只認識那個懼怕她的我，而我不再怕她了，我心中只有憤怒和失望。

她憤怒地哼氣，接著把雙手放回桌子上交疊在一起，眼睛緊盯著我。「我找不到喬許。我在想也許你跟他講過話。」

我知道上一次見到我母親是很久以前的事，但我完全無法聯想到哪個叫「喬許」的人。**喬許是何許人也？她的新男友，她以為我認識？她還在用藥嗎？**

「他經常這樣，但是都沒有這一次這麼久。他們威脅說，要是他再不回學校上課，就要告我沒依規定讓小孩上學。」

我聽得一頭霧水。「誰是喬許？」

她的頭往後仰，彷彿我沒聽懂她的話，讓她不耐煩。「**喬許**，你的弟弟。他又逃家了。」

我的……**弟弟**？

弟弟。

「你知道家長會因為沒按規定讓小孩上學而坐牢嗎？亞特拉斯，我有可能被判刑入獄。」

「我有**弟弟**？」

「你逃家的時候知道我已經懷孕。」

我完全不曉得……「我不是逃家，是妳把我趕出家門。」我不知道自己為什麼要澄清，她很清楚事實是什麼。她只是想推卸責任。不過她當年為什麼把我趕出去，現在終於說得通了。他們即將迎接新生兒，所以家裡沒有我的位子。

我舉起雙手放到頭後方扣住，既沮喪又震驚。接著我把手放回桌面，傾身向前，想把事情問清楚：「我有個**弟弟**？他年紀多大？誰是他的……他是提姆的兒子嗎？」

「他現在十一歲。沒錯，提姆是他爸，但他幾年前離開了。我連他現在住在哪，都不知道。」

我花了點時間消化這整件事。我想過千百種可能，就是**沒料到**這個狀況。我生出好多疑問，但目前最重要的是找出這個孩子的去處。「妳上次見到他是什麼時候？」

她說：「兩個星期前吧。」

「妳報案了嗎？」

她面露不滿。「沒有，當然沒有。他不是失蹤，他只是想惹我生氣。」

我得按壓太陽穴，好克制提高音量的衝動。我仍然不知道她是怎麼找到我的，或者她怎麼會認為一個十一歲的小孩會想教訓她，但我現在一心只想把人找到。「妳搬回波士頓住了嗎？他是在這裡不見的嗎？」

我母親露出狐疑的表情。「搬回？」

彷彿我們講的是兩種不同的語言。「妳搬回這裡住，還是繼續住在緬因州？」

「天啊，」她嘴裡咕噥，試著回憶過往。「我大概十年前就搬回來了？喬許那時還是個嬰兒。」

她在這裡住了十年？

「亞特拉斯，他們會逮捕我。」

她的小孩失蹤兩星期了，而她不擔心小孩，只擔心自己會被逮捕。**江山易改，本性難移**。「妳需要我做什麼？」

「我不知道。我是希望他會跟你聯絡，也許你知道他人在哪裡。但如果你根本不曉得有他存在……」

「他為什麼會聯絡我？他知道有我這個人？他知道些什麼？」

「除了你的名字？沒了。你又不在我們身邊。」

我的腎上腺素飆升。我很驚訝我竟然可以繼續坐在她對面。我全身緊繃，朝前靠近。「讓我搞清楚狀況。我有個從來不認識的年幼弟弟，他認為我不關心他的『存在』？」

「亞特拉斯，我不覺得他會主動想到你，你從沒參與他的人生。」

我沒有理會她的挖苦。那個年齡層的孩子，不管是誰，都會想念他們以為拋下他們的哥哥。我很確定他對我有怨氣，要命，搞不好他就是那個……**該死**，一**定是他**。

這樣許多事情都可以解釋了。我敢打賭，就是他到我的兩間餐廳搞破壞，而且他亂噴漆的錯字讓我想到我媽媽。這個孩子已經十一歲了，我很確定他懂得如何上 Google 搜尋我的個人資訊。

我問她：「你們住在哪裡？」

她在位子上坐立不安。「我們正在換房子，這幾個月住在萊斯摩旅館。」

我建議她：「妳先回去，免得他回去找妳。」

「我付不出那裡的住宿費了。我在找工作，會在朋友家待個幾天。」

我站起來，從口袋掏出錢，丟在她前面的桌上。「那天妳打電話給我，那是妳的手機號碼？」

她點頭，伸手撈桌上的錢，抓在手裡。

「我有線索再打給妳。回旅館去，盡量住之前的房間。如果他回去了，妳人得在。」

我母親點點頭，這是她頭一次露出稍微羞愧的表情。我沒有向她道別，留她自己靜靜體會。我希望她至少能體會一絲她多年來給我的感受，也就是她現在可能給我弟弟的感受。

真是不敢相信。她懷孕生下一個新生命，卻沒有想要告訴我？

我直接穿過廚房，從後門出去。後巷現在沒人，我花了點時間整理心情。我不確定自己曾經這麼吃驚。

她的小孩正獨自一人在波士頓的大街上閒晃，而她等了整整兩星期才採取行動？我不知道自己為何還會驚訝。她就是這樣的人，她一直是這樣的人。

我的手機響了起來。我實在太焦慮，很想把手機丟進垃圾箱，但我發現是莉莉想跟我用視訊通話，我想辦法鎮定下來。

我滑開螢幕，準備告訴她現在不是聊天的好時機。但是當她的臉出現在螢幕上，我感覺她的來電正是時候。我跟她分別才一個小時，但是聽見她的消息讓我安心。我願意不計一切代價，穿過電話去擁抱她。

「嘿。」我試著讓聲音保持平穩，仍然透出一絲刺耳。她聽得出來，因為她的表情擔憂起來。

「你還好嗎？」

我點頭。「我回餐廳後狀況不太好，但我沒事。」

她微笑，只是有點傷心。「是啊，我今晚狀況也不太好。」

我起初沒注意到，但她好像剛剛哭過。她的眼睛黯淡無光，有一點浮腫。「**妳**還好嗎？」

她勉強擠出另一個微笑。「我會沒事的。我只是想趁睡前，謝謝你今晚的陪伴。」

我真討厭她現在不是站在我面前。我不喜歡看她傷心難過，那讓我強烈聯想到年少時看著她傷心難過的每一刻。那時候，我至少還可以在她身邊擁著她。**也許我還是可以這麼做**。

「抱一抱會讓妳心情變好嗎？」

「當然會。但我睡一覺就沒事了。我們明天再聊？」

我不知道從約會結束到她打這通電話之間發生了什麼事，但她看來受了不少打擊，跟我現在的感覺很像。

「擁抱只需要兩秒鐘，在那之後妳會睡得更好。我去去就回，他們根本不知道我出去過。妳家地址給我。」

她的憂鬱神色終於透出一抹笑靨。「你要開八公里的車，只為了給我一個擁抱？」

「我願意**跑**八公里，只為了給妳一個擁抱。」

她聽完笑得更開心了。「我把地址傳給你，但敲門別太大聲，我才剛把愛咪哄睡。」

「等會兒見。」

第十四章

〔莉莉〕

我有好一段時間沒跟人約會了，所以「擁抱」是不是還代表其他的意思，我不曉得。

擁抱想必仍然只是個「擁抱」吧。

我連社群媒體都不太會用，更別說要跟上流行用語。我發誓，在我認識的千禧世代中，我是最跟不上時代腳步的人。我甚至是跨越X世代，直接跳到更早的嬰兒潮世代。我是具有嬰兒潮世代特質的千禧人——「嬰兒潮千禧世代」。真要命，我母親是嬰兒潮世代，說不定她比我還更懂這些玩意。她才剛交了新男朋友。我應該打通電話，請她指點我一下。

我刷了牙，以防萬一擁抱的意思是「接吻」。我還換了兩次衣服，最後決定換回視訊通話時穿的睡衣。我非常努力讓自己看起來不那麼刻意。有時候，女人好傻。

我在公寓裡踱步，急切地等他敲門。我不懂我為什麼這麼緊張。我才剛跟他相處了三小時。這個嘛……扣除我在約會途中睡著的時間，其實只有一個半小時。

我又踱了幾十步，公寓大門才傳來輕輕的敲門聲。我知道那是亞特拉斯，但還是從貓眼快速看了一眼。

就算透過貓眼看，他人整個變了形，但還是那麼帥。我發現他也換過衣服，不禁一陣莞爾。他只換了一件外套，但也算換過衣服。稍早跟我出門，他穿了一件黑色厚大衣，現在則是樣式簡單的灰色連帽外套。

天啊，我好喜歡他的穿著。

我打開門。亞特拉斯在我們視線接觸後，立刻伸手環抱我。

他把我抱得好緊，讓我不禁想問，前一小時他究竟過得有多糟，但我沒開口。我只是靜靜回抱他。我把臉頰埋進他的肩膀，沉浸在他散發的安逸幸福感。

亞特拉斯甚至沒有走進我的公寓。我們就只是站在門口，好像擁抱只是一個擁抱。他身上的古龍水味道很香，讓我聯想到夏天，彷彿他在對抗寒冷的天氣。先前他似乎很在意身上的大蒜味，但我只聞到同樣的古龍水香味。

他一隻手伸到我的頭後方，溫柔地停留在那裡。「妳還好嗎？」

「我現在好多了。」我回話的聲音悶在他身上。「你呢？」

他嘆口氣，沒有說他沒事，只是嘆了口氣，一切盡在不言中。然後他慢慢鬆開我，抬起一隻手，順著一縷髮絲往下摸。「我希望妳今晚能睡點覺。」

我說：「你也是。」

「我沒有要回家，我今晚要待在餐廳。」他三言兩語帶過，彷彿不該對我提那件事。「說來話長。我得回去了，明天再告訴妳發生什麼事。」

我想邀他進去，要他現在就把事情全部告訴我，但我感覺他要是想講就會開口。我也完全沒有心情聊我跟萊爾的事，所以我不準備逼他講是什麼事情打亂「他的」這一夜。我只希望我有辦法讓他好過一點。

我想到有樣東西或許有效，心情隨之亮了起來。「你還需要更多讀物嗎？」

一陣興奮在他的眼裡閃閃發亮。「好啊，我想讀。」

「你在這裡等一下。」我走進臥室，查看放東西的盒子，翻找下一本日記。找到之後遞給他。

亞特拉斯一手拿著日記，一隻手的手臂滑向我的下背部，將我用力拉過去。接著，他快速索了一個輕吻。這個吻來得既輕柔又迅速，我根本還沒意識到就結束了。

我逗他說：「這一本描述得更生動一點喔。」

「莉莉，晚安。」

「亞特拉斯，晚安。」

我們都沒有移動，彷彿分離會令我們傷心。亞特拉斯將我抱得更緊，接著他低下頭，雙唇貼到我的鎖骨附近、被衣服遮住的刺青位置。他甚至不曉得那裡有刺青。他在不知情下吻了那個刺青，然後就這樣離開了。實在讓人傷心。

我關上門，額頭抵著門片。我再次感受到愛上一個人的熟悉感，但這一次，心裡混雜著擔心和猶豫——即便那個人是亞特拉斯，而且亞特拉斯是其中比較好的對象。

都是萊爾的錯。因為爸爸的關係，我對男人本來就不太信任；萊爾消耗掉我所剩無幾的信任，讓我對男人的信任感全失。

但我想這份愛戀象徵著，亞特拉斯或許能讓我重拾我在爸爸和萊爾身上失去的信任感。想到這裡，我的心情從亞特拉斯帶給我的小鹿亂撞，轉變成深沉的低落，因為我知道萊爾會怎麼想。

我跟亞特拉斯的互動愈是愉快，我就愈擔心該怎麼把這件事告訴萊爾。

第十五章

〔亞特拉斯〕

我在軍中的時候，有位同袍有親戚住在波士頓。他的阿姨和姨丈準備退休，於是想把餐廳賣掉。那間餐廳叫「蜜拉」。有一年，我利用休假去了一次，之後就完全愛上那個地方。大致可說是因為那裡的食物，或是餐廳位於波士頓，但我愛上它的真正原因是，主要用餐區的正中央，保留了一棵原本就生長在那裡的樹。

那棵樹，讓我想起莉莉。

如果有什麼東西會讓你不由自主地想起初戀情人，樹木絕對不會是首選，因為到處都見得到。那大概就是我從十八歲起，沒有一天不思念莉莉的原因。但也有可能是因為直到今日，我都覺得我的命是她撿回來的。

我不確定是因為那棵樹，還是因為蜜拉餐廳的設備和人力都很充足，我才會在餐廳要頂讓時，很想把它買下來。我的目標不是一退伍就開餐廳。我原本打算先當一陣子廚師、累積經驗，但是當這個好機會找上門，我不能就這樣任它溜走。我用我在海軍陸戰隊存下來的積蓄和商業貸款買下那間餐廳，改過名字，換了一份全新的菜單。

有時候，我對波比餐廳的成功內心有愧，感覺得來全不費工夫。我不只接收餐廳已經工作上手的員工，還接收原本的客人。那不是我一手打造的餐廳，所以每當有人恭喜波比餐廳經營得很成功，我都會出現嚴重的冒牌者症候群。

也因此，我才要開柯瑞根。我不知道，除了自己，我要向誰證明什麼，但我想確定自己能夠辦到。我想挑戰從無到有，將某個東西建立起來，看它成長茁壯。就像莉莉在日記裡寫的，我們十幾歲時，她喜歡在花圃裡種東西，也是出自同樣的情懷。

也許，那是我對柯瑞根餐廳的保護心比波比更重的原因——那是我從頭打造的餐廳。或許那也說明，為什麼我會花更多心思維護柯瑞根餐廳的安全。柯瑞根餐廳設有保全系統，比波比餐廳更難闖入。

正因如此，按照那個孩子闖入的順序來算，應該輪到柯瑞根餐廳被破壞，但是今天晚上我還是打算在波比餐廳等待。第一天晚上是波比，第二天是柯瑞根，休息幾天後，第三次和第四次闖入都發生在波比。我有可能判斷錯誤，但我有預感他會再來一次波比，再去柯瑞根。原因很簡單，這兩個地方，他在安全系統較弱的一間得手比較多次。我只希望今晚他不會決定暫時歇手。

如果他肚子餓，一定會找來這裡。他來波比餐廳找吃的成功機率比較高。所以我躲在垃圾箱的遠端等著。我拉來一張大家休息抽菸坐的破椅子，讀日記消磨時間。莉莉的文句陪伴著我。這樣的陪伴有一點太愜意，因為我有好幾次讀得太專心，忘了要提高警覺。

我不確定，要搞破壞的孩子，是不是就是我同母異父的弟弟，但從時機點判斷應該是他。而且如果那些具有針對性的侮辱文字，是厭惡我的孩子噴上去的，事情就說得通了。我實在想不到，除了覺得被哥哥拋棄的年幼弟弟，還有誰會對我這麼生氣。

現在快要凌晨兩點鐘了。我用手機查看柯瑞根餐廳的監視系統程式，不過那裡也沒有動靜。

我繼續讀日記，可是最後幾篇我讀得很痛苦。我不曉得當初去波士頓的決定，竟然對年少的莉莉影響這麼大。我依稀記得那個年紀的我，覺得自己造成她的不便，但我不曉得我竟然「賦予」她的人生如此重要的意義。讀她當時寫下的文字，比我預想的還要困難許多。我原本以為瞭解她心裡的想法會很有趣，但讀著那些字句，讓我想起我們的童年是多麼殘酷。我很少再回想從前，因為當時的生活已經離我很遙遠。不過這個星期發生好多事，似乎想從四面八方將我拉回到過往。我讀了莉莉寫在日記裡的事、見了我媽媽、發現自己有個弟弟——這一切讓我覺得，我試圖逃離的每件事，就如同緩緩滲透的水，威脅著要將我淹沒。

但我有莉莉，她在完美的時機點重返我的人生。她似乎總在我需要救命繩索的時候出現。

我翻了翻剩下的日記，發現最後一篇日記我已經讀到一半。我對當晚的印象很模糊，因為那天最後發生的事情實在太可怕。有一部分的我，甚至不想從她的觀點體驗那一天，但我不是不知道這些年我帶給她什麼樣的感受。

我翻開最後一篇日記，從剛才停下的地方繼續讀。

他握住我的手告訴我，他比自己預計的要早入伍，他不能不向我說聲謝謝就離開。他告訴我他要從軍四年，不希望我才十六歲，就因爲見不到男友、聽不到男友的消息，而無法活得精采。

接下來，他說了一些話，讓他眼睛湧出淚水，變得更加清澈明亮。他說：「莉莉，人生很有趣，我們沒多少年可以活，所以要拚盡全力生活，盡情揮灑人生，別把時間浪費在不確定哪天會發生、甚至永遠不會發生的事情上。」

我明白他在說什麼，意思是他要去從軍了，不希望我在他離開的期間守著他。他不是眞的要跟我分手，因爲我們其實沒有眞的在一起過，我們只是兩個互相需要、互相幫忙的人，而我們的心在互相幫忙的過程中融合了。

被一個本來就不曾眞正抓緊妳的人放開手，感覺很難受。我想，在我們相處的這段期間，我們始終隱約知道無法天長地久。我不確定原因，因爲我可以就這樣愛著他。我想，在一般的情況下，如果我們像普通少男少女那樣交往，如果他過著一般人有家的生活，或許我們可能會成爲長長久久的情侶——那種一見鍾情，不受人生之苦干擾的情侶。

那天晚上，我甚至沒有嘗試改變他的心意。我覺得我們之間的聯繫，連地獄之火都燒不斷。我覺得他可以去從軍，我可以過青少女該過的生活，但一切都會在對的時間點歸位。

「我向妳保證，」他說：「等我的人生夠好了，可以和妳一起生活，我就會去找妳，但我不要妳等我，因爲那也許永遠不會發生。」

我不喜歡他的承諾，那句話帶有兩層含意：一個是他自認熬不過軍中生活，一個是他認爲自己的人生可能永遠不夠好，配不上我。

他的人生對我來說已經夠好了。不過我還是點點頭，勉強擠出笑容。「如果你不回來找我，我就去找你。亞特拉斯．柯瑞根，到時你就慘了。」

我的威脅讓他笑出來。「這個嘛，要找我不是什麼難事。妳知道我會去哪裡。」

我微笑。「什麼都比較好的地方。」

他也對我微笑。「波士頓。」

接著，他親吻我。

艾倫，我知道妳是大人了，很清楚接下來的事，但要我對妳說出後面幾小時發生的事，還是不太自在。這麼說好了，我們一直親、一直笑、一直濃烈地愛。我們一直喘著氣，但是都得摀住嘴巴，想辦法安靜不出聲，不被我爸媽發現。

結束後，他把我緊緊抱在懷裡，肌膚貼著肌膚，手放在心臟上。他親吻我，直視我的雙眼。

「莉莉，我愛妳，愛妳身上的一切。我愛妳。」

我知道人們經常說出那三個字，尤其是少男少女。很多時候，人們脫口而出這三個字的時候，不具有多大的意義。但是當他對我說出這幾個字，我明白他的意思不是「我愛上妳了」，不是那種「我愛妳」。

想一下，你在這一生遇見的所有人。你遇到那麼多人，他們出現在你的人生中，就像隨潮汐來去的波浪。有一些浪比其他巨大許多，形成更強烈的影響。有時候，巨大的波浪會從海底深處掀出一些東西，把它們留於海岸上，即使退潮許久，沙灘上仍會留下痕跡，證明波浪曾經來過。

亞特拉斯對我說「我愛妳」就是這個意思。他想讓我知道，我是他生命中最大的一道波浪，我爲他的生命帶來太多，即便浪潮退去，烙印始終無可抹滅。

告訴我他愛我以後，他說他爲我準備了生日禮物。他拿出一個棕色小袋子。「這不是什麼貴重的東西，但是我買得起的禮物。」

我打開袋子，拿出我有生以來收過最棒的禮物。那是一塊磁鐵，上半端寫著「波士頓」，下面則有一行小小的字寫著「什麼都比較好的地方」。我告訴他，我會永遠保存這塊磁鐵，每次看見就會想到他。

我在這封信的開頭說，十六歲生日是我一生最棒的日子。直到這一刻，這一天都棒極了。

接下來幾分鐘，卻整個變了調。

亞特拉斯出現在我的房間之前，我沒料到他會來，所以沒想到要鎖門。爸爸聽見我在房間跟別人講話。他一打開門，看見亞特拉斯跟我在床上，氣得不得了，我從沒見過他那麼生氣。亞特拉斯沒有心理準備，情況對他不利。

我這輩子都忘不了那一刻——我無法忘記，爸爸拿球棒攻擊他的時候，我的手足無措；我無法忘記，除了我的尖叫聲，唯一能聽見的只有骨折的聲音。

我到現在都不曉得是誰叫的警察，我很確定是媽媽，但過了六個月，直到現在我們都沒談過那天晚上的事。那時警察進入我的房間，把爸爸從亞特拉斯身上拉開，亞特拉斯渾身是血，我根本認不出是他。

我崩潰了。

徹底歇斯底里。

他們不只要讓救護車把亞特拉斯載走，也得替我叫救護車，因爲我無法自己呼吸，那是我第一次，也是唯一一次恐慌症發作。

沒有人告訴我他去了哪裡，也沒人告訴我他好不好。我爸爸甚至沒有因爲他的所作所爲被逮捕。有流言傳出，亞特拉斯一直待在那間舊屋子裡，說他是流浪漢，而我爸爸的英勇行爲值得尊敬——這個無家可歸的小子，誘拐他年紀輕輕的女兒上床，是爸爸救了自己的女兒。

我爸爸說，我成了鎮民八卦的對象，令一家人蒙羞。讓我告訴妳，他們到現在都還在八卦。今天我聽見凱蒂在公車上跟別人說，她警告過我亞特拉斯不是好人。她說，她一看就知道他不是好東西。簡直是胡說八道。要是亞特拉斯這時跟我在公車上，我應該會閉上嘴，試著用亞特拉斯教我的成熟態度應對，但我眞的是氣壞了，我轉過去告訴凱蒂她該下地獄。我告訴她，亞特拉斯是個比她好一百倍的人，要是再讓我聽見她說他的壞話，我會叫她後悔。

她翻了個白眼說：「天啊，莉莉，他把妳洗腦了嗎？他是個髒兮兮、手腳不乾淨的流浪漢耶，搞不好還會嗑藥。他利用妳得到食物和性愛，妳竟然還幫他說話？」

她還眞幸運，公車剛好開到我家那一站。我拿起背包下了公車，然後走進屋，在房間整整哭了三小時。我現在頭好痛，我知道，只有一個辦法可以讓自己好一點，就是把事情全部寫下來。

我這六個月來一直在逃避，不想寫這封信。

艾倫，我無意冒犯，我的頭還是好痛，心也是，可能比昨天更痛。寫這封信一點用也沒有。

我想我要停筆一陣子了。寫信給妳讓我想起他，實在太難受了。在他回來找我以前，我只能一直假裝自己沒事。我會一直假裝自己在水裡游著，但其實，我只是漂浮，勉強把頭伸出水面。

——莉莉

• • •

我讀完最後一頁，闔上日記本。

我不知該如何感覺，因為我心中五味雜陳，同時有氣憤、愛、悲傷和快樂。

不管多麼努力回想我們說過的每一個字、每一句話，我都無法清楚回憶那天晚上發生的事，我一直對此耿耿於懷。莉莉一五一十地寫了下來。儘管讀來傷心，對我來說仍是一份禮物。

那陣子，我身上發生了好多事，我怕她太脆弱聽了會傷心。我一心只想保護她，讓她遠離我人生那些狗屁倒灶的事。但讀完她的想法，我發現她並不需要保護。真的要說，當時的她或許有可能幫忙我度過難關。

這讓我興起再寫一封信給她的念頭。但我更想待在她身邊，當面跟她聊聊當時的事。我知道我們要慢慢來，可是我愈常跟她相處，就愈迫不及待想回到她身邊。

我站起來想把日記拿進去，順便拿些飲料一面喝一面等。但我一站起來，就停下動作。巷子另一端有一盞街燈照著這棟建築物，形成聚光燈的效果。有一道影子正在穿越燈光，在建築物的牆上以反方向移動，影子的主人看樣子正朝著我的方向過來。我往後退一步，繼續躲著。

我終於看到了那個人。一個孩子正走向後門。

我不知道他是不是我的弟弟，但那肯定是我在柯瑞根餐廳的監視畫面中看見的人。他穿著同一套衣服，一樣拉緊衣帽遮住臉。

我繼續躲著觀察，每過去一秒鐘，我就愈相信那就是我心裡想的人。他的身形跟我很像，就連動作都像。我全身上下焦慮緊繃。我很想會一會對方。我想告訴他我並不生氣，而且我可以理解他的經歷。

我不確定，在我得知那個人可能是我弟弟之前，我是否對他的行為生氣。你很難去生一個孩子的氣，尤其得知他也是被那個試圖撫養我的女人養大。我瞭解被迫求生是什麼感受。我也瞭解，願意不計一切博得某個人——**其實是任何人**的關注是什麼感受。我在童年時期有時真的很希望有人能注意到我。我有預感那就是他做這些事情的原因。

他想要被逮到。他只是想吸引別人的注意。

他直接朝餐廳的後門走，毫不猶豫。他對這個地方很熟悉。他先查看後門有沒有鎖，門打不開，便從連帽上衣拿出噴漆罐。我等他拿起罐子，才決定讓他發現我人在這裡。

「你的拿法不對。」我的聲音嚇了他一大跳。他轉過身抬頭看我，我才看出他年紀有多輕，我的心繃得好緊，彷彿一根弦啪的一聲斷掉。我試著想像席歐大半夜一個人在外遊蕩。

他驚恐的眼神仍帶有一絲稚氣。我朝他走去，他往後退一步，四處張望如何快速逃脫，但他沒有跑掉。

我相信他想知道接下來會如何。他好幾晚來這裡，不就是為了這個原因？

我伸手拿噴漆罐。他猶豫了一下，還是把噴漆罐交給我。我示範拿噴漆罐的正確方式。「如果你這樣拿，漆就不會往下流。你拿太近了。」

他仔細觀察我，從憤怒，到著迷，到覺得被背叛，臉上顯露各式各樣的情緒。我們不發一語，意識到我們長得還真像。我們長得都像媽媽，有同樣的下巴線條、眼睛、嘴形，連無意識的皺眉都很像。對我來說，一下子有太多事情要消化。我已經接受自己舉目無親了，而我還有他這個弟弟。我不禁好奇，他回望我的此刻，心裡有著怎樣的感受。顯然他很生氣，而且很失望。

我一邊的肩膀靠著屋子，用毫無保留的眼神低頭看他。「喬許，我不知道你的存在，我幾個小時前才知道有你這個人。」

那個孩子把雙手插進連帽上衣的口袋，眼睛盯著雙腳，嘴裡咕噥：「胡說八道。」

年紀還這麼小，態度就這麼堅決，我聽了很心酸。我忽視他憤怒的回應，拿出鑰匙，打開餐廳後門。「你肚子餓嗎？」我扶著門讓他進來。

他看起來想要逃跑，但猶豫一會兒，便低下頭，走進餐廳。

我打開電燈開關，進入廚房。我取出食材，準備幫他做烤起司三明治。我開始做三明治的時候，他悠閒地四處走動，仔細觀察餐廳裡的一切。他摸了摸餐廳的物品，打開抽屜和櫃子。也許他在查看下一次闖進來可以拿走什麼，又或者他在用好奇心掩飾內心的害怕。

我把食物盛盤的時候，他終於開口說話。「如果你不知道我的存在，那你怎麼知道我是誰？」

我覺得這件事要解釋很久，而且我希望等他感覺比較自在了再跟他談。後面這裡沒有可以坐下來講話的桌椅，於是我朝通往用餐區的門口示意。緊急出口標誌的燈光夠亮，我不必把用餐區的燈打開。

我指著第八桌說：「坐這裡。」他在今晚稍早我們媽媽坐過的那個位子坐下。我一把餐點放下，他就開始動口。「你想喝什麼？」

他吞下食物，聳了聳肩。「隨便。」

我回到廚房，替他倒一杯冰水，然後坐進他對面的雅座。他一口氣喝下半杯。

我說：「你媽媽今天晚上來過。她在找你。」

他做了個不在乎的表情，繼續吃他的東西。

「你都待在哪裡？」

他嘴裡塞滿食物說：「一些地方。」

「你有上學嗎？」

「最近沒有。」

我打算讓他多吃幾口食物再繼續問，我可不想一次問太多問題，把他嚇跑。我問：「你為什麼要翹家？是因為她嗎？」

「莎登？」

我點頭，心想他連「媽媽」都不想叫，兩人的關係究竟有多糟。

「對，我們吵了一架。我們經常吵一些愚蠢的小事。」他吃下最後一口，接著將剩下的水一飲而盡。

「你爸爸提姆呢？」

「我很小他就離開了。」他慢慢掃視四周，目光最後停留在那棵樹上。他回頭看我這邊，歪著頭說：「你很有錢嗎？」

「就算我很有錢，也不會告訴你。你試圖洗劫我好幾次了。」

我敢說他嘴角有一抹得意的笑，但他忍著不笑出來。他在雅座裡坐得更放鬆，把遮住臉部的連衣帽拉開。幾撮油膩膩的棕色頭髮往前掉，被他往後撥回去。他的頭髮看來早該剪了，兩側又長又不整齊，不可能是刻意設計的髮型。

「她說你是因為我才離家的。她說你不想要有弟弟。」

我得按捺住怒氣。我把他的空盤和杯子拿過來，站起身。「喬許，我發誓，我一直到今天才知道有你。我如果知道，我會待在你身邊。」

他從他的座位看向我，打量著我，不知道我的話能不能信。「你現在知道有我了。」他說出這句話，彷彿在向我下戰帖，希望我做得更好。他要我證明，他對世界不抱太大的希望是錯的。

我朝廚房門點點頭。「你說得對。我們走吧。」

他沒有馬上離開座位。「去哪？」

「我家。我有房間可以借你住。我只要求你不要那麼愛罵髒話。」

他挑起一邊的眉毛。「你是怎樣，篤信宗教的瘋子嗎？」

我示意要他起身。「十一歲的小孩老是罵髒話，只會讓人覺得你很絕望，至少要等到十四歲再罵比較酷。」

「我不是十一歲，我十二歲了。」

「喔，她說你十一歲。沒差，**還是**太小，還不到耍酷的年紀。」

喬許站起來，跟我穿過廚房。

我推開雙扇門之後，轉身面對他。「還要教你一件事。你寫錯了，不是『屎』王八蛋，是『死』王八蛋。」

他看起來頗驚訝。「我寫完後，也發覺滿好笑的。」

我把他的餐具放進水槽，現在已經是凌晨三點，我沒有洗碗盤的心情。我熄了燈，跟在喬許後面走出後門。我邊鎖門，他說：「你會告訴莎登我在哪裡嗎？」

我向他坦承：「我還不知道要怎麼做。」我開始沿著小巷子走，他快步追上來。

他說：「反正我在考慮要不要去芝加哥，應該不會在你家待超過一晚。」

我笑了，這個孩子竟然以為，在我得知他的存在之後，還會讓他逃去另一座城市。**我究竟替自己惹了什麼麻煩？**我感覺我每天要負的責任，就在剛剛多出了一倍。我問他：「我們還有其他我不知道的兄弟姊妹嗎？」

「就一對雙胞胎，才八歲。」

我停下腳步，看向他。

他咧嘴一笑。「開玩笑的啦。只有我們兩個。」

我搖搖頭，抓起他的連帽衣後端，往他的頭上蓋。「還真行。」

我們走向車子的路上，他露出笑容，我也是。接著，我心頭浮現一陣強烈的擔憂。

我認識他才半小時，「知道」有他這個人還不到一天，就突然發覺自己想保護他一輩子。

第十六章

［莉莉］

生小孩以後，妳就沒有自己的早晨時光了。

以前我醒來睜開眼睛，總會先在床上躺個幾分鐘，然後拿起手機，看一看昨晚睡著後錯過了哪些事。我會喝杯咖啡，然後一面沖澡，一面盤算這一天要完成什麼事。

現在生了愛咪，早晨換成是她的哭聲驚醒我，我還沒來得及上小號，就成了她的打雜工。我得趕緊幫她換尿布，趕緊幫她穿衣服，趕緊餵她。等我終於做完媽媽一大早該做的事，上班已經遲到了，根本沒時間做自己想做的事。

所以我很珍惜星期天的早晨時光。我覺得一星期只有這一天能感受到一絲的平靜。愛咪星期天早上醒來後，我都會把她抱到我的床上一起躺著，聽著她牙牙學語，完全不需要急著起床或上哪兒去。

有時候就像現在，她又睡著了，我就這樣一直盯著她好久，驚嘆為人母的美好。

我拿起手機，拍了一張愛咪的照片想傳給萊爾，但按下傳送鍵之前，我猶豫了。我一點也不想念萊爾，可是每當出現這樣的時刻，我確實會因為萊爾不在場，或者我沒有同享「他們」相處的喜悅，而感到哀傷。這世上最美好的事，莫過於跟一起生下孩子的人寵愛你們的孩子，所以我才會經常傳孩子的照片和影片給他。但我還因為昨晚的事生氣，不想主動聯絡他。我要把照片留著，等我們之間氣氛和緩一點再傳。

去你的臭萊爾。

離婚的生活不容易，我知道，但感覺比我預料的還要難受許多。而且多了小孩這個變數，離婚後的生活更是棘手千百萬倍。妳往後的人生永遠會跟對方糾纏在一起。你們必須討論要如何一起辦生日派對，或是怎樣分開辦比較好。你們必須規畫各自要跟孩子過哪些節日、一個星期跟孩子相處哪幾天，有時甚至細到一天要相處哪個時段。

妳不可能彈一下手指，就跟離婚的配偶一刀兩斷。妳注定要跟他們糾纏在一起，直到永遠。我就必須跟萊爾的情緒糾纏一輩子，而且說實話，老是對他感覺抱歉，老是為他發愁、害怕他、得「顧慮」他的感受，讓我愈來愈厭煩。

我還要等多久，才能開始跟另一個人約會，而不讓萊爾有理由吃醋？如果我跟亞特拉斯真的有譜，我還要等多久才能告訴他，我在跟亞特拉斯約會？我還要等多久，才能開始替自己的人生作主，不必擔心他會有不好的感受？

我的手機在震動，是我母親打來的。我輕輕溜下床，走到客廳接電話。

「嘿。」

「愛默生今天可以給我照顧嗎？」

她現在有了外孫女，眼裡就沒女兒，我不禁笑出來。「我很好，妳好嗎？」我媽媽對愛咪的愛不亞於我，我深信這一點。從愛咪六週大開始，我媽媽就在我工作時連續照顧她幾個小時。她上個月已經在我媽媽家過夜了。那是愛咪出生後第一次不在我身邊過夜。那天她在我媽媽家睡著了，我們都不想把她吵醒，我隔天才去接她。

「羅伯和我剛好在附近，我們二十分鐘內就可以過去接她。我們打算去植物園，我覺得帶她去會很有趣，妳也可以趁機休息一下。」

「好啊，我替她換個衣服。」

半小時後，我家響起敲門聲。我打開門，讓我母親跟羅伯進來。只見我母親直接快步穿過客廳，去找躺在小床上的愛咪。

「嗨，媽。」我故意鬧她。

「這套衣服好可愛。」媽媽抱起愛咪說：「是我幫她買的嗎？」

「不是。這其實是萊儷穿不下、送給我們的衣服。」萊儷比愛咪大六個月真好。我們都不太需要幫愛咪買衣服，因為亞麗莎給了我一大堆萊儷的衣服，穿都穿不完。而且那些衣服還很新，我感覺萊儷沒有穿過重複的衣服。

愛咪身上現在穿的，正是萊儷第一次生日派對穿的衣服。是一條粉紅底印了一整顆綠色西瓜圖案的內搭褲，搭配的綠色長袖上衣，中央則是印了一片粉紅色西瓜。當時我看到就覺得好可愛，希望他們會留給愛咪。

愛咪的其他衣服幾乎都是我媽媽買的，包括我現在要幫愛咪穿的這件藍色外套。

我媽媽說：「那件跟她的衣服不配。我幫她買的粉紅色外套呢？」

「太小了，而且這只是外套，她才一歲，衣服搭不搭不重要。」

我媽媽發出氣惱的聲音，我看她的表情就知道，下午愛咪會穿著全新的外套回家。我親了親愛咪的臉，我媽媽逕直朝門口走。

我把媽媽包交給羅伯，他一把掛到肩上，問我母親：「要我來抱她嗎？」

她把愛咪抱得更緊。「我來抱。」她扭過頭對我說：「我們去幾個小時就回來。」

我問她：「大概幾點？」我通常不會問她幾點送愛咪回來，但我想問亞特拉斯現在在做什麼。我們今天都休息不上班，我又不用照顧小孩，或許可以一起吃個午餐。

「我再傳簡訊告訴妳。怎麼了？妳要去哪裡嗎？」她問：「我以為妳會補個眠。」

我不敢告訴她，我可能會溜出去跟男生見面。她會一直拷問我，直到植物園關門了還沒問完。

「對，我可能會補個眠，但我的手機會開著，玩得開心喔。」

我母親走出大門，沿著走廊往外走，但羅伯停下腳步看我。「別忘了車子要停在同一個位子。她會發現妳移過車，然後問東問西。」他眨了一下眼睛，顯然比我母親更瞭解我的心思。

「謝謝你的提醒。」我低聲說。

我關上門，去找我的手機。剛才掛上媽媽的電話後，我忙著幫愛咪換衣服並送她出門，還沒有時間看手機。二十分鐘前，有亞特拉斯的未接來電。

我的胃因為期待而一陣翻騰，希望他今天沒上班。我打開手機鏡頭檢查儀容，接著回撥視訊電話給他。

他第一次打視訊電話給我的時候，我很不喜歡，但現在我們講視訊電話是那麼地自然。我每分每秒都想看見他的臉，我喜歡看他穿什麼、人在哪裡，還有他講話時的各種表情。

我聽見他接起電話的聲音，臉上已經漾起微笑。他拿起電話，而我終於看清楚螢幕畫面時，發現他站在我沒見過的廚房，跟我記憶中兩年前到他家看過的廚房不同。這間廚房屬於白色調，顯得很明亮。

他說：「早安。」他臉上掛著微笑，但表情很疲憊，很像才剛起床或正準備就寢。

「嘿。」

「妳睡得好嗎？」他問。

「我睡得很好，終於。」我瞇起眼，想看清楚他身後的景物。「你重新翻修過廚房嗎？」

亞特拉斯轉頭看了一眼，接著回頭看我這邊。「我搬家了。」

「什麼？什麼時候的事？」

「今年稍早。我把房子賣了，搬到離餐廳比較近的地方。」

「喔，太好了。」離餐廳比較近，代表也離我比較近。不知道我們現在住得有多近。「你在煮飯嗎？」

亞特拉斯讓手機鏡頭對著流理台。那裡擺了一鍋煎蛋、一疊培根、幾片煎餅和……**兩個餐盤**、**兩杯果汁**。我的心往下一沉。我說：「有好多食物。」試圖隱藏油然而生的強烈嫉妒。

「這裡不是只有我。」他說著，將鏡頭轉回去照自己的臉。

我臉上一定寫滿了失望，因為他馬上開始搖頭。

「不，莉莉，不是……」他笑了出來，有些侷促不安。他的反應很可愛，但不足以讓我放心。

他把手機拿高一些，我發現他後面站了一個人。我不確定他跟誰在一起，但那個人不是女生。是個孩子。

一個跟亞特拉斯長得一模一樣的孩子，用一模一樣的眼睛盯著我瞧。**他有個我不知道的小孩嗎？**

現在是怎麼回事？

那個孩子說：「她以為我是你兒子。你把她嚇壞了。」

亞特拉斯立刻把手機轉回去，對著自己的臉。「他不是我兒子，是我弟弟。」

弟弟？

亞特拉斯移動手機，我又看見他的弟弟。「跟莉莉打個招呼吧。」

「不要。」

亞特拉斯翻了個白眼，投來抱歉的眼神。他當著年幼弟弟的面，對我說：「他有點難搞。」

我小聲說：「亞特拉斯！」我們這段對話不停帶給我驚嚇。

「沒關係，他知道自己很難搞。」

我看見那個孩子在他背後笑出來。這讓我知道，他曉得亞特拉斯在開玩笑。但我非常困惑。

「我不曉得你有個弟弟。」

「我也不曉得。昨天晚上我們約會結束，我才知道的。」

我回想昨天晚上，他收到簡訊後顯然被某件事困擾，但沒想到是家庭問題。我猜這就是他媽媽試圖聯絡他的原因。

「等一下，先別掛斷。」他說完，從廚房走到房間裡跟我私下聊。他關上門，坐在床上。「比司吉大概還要再烤個十分鐘，我可以聊一下。」

「哇，是煎餅**加**比司吉耶，他真是個幸運的孩子。我早餐只喝了黑咖啡。」

亞特拉斯微微一笑，但眼裡沒有笑意。他在弟弟面前表現得很開心，但現在單獨跟我講話，我卻從他的姿態看出他的壓力很大。他問：「愛咪在哪裡？」

「我媽媽把她帶走，幫我照顧幾小時。」

他這才意識到我們今天都不必上班，而且我不必照顧愛咪，他失望地嘆了口氣。「妳是說，妳今天有空？」

「沒關係，我們要慢慢來，記得嗎？而且你又不是每天都會發現自己有個弟弟。」

他一隻手插進頭髮，嘆了口氣。「他就是那個破壞餐廳的人。」

我聽了嚇一跳，我得知道更多的細節。

「也因為這樣，我媽媽上星期才會打電話給我，她想問我有沒有他的消息。我現在覺得我封鎖她的電話，真是糟糕。」

「你又不知情。」我站在客廳裡，但我想坐下來聽他說，所以就走到沙發，把手機放到沙發扶手上，用手機架撐著。「他知道有你這個哥哥嗎？」

亞特拉斯點頭。「知道，而且他以為我知道有他這個弟弟，所以才會在我的餐廳惡搞洩憤。但除了讓我損失好幾千美元，他應該是個好孩子。或者說，他應該有可能成為好孩子。我不確定，因為他經歷很多我媽對我做過的糟糕事，不知道那對他造成了什麼影響。」

「你媽媽也在嗎？」

亞特拉斯搖頭。「我還沒告訴她我找到弟弟了。我跟一個律師朋友談過，他說我得盡早告訴她，才不會給她把柄。」

給她把柄？「你想爭取他的監護權？」

亞特拉斯毫不猶豫地點頭。「我不知道喬許是否希望這樣，但是不那麼做，他就不能跟我住。我知道她是怎樣的媽媽。他提到他想去找他爸爸，但是提姆比我媽更糟糕。」

「身為哥哥，你有哪些權利？有任何權利嗎？」

亞特拉斯搖頭。「除非我媽同意讓他跟我住。我不期待我們會談得很愉快。她會單純為了刁難我而拒絕，可是……」亞特拉斯重重嘆一口氣。「要是他繼續跟她住，他完全沒有機會好好長大。他已經過得比我那個時候更辛苦了。他的憤怒感比我還深。我擔心，如果再不給他安定一點的生活，那種憤怒感不曉得會演變成什麼。但誰敢保證我能辦到呢？要是我比我媽更令他失望，怎麼辦？」

「亞特拉斯，你不會的。你知道你不會。」

他快速給我一個微笑，接受我的安慰。「對妳來說當然很容易，妳像是天生就會照顧孩子。」

「我只是偽裝得好。」我說：「我根本不曉得自己在做什麼。沒有父母知道該怎麼做，我們都滿腹心虛，覺得自己是冒牌貨，每一分每一秒都在隨機應變。」

他問：「為什麼這聽了讓人感到安慰，又很害怕？」

「你用兩個形容詞，就講完為人父母是怎麼一回事。」

他吁了一口氣。「我想我該出去了，以免家裡被他洗劫。晚一點再打給妳，可以嗎？」

「好，祝你好運。」

亞特拉斯用唇語默默回我「再見」，真是性感到不行。

我掛上電話，倒到床上嘆氣。我好喜歡跟他講完電話的感覺。即使像剛才那樣，講了一通內容驚人又失序的電話，他依然讓我心情愉快，飄飄然又充滿活力。

真希望我知道他住在哪裡。我會像他昨晚那樣，開車過去給他一個擁抱。真心疼他要處理這些鳥事，但我同時也替他高興。從我認識他以來，就沒有親人參與他的生活；我無法想像，這樣的他究竟有多孤獨。

還有那個可憐的孩子，就像亞特拉斯的翻版，彷彿只有一個孩子不被母親愛護還不夠似的。我的手機發出鈴聲，有簡訊傳來。我看見那是他傳給我的簡訊，便露出微笑。接著，發現他傳來的簡訊有多長，我又笑得更開懷了。

謝謝妳，妳現在是我人生中最大的安慰。謝謝妳，總是在我感覺迷失時，做我的燈塔。不論妳是不是專為我閃耀光芒，我都非常感謝妳。我想妳了。我真的應該吻妳的。

讀完時，我伸手摀住嘴巴。我激動不已，方寸大亂。

喬許現在的人生有你，他很幸運。

不到幾秒，亞特拉斯立刻對我的簡訊按下愛心，然後我又傳了一封。

而且你說得對，你真的應該吻我的。

亞特拉斯又按了愛心。

第十七章

〔亞特拉斯〕

喬許並不相信我，但我會努力卸下他的心防。我賭他是誰也不相信，所以不會把他的猜疑當成是針對我。如果他跟我有類似的童年際遇，我相信以十二歲這個年紀，他已經擁有比一般孩子更頑強的心智。

雖然他用充滿不信任的眼神望著我，我也能感覺到他其實對我很好奇。他沒有問太多問題，但從他看我的方式可以明顯知道，他有一百萬個為什麼幾乎要脫口而出，而基於一些原因，他一直忍住沒問出口。他很可能在想，我已經發現是他破壞我的餐廳，為什麼昨晚還會輕易放過他。他也很可能在想，我為什麼不知道有他，以及我是如何成為跟我母親和提姆完全不一樣的人。

不管他在想什麼，他都努力不表露出來。我不想讓他不自在，所以他吃早餐的時候，都是我開口說話。其實也沒什麼困難，因為我跟他一樣，也有好多問題。這是昨晚終於回到家之後，我失眠的其中一個原因。我整晚豎著耳朵，聽他是不是想偷溜出去。老實說，今天早上他還在這裡，我是滿驚訝的。

我的問題可能讓他很煩，但是我沒忘記十二歲是怎樣的年紀。十二歲的我，只希望有人關心我是怎樣的人，就算對方不是真心也無所謂。如果他過著跟我相似的人生，那麼他已經被忽略了十二年；我是不會讓他在我的屋簷下有那種感受的。不過目前我只問安全、輕鬆的問題，以後再循序漸進，問得深入一些。

喬許一次只吃一樣東西。他先吃比司吉，然後才吃培根。他開始動手切煎餅的時候，我問：「你對什麼有興趣，有什麼嗜好嗎？」

他咬了一口，單邊眉毛微微抬起。我不曉得那是因為食物，還是我的提問。「為什麼？」

「為什麼我要問你對什麼有興趣？」

他點著頭，脖子顯得僵硬。

「我已經錯過你十二年的人生，我想知道你是怎樣的人。」

喬許移開視線，用叉子把更多煎餅送入嘴裡，咕噥著說：「日本漫畫。」

我聽了很驚訝，但還好席歐跟我聊過，我知道「日本漫畫」是什麼。「你最喜歡的一套漫畫是？」

「《海賊王》。」他搖搖頭，想換答案。「不對，我最喜歡的應該是《鏈鋸人》。」

我大概只能跟他聊到這裡，再講下去可能會顯得無知。「如果你想，我們晚一點可以去逛書店。」

他點頭。「這些煎餅很好吃。」

「謝謝。」

我看著他喝了點果汁。他把玻璃杯放下說：「你對什麼有興趣？」並朝盤子點點頭。「除了料理之外。」

我不知道要怎麼回答。我大部分的時間都花在經營餐廳，其餘時間則用來修繕房屋、洗衣服跟睡覺。「我喜歡看《料理頻道》。」

喬許咯咯笑。「真悲哀。」

「為什麼？」

「我剛才說料理不算。」

這個問題比我想像中還要難回答，結果換我被他反問。我說：「我喜歡參觀博物館，還有看電影、旅行，但我現在不做那些事了。」

「因為你總是在工作嗎？」

「對。」

「所以我說，真悲哀。」他靠近餐盤，又吃了一口煎餅。

那些用來「增進彼此認識」的問題，最後反被丟回給我，於是我單刀直入。「你們都為哪一些事情吵架？」

他聳肩。「有一半的時間，我根本不曉得自己做錯了什麼，她就那樣無緣無故地發火。」

我懂。我再讓他多吃幾口，才繼續問：「你都在哪裡過夜？」

喬許沒有看我，把餐盤上的食物挪來挪去，挪了一會兒，接著說：「你的餐廳。」他慢慢迎向我的目光。「你辦公室的沙發很舒服。」

「你一直睡在餐廳**裡面**？睡了多久？」

「兩個星期。」

我很驚訝。「你是怎麼進來的？」

「你沒有幫那間餐廳裝警報系統。我試了幾次，終於知道怎麼開鎖。不過另一間餐廳很難進去。」

「你會開……」我忍不住笑出來。布萊德和達倫一定很樂意對我說：「就告訴你了吧。」

「你怎麼會從過夜變成搞破壞？」

喬許不情願地看著我。「我不知道，可能是因為我在生氣。」他把餐盤推開，靠回椅子上。「現在怎樣？我一定要回去她那邊嗎？」

「你希望怎麼做？」

「我想去跟我爸爸住。」他搔抓手肘。「你能幫忙我找他嗎？」

我找提姆的意願跟找我母親的意願不相上下，也就是完全沒意願。「你知道關於他的任何事嗎？」

「我想他現在住佛蒙特州，但我不知道地址。」

「你上次見到他是什麼時候？」

「幾年前。但他現在應該不知道要去哪裡找我了。」

喬許現在看起來跟同齡的孩子沒兩樣。這個脆弱的孩子，被爸爸拋棄，但拒絕放棄希望。我不想當那個剝奪他希望的人，我只是點點頭。「好，我盡量幫你。但現在我得讓你媽媽知道你沒事，我必須打電話給她。」

「為什麼？」

「如果不打電話，我有可能變成綁架你的人。」

他說：「只要我是自願待在這裡，就不算綁架。」

「就算你是自願的，你年紀還太小，不能自己決定想住哪裡。而且現在你的法定監護權還在你媽媽手上。」

他聽了顯然很氣惱，沉著臉叉起早餐，但沒有張嘴吃。

我走到其他地方，撥電話給莎登。昨晚她離開餐廳後，我就把她的電話號碼從封鎖名單刪除，以免她需要聯絡我。我撥了她的電話號碼，把手機拿到耳邊。鈴聲響了幾聲，她才用昏沉的聲音接起電話。

「嘿，我找到他了。」

「你是誰？」

我閉了一下眼睛，等她清醒，想起自己的兒子不見的事。沉默幾秒鐘以後，她繼續說：「亞特拉斯？」

「對，我找到喬許了。」

我可以聽見電話另一端傳來窸窣聲，聽起來她正跳下床鋪。「他去了哪裡？」

我真的很不想回答這個問題。我知道她是他媽媽，但我感覺他去哪裡似乎跟她毫無關係；一般人不會給人家這種想法。「我不確定他去了哪裡，但他現在跟我在一起。聽著……我在想，他可不可以在這裡待一陣子？或許可以讓妳喘口氣？」

「你希望他跟『你』待在一起？」她強調「你」的那種口氣，讓我皺眉頭。事情比我想的還要困難。她是那種不顧自己究竟想要什麼結果，一味為了爭吵而爭吵的人。

我提議：「我可以幫他辦入學註冊，確定他去上學。妳就不用再煩惱他曠課的事。」她不發一語，似乎在認真考慮。

「還真會『犧牲自己，照亮別人』。」她嘴裡嘀咕：「現在就把人帶回來。」然後掛斷電話。

我試著回撥三次，都直接轉到語音信箱。

「聽起來不太妙。」喬許說。他站在廚房門口，我不確定他聽見多少我說的話，但至少他沒聽見她說了什麼。

我把手機插進口袋。「她要你今天就回去。但我明天會打電話給律師。可惡，如果你希望我這麼做，我可以打電話給兒童保護服務部。今天是星期天，能做的事情不多。」

喬許聽完我的話，垂下肩膀。「至少，可以把你的手機號碼給我嗎？」他詢問的語氣，彷彿害怕我會拒絕。

「當然可以。既然我知道有你，就不會把你丟下。」

他用手去摳袖子上的一個破洞，避開我的視線說：「如果你生我的氣，我也不會怪你。我害你損失很多錢。」

「你是害我損失很多錢。」我說：「麵包丁可貴了。」

這是喬許今天早上第一次露出笑容。「老兄，那些麵包丁真他媽的**好吃**。」

我低聲哀號。「別說那三個字。」

萊斯摩旅館位於波士頓的另一端，距離相當遙遠，我們花了四十五分鐘的車程才抵達，而且還不是平日的上班時間。我把車子停進停車場，喬許沒有立刻下車，只是靜靜坐在副駕駛座，盯著那棟建築物，一副怎樣都不想踏進去的表情。

真希望我不必把他送回去給他母親，但早上跟莎登講完電話，我又撥給律師朋友。他說，如果我希望事情進展順利，不讓她有理由抨擊我，就只能把喬許送回他媽媽身邊。然後他說，如果我想告她，就得請律師走必經的程序。

任何**不符合**程序的作法，都可能對我不利。

很顯然，即使你知道手足面臨險境，還是不能「綁架」他們。

我想向喬許仔細解釋整個狀況，讓他明白我並非單純把他丟還給媽媽，只是他一心一意想跟爸爸同住，我不確定他會不會想住在我這裡。況且我也不確定自己是不是準備好，可以照顧一個年幼的弟弟。然而，只要我活著一天，就不可能試也不試，就把他的永久監護權交給這個女人。

在我想出下一步之前，我不想讓他面臨沒食物可吃、沒錢付旅館住宿費的窘境。我拿出錢包，把一張信用卡交給他。

「我可以相信你會善用這張卡嗎？」

喬許看著我手中的信用卡，眼睛睜大了一點。「我不懂你怎麼會相信我，我這兩個星期還想破壞你的店。」

我把信用卡塞給他。「拿這張卡去買生活必需品、食物或者幫手機加值。」我在開車過來的途中，幫他買了一支使用預付卡的手機，讓他跟我保持聯絡。「或許可以買幾件合身的新衣服。」

喬許勉強從我手中接過信用卡。「我又不知道怎麼用這種東西。」

「刷一下就行了。但不要告訴莎登你有這張卡。」我指著他的手機。「可以藏在手機殼跟手機之間。」

他脫下手機殼，把信用卡放進去，接著說：「謝謝。」他把手放到車門上。「你要進去跟她講話嗎？」

我搖頭。「最好不要，那只會讓她更生氣。」

喬許嘆口氣，走下車。我們互看了幾秒，他才關上車門。

我覺得把他送回來，真是不智之舉。可是我得採取正確的作法。如果不把他送回來，她可以對我提告。我太瞭解她了，她很可能這麼做。我今天最好先把他交出去，等明天星期一，我就可以打電話問清楚，要怎麼做才能讓他搬來跟我住。

我知道，如果喬許跟她待在這裡，他不可能有好好成長的機會。我是極其幸運，才遇見莉莉，她拯救了我的人生。但我無法確定，這個世界上有足夠的好運，讓我們兩個「都能」被偶然認識的陌生人給拯救。

他只有我。

我留在車裡，看著喬許穿過停車場。他走上階梯，敲了敲倒數第二間房間的門。他轉過頭看我，我向他揮手。這時候，門打開了。

我在停車場，遠遠就看見莎登眼裡的怒火。她馬上對他大吼大叫。**接著，甩了他一巴掌**。喬許還沒來得及反應，我已經把手伸到門把上。莎登抓著喬許的手臂，用力把他往旅館房間拽。我在離車子大概一、兩公尺的地方，看到他被門檻絆倒，消失在房間裡。

我兩步併作一步踩上階梯，心臟怦怦跳。我走到門前時，她還來不及把門關上。喬許正掙扎著站起身，但她在他身邊不停地大聲喝斥。

「我有可能因為你**吃牢飯**，你這個小王八蛋！」

她不知道我就在她後面。我伸手抱住她的腰，把她抬起來，丟到我身後的床墊，讓她遠離喬許。一切發生得太快，她嚇得無法反應。

我扶起喬許。他的手機掉在一、兩公尺外的地板上。我拿起手機交給他，催促他趕快往外跑。莎登意識到眼前的狀況，從床上跳下來，跟著我們跑出門口。「把他帶回來！」我感覺她的手碰到我，她用力扯我的上衣，不知是想攔下我，還是想把我推開、去抓喬許。

我叫喬許趕快往前跑。「到車上去。」他繼續往階梯跑；我停下腳步，轉身面對她。她看見我眼中的怒火，快速倒抽一口氣，接著用兩隻手掌大力拍我的胸口，想把我推開。

她大喊：「他是『我的』兒子！我要叫警察！」

我發出惱怒的笑聲。我想要回她「妳叫警察啊」。我也想要對她大聲吼叫，可是我最希望的是，讓喬許離開她。喬許有我照看，他的人生就不會被她毀掉。

我現在根本沒有跟她對話的力氣。這個女人不值得我開口。我直接離開，留她在原地，像從前那樣對著我叫喊。

我回到車子上，喬許已經坐進前座。我用力關上門，兩隻手先緊緊握住方向盤，才發動車子。我得先讓自己冷靜一下，才能上路。

面對剛才發生的事情，喬許似乎異常冷靜，連呼吸都沒有因此沉重。這讓我不禁懷疑，他們平常是不是就用那種方式互動。他沒有哭，也沒有出聲咒罵，只是注視著我。我這才意識到，這一刻我做出的反應，很可能會讓他記住一輩子。

我雙手順著方向盤往下滑，平靜地呼氣。

喬許的臉頰紅通通的，前額有個小傷口在流血。我從置物箱拿了一張紙巾交給他，然後把遮陽板翻下來，讓他看要擦拭的地方。

「我看到她甩你巴掌，但你怎麼會有傷口？」

「我應該是撞到電視櫃了。」

亞特拉斯，慢慢來，謹慎處理。我打了倒車檔，把車倒出停車場。「也許我們該去急診室一趟，讓他們幫你檢查傷口，確定你沒有腦震盪。」

「沒關係。如果有腦震盪，我通常會知道。」

他通常會知道？我聽到這話，不禁咬緊牙根。我發現自己根本不曉得這個孩子經歷過怎樣的遭遇，我剛才還要把他推回火坑。我說：「安全起見，最好去一下。」但我心裡想的其實是：「**之後，我們可能需要她對你施暴的證明，最好去一下**。」

第十八章 ［莉莉］

我上次見到亞特拉斯是五天前。我試著不因為我們忙碌的生活而焦慮，因為我知道，等我能夠自在放心地讓亞特拉斯跟愛咪相處，情況就會改善。可是我得先讓愛咪的爸爸知道我有交往的對象，再把交往對象帶到愛咪身邊，那才是負責任的作法。

而這負責任的作法，同時也是一個可怕的選項，教我灰心沮喪。我打算盡可能先拖著。耐心不是什麼令人羞恥的事。

這個星期，因為露西即將舉辦婚禮，花坊人手不足，而亞特拉斯忙著處理監護權的法律問題、經營兩間餐廳和照顧一個孩子。雪上加霜的是，我母親自從上星期發燒以後，現在演變成重感冒，完全無法替我照顧愛咪。於是，這週我工作的三天，有兩天把愛咪帶去花坊。

這簡直是地獄般的一週，忙到連開車去讓亞特拉斯抱一下都沒辦法。

萊爾和馬歇爾今天帶兩個小妞去逛動物園。愛咪年紀還太小，可能根本無法體驗逛動物園的樂趣，萊爾應該會度過有趣的一天。

我們上週在屋頂露台談過愛咪的中間名之後，就沒再講過話，但今天早上換手很順利。他的態度有一點唐突、冷淡，但我寧願他這樣，好過他時不時就想對我做一些調情的小動作。

亞麗莎今天不必照顧萊儷，就來花店跟我一起工作。由於我們把所有的待辦事項都完成了，她出去買了咖啡回來。一小時前，我們已經把客人訂的花統統交給配送貨車。自從我上週跟亞特拉斯約會，我們終於有時間私下聊一聊。

亞麗莎把咖啡拿給我，對著電腦按滑鼠，檢查有沒有新的線上訂單。

我問她：「妳要穿什麼去參加露西的婚禮？」

「我們沒有要去。」

「什麼？」

「我們不能去，那天是我爸媽四十週年結婚紀念日。萊爾跟我要帶他們去吃晚餐，給他們驚喜。」

她跟我說過這件事，但我不曉得跟露西的婚禮是同一天。

她說：「萊爾只有那天晚上不用值班。」

我覺得灰心，萊爾的班表很討厭。我知道，等他以後不再是醫院最菜的外科醫生，情況就會改善，但就算他的值班時間不太會影響帶小孩，我最要好的朋友卻因為他，不得不在參加婚禮和陪父母吃飯之間二選一。

我知道那不是萊爾的錯，但我喜歡把他不能控制的事情偷偷怪到他頭上，感覺很棒。

「露西知道妳不會出席嗎？」

亞麗莎點頭。「她不介意少兩張嘴吃飯。」她喝了一小口咖啡。「妳要帶亞特拉斯去嗎？」

「我沒有邀請他。我以為妳跟馬歇爾會去，我不想讓妳跟馬歇爾又為了我的事撒謊。」我對於上週請亞麗莎幫我照顧愛咪，讓我去約會，感覺很過意不去，因為我知道，如果被萊爾問起，她就得說謊騙他。結果，她還**真的**不得不撒謊。

「妳打算什麼時候告訴萊爾，妳開始跟別人約會了？」

我低聲哀號。「一定要告訴他嗎？」

「他最後還是會發現。」

「真希望可以假裝只是在跟某個名叫葛瑞格的男人約會。不知道葛瑞格對他來說，威脅感會不會降低一些。也許我不必講清楚究竟是跟誰約會，他就不會那麼生氣。一、二十年後，再慢慢讓他知道那個人是亞特拉斯。」

亞麗莎笑了，但她看著我的眼神很好奇。「不過話說回來，萊爾為什麼那麼討厭亞特拉斯？」

「他不喜歡我保留一些當年和亞特拉斯交往的紀念物品。」

亞麗莎盯著我看，等我繼續說。「還有呢？」

我搖搖頭，表示沒別的了。「什麼意思？」

「妳有沒有背著萊爾和亞特拉斯外遇？」

「**什麼？**天哪，才沒有。我不可能那樣對萊爾。」她的問題有一點冒犯到我，但可以說又沒有真的冒犯到我。大家看見萊爾的反應，自然會好奇是不是發生過什麼，才會導致那樣的反應。

亞麗莎的眼裡充滿困惑。「我還是不懂，如果妳沒有背著萊爾跟他偷情，那他為什麼討厭他？」

我誇張地大大嘆口氣。「亞麗莎，這個問題我問了自己一百萬遍。」

她換上手足之間才會展現的不悅表情。「我本來是不想問。我還以為，妳是因為背著我哥哥外遇覺得慚愧，才不想告訴我。」

「我十六歲之後，連跟亞特拉斯接吻都沒有。萊爾只是無法面對，我過去談過的戀愛有時會以純柏拉圖的方式，悄悄現身於現在。」

「等等，妳十六歲後就沒有親過亞特拉斯？」她整個畫錯對話的重點。「你們上星期去約會也沒有？」

「我們打算慢慢來，我覺得那樣很好。我們進展得愈慢，我就有愈多時間，等準備好再告訴妳哥哥。」

「我覺得妳應該要快刀斬亂麻。」她指著我放在櫃台上的手機。「現在就傳訊息給萊爾，告訴他妳在跟亞特拉斯約會。他會克服的，反正他沒得選。」

「這件事我得當面跟他談。」

「妳太顧慮他的感受了。」

「妳太天真了。如果妳以為萊爾會**自己想辦法克服**，妳就太不瞭解妳哥哥了。」

「我從沒說過我瞭解他。」亞麗莎嘆口氣，一隻手托住下巴。「馬歇爾告訴我，他把我出軌的事跟妳說了。」

我很高興她換話題。「是啊，我聽了嚇一跳。」

「我酒喝太多，誤事了。當時我才十九歲，二十一歲以前做的事不算數。」

我笑了。「是這樣嗎？」

「就是。」她跳上櫃台坐著，開始晃動雙腳。「多說一點亞特拉斯的事。把我當成妳最要好的朋友，不要把我當妳前夫的妹妹。」

於是，我們又回到這個話題上，轉得還真快。「妳聽了真的不會尷尬？」

「為什麼會？因為萊爾是我哥哥？才不會，一點也不尷尬。他應該要對妳好一點，那樣妳就不會跟希臘男神們約會。」她挑動眉毛，咧嘴笑。「所以，他是個怎樣的人？他看起來很神祕。」

「他一點也不神祕，至少對我來說不神祕。」我感覺臉上不禁要浮現笑容，就自然笑出來。「跟他講話很輕鬆，而且他心腸很好。他是『馬歇爾』那種類型的人，只是沒那麼外向，他比較內斂。他的工作時間很長，我又要一直照顧愛咪，我們沒什麼時間進一步交往。還有呢，他這個星期才剛發現，他有一個年紀很小的弟弟，所以他的生活可說是被打亂了。我們主要靠簡訊和電話聯絡，簡直糟透了。」

「所以妳才一直看手機？」

聽見她那麼問，我感覺臉頰一陣燥熱。真討厭竟然被她發覺。我已經盡量避免引人注意了。

我不想讓別人知道我跟亞特拉斯有多頻繁地互傳簡訊，也不想讓別人知道我多常「想要」傳簡訊給他，或是多常「想著」他。

我不敢跟亞麗莎聊，或許是因為我想確定萊爾不會對亞特拉斯發火，才允許自己享受跟亞特拉斯相處的快樂。

正當那麼想的時候，我收到一封簡訊。我看著手機讀簡訊，克制不住臉上的笑意。

亞麗莎問：「是他嗎？」

我點頭。

「他說什麼？」

「他問我要不要讓他送午餐過來。」

亞麗莎果斷地說：「**要啊**。告訴他妳超餓，妳的朋友也超餓。」

我笑了，回訊息告訴亞特拉斯：**你今天可以帶兩份午餐過來嗎？你要送吃的給我，讓我同事非常眼紅**。

他馬上回覆：**一小時內就到**。

• • •

亞特拉斯終於出現時，亞麗莎跟我正忙著招呼客人。他拿著一個牛皮紙袋，我向他示意到櫃台等我，所以他耐心地站在那裡，等我們處理客人的事。亞麗莎先處理完，開始跟亞特拉斯聊天，我在花店這一頭聽不見，他們至少聊了五分鐘。我試著把注意力放在面前的客人，但知道亞麗莎正隨興跟亞特拉斯聊著天，讓我超級緊張。我永遠猜不到她會說出哪些話。

但亞特拉斯看起來很高興。不管亞麗莎說了什麼，他聽了心情都很好。

等我終於有空加入他們，感覺像過了十年那麼久。我走過去，亞特拉斯靠過來親我的臉頰打招呼。打完招呼，他的手指在我的手肘上輕輕觸摸好幾秒，才把手移開。一個簡單的肢體接觸，在我身內引起一陣電流，我很難集中注意力，而不明顯表現出我被他迷得團團轉。

亞麗莎對我會意微笑。「亞當．布洛迪，對吧？」

我不懂她在說什麼，直到我看見亞特拉斯在咧嘴笑。亞特拉斯第一次到我家的時候，我房間裡掛著一張亞當．布洛迪的海報。

我推了推亞特拉斯的手臂。「我那時才十五歲！」

他笑了，我很高興亞麗莎對他的態度友好。我知道她就算一心向著哥哥也不為過，但她不是那種因為誰不喜歡誰，就對某人粗魯無禮的人。

她不是死忠型的朋友，也不是死忠型的妹妹。那正是我最喜愛她的地方，因為我也不是個死忠型的人。要是你做蠢事，我是那個會告訴你，你在做蠢事的朋友。我不會跟著你一起犯蠢。

我希望朋友用相同的方式對待我。不論何時，比起忠心，我更在乎誠實，因為唯有誠實，才能**結交到**忠心的朋友。

我說：「謝謝你送午餐來。你幫喬許安排好學校了嗎？」

亞特拉斯在想辦法讓喬許從市鎮另一端的學校，轉到亞特拉斯家附近的學校。

「辦好了。我必須填寫入學申請單，祝我好運，希望他們不會仔細看。我撒了一點小謊。」

「我相信不會有事的，」我說：「我等不及要見他了。」

亞麗莎問：「他幾歲？」

亞特拉斯說：「他剛滿十二歲。」

「哇，」亞麗莎說：「最可怕的年紀，但往好處想，至少你不必付錢托嬰。」亞麗莎彈一下手指。「說到小孩，莉莉下週六要參加婚禮，不必照顧愛默生，可以像個單身成年人，自己出去玩一晚。」

我無奈地把頭往上一抬，然後看她。「我本來就要邀他，可不需要妳幫忙。」

亞特拉斯的興趣來了。「婚禮？」他嘴角揚起淘氣的笑容。「妳打算睡完那場婚禮嗎？」

我馬上臉紅，亞麗莎聽了很好奇。亞特拉斯轉向她說：「她沒告訴妳，我們第一次約會，她睡著了嗎？」

我不敢看亞麗莎，但我可以感覺她盯著我。「我很累。」我說著，替不可原諒的行為找藉口。

「那是個意外。」

亞麗莎說：「喔，我需要聽更多細節。」

「她在我們開車去吃飯的途中睡著，後來在停車場睡超過一個小時。我們連餐廳都沒進去。」

亞麗莎開始大笑，我有點想鑽到櫃台底下躲起來。

「是誰要結婚？」亞特拉斯問我。

「我朋友露西，也是這裡的員工。」

「什麼時候？」

「晚上七點的夜間婚禮，看你能不能來。」

「我可以。」亞特拉斯投給我一個眼神。那一瞬間，他的表情像在告訴我，要是我們能獨處就好了。一陣陣熱流沿著我的脊椎傳下去。「我得回去了。希望妳們喜歡這頓午餐。」他朝亞麗莎點頭。「很高興正式與妳見面。」

她說：「我也是。」

他往門口走，走到一半時開始吹起口哨。他開心地離開花坊，看見他這麼快樂，讓我心裡暖洋洋的。我不知道他的好心情是否與我有關，但是我內心那個多年來一直擔心他的少女，看見他過得這麼好，真的很高興。

「他有什麼問題？」

我快速看向亞麗莎，她用好奇的眼神盯著亞特拉斯才剛踏出的門口。「什麼意思？」

「他怎麼還沒結婚？他怎麼沒有女朋友？」

「希望他很快就會交到女朋友。」我說，臉上止不住笑意。

「他的床上功夫可能不大好。也許那是他單身的原因。」

「他的床上功夫絕對不差。」

她的下巴掉下來。「妳剛才說妳們連接吻都還沒，妳怎麼知道？」

我說：「那是指『成年後』。妳忘了我跟他有過一段感情。他是我第一次的對象，他非、常厲害。我很確定他現在一定更厲害。」

亞麗莎盯著我一下，接著說：「莉莉，我很替妳高興。」但她皺起眉頭。「馬歇爾也會喜歡他，他太『討人喜歡』了。」她說話的方式，讓人覺得那是最糟糕的一件事。

「那樣不好嗎？」

「我不知道那算不算『好』事。」她說：「這些事攪在一起的時候。妳懂的，我不需要多解釋。但我完全可以理解，為什麼妳會猶豫不想告訴萊爾。要是萊爾知道前妻跟那個無懈可擊的男人躺在同一張床上，他的男性自尊一定大受打擊。」

我挑起一邊眉毛。「打老婆才會感覺男性自尊受傷吧。」我衝口而出，連自己都嚇一跳，但講出口就收不回來了。可是我覺得不需要收回，因為我很幸運，我最要好的朋友並不是一個死忠的妹妹。

亞麗莎不覺得被我冒犯，反而點頭表示同意。「一針見血，莉莉，妳說得對極了。」

第十九章

〔亞特拉斯〕

我不確定，十二歲自行搭 Uber 是不是年紀太小，但我不想讓喬許放學後，自己一個人待在我家，所以我叫了一輛 Uber 把他送到餐廳。我們這個星期稍早討論過，他應該到餐廳來幫忙，賠償他造成的損失。

我一直盯著地圖上的 Uber 開到哪裡，車子一到，我就到門口接他。他下了車，樣子已經跟我前幾天遇見他的時候截然不同。他穿著合身的衣服，我昨天帶他去剪了頭髮，而且他身上的背包裝滿了書本，而不是噴漆罐。

不知道莎登見到他，會不會根本認不出來。

「今天上學怎麼樣？」今天是他第二天到新學校上課。昨天他說還可以，就沒再說下去。

「還可以。」

我猜我只能從十二歲的孩子口中聽到這麼多話了。我打開餐廳的門，喬許頓了一下才走進去。他抬頭打量著屋子。「真好玩，我都在這裡睡了兩個星期，卻是第一次從大門進來。」

我笑出來，跟在他身後走進餐廳。我很期待把他介紹給席歐，雖然我還沒有機會跟席歐提喬許的事。席歐幾分鐘前來到餐廳，他從後門進來的時候，我正要去大門口接喬許。

上星期過後，席歐就沒來過餐廳。我也還沒帶喬許過來，因為我得休幾天假，幫他打理生活。我們走過通往忙碌的廚房的雙開門時，喬許驚訝地停下腳步。他瞪大眼睛看著裡面喧鬧的樣子。我相信這個地方在白天，跟他晚上睡在這裡時，一定大不相同。

我辦公室的門開著，表示席歐在裡頭寫功課。我帶喬許往辦公室走，他跟在我的後面。席歐坐在辦公桌旁讀書。他抬頭看我，然後望向喬許。他往椅背一靠，收攏下巴。「你在這裡做什麼？」

「『你』在這裡做什麼？」喬許問席歐。

他們互問問題的口氣彷彿認識彼此。這一帶的學校都很大，而且學校有那麼多間，我沒想過他們有可能認識。我甚至不確定席歐讀哪一間學校。「你們兩個認識？」

席歐對我說：「對，他是我們學校的轉學生。」然後轉向喬許問：「你是怎麼認識亞特拉斯？」

喬許把背包放下，一屁股坐到沙發上，朝我抬了抬下巴。「他是我哥哥。」

席歐看著我，又看看喬許，再看向我這邊。「我怎麼不知道你有弟弟？」

我說：「說來話長。」

「你不覺得諮商師應該知道這件事嗎？」

我說：「你一整個星期都沒來。」

他說：「我每天放學後都要練習數學。」

「練習數學？數學要怎麼練習？」

喬許插話：「等等，席歐是你的『諮商師』？」

席歐回答他：「對，但他沒有付錢給我。嘿，你的數學老師是川特嗎？」

「不是，我的是薩利。」喬許說道。

「可惜。」席歐看向我，接著看看喬許又看著我。「你怎麼沒提過你有個弟弟？」席歐似乎仍耿耿於懷，但我現在沒時間跟他解釋。廚房已經忙不過來了。

「喬許可以跟你解釋，我得去廚房忙了。」我把他們留在辦公室裡，便回到廚房幫忙製作落後的點單。

我很高興他們彼此認識，但讓我更高興的是，席歐在他身邊似乎很自在。比起我弟弟，我更瞭解席歐；我覺得要是席歐不喜歡喬許出現在這裡，應該會表現出來。

• • •

大約一小時後，廚房的人手夠了，我可以偷個幾分鐘的閒。我走進辦公室時，喬許和席歐正熱烈討論席歐手上的漫畫書。「抱歉打擾你們。」我向喬許示意，要他過來。「你寫完功課了嗎？」

他說：「當然。」

「當然？」我還不夠瞭解他這個人，所以我不知道他回答「當然」是什麼意思。「意思是你寫了、還沒寫，還是完成一大半？」

「寫了。」他嘆口氣，跟我走進廚房。「一大半。我今天晚上會寫完，我覺得頭痛。」

我把他介紹給廚房裡的幾個人，最後一個是布萊德。「喬許，這位是布萊德，他是席歐的爸爸。」我用手比著喬許。「這是喬許，我弟弟。」布萊德困惑地皺起額頭，但是沒說話。「喬許要打工還錢。你有工作給他做嗎？」

「我要還錢？」喬許問道，心裡一陣疑惑。

「麵包丁的錢。」

「喔，那個。」

布萊德馬上把事情串起來。他慢慢點頭，接著對喬許說：「你沒洗過碗盤吧？」

喬許翻了個白眼，跟著布萊德走向水槽。

指使他工作讓我良心不安，但如果我沒有要求他為他造成上千美元的損失負責，我會更加不安。我打算讓他洗一個小時的碗盤，事情就這樣扯平。

我主要是想把他從辦公室支開，才能跟席歐聊他的事。我還沒有機會趁喬許不在場的時候，跟他聊一聊。

席歐坐在辦公桌前，把作業紙塞進後背包。我坐在沙發上，準備問他喬許的事，但席歐先開口了。「你吻莉莉了嗎？」

他總是把話題焦點放在我身上，不提自己的事。

「還沒。」

「亞特拉斯，搞屁啊？我發誓，你有時候真的好遜。」

我問：「你對喬許瞭解多少？」改變話題。

「他才來我們學校兩天，我不是很瞭解他。我們有兩堂共同的課。」

「他在學校表現如何？」

「不曉得，我又不是他的老師。」

「我不是指課業成績，我是指他跟別人的互動。他有交朋友嗎？對別人友善嗎？」

席歐歪著頭。「你在問『我』你弟弟友不友善？你不是應該知道？」

「我才剛認識他。」

「是啊，我也是啊。」席歐說：「你在要求我回答一個有預設觀點的問題。你也知道，同學之間有時本來就不太友善。」

「你是說喬許對別人不友善？」

「不友善有很多種，喬許屬於比較好的那種。」

我壓根聽不懂。席歐看得出我的困惑，繼續解釋：「他是那種會去欺負霸凌者的人，希望這樣講你聽得懂。」

這段對話讓我聽了很不安。「所以喬許是……霸凌者的『頭頭』？聽起來很糟糕。」

席歐翻了個白眼。「這很難解釋。不過我相信，我在那間學校不是最受歡迎的學生，這沒什麼好驚訝的。我參加數學研究社，又是……」他聳聳肩，省去最後幾個字。「但我不必去擔心喬許那樣的學生。你問我他對別人友善嗎？我不知道怎麼回答，因為他不是個友善的人，但他也沒有不友善。至少可以說，他不會去找好人的碴。」

我沒有馬上接話，因為我正試著消化這整段訊息。我可能比跟他聊之前還要困惑，不過我很高興席歐不害怕喬許。

「總之，」席歐拉上背包拉鍊，說：「你跟莉莉，你們是不是已經冷掉了？」

「沒有，我們只是很忙，但我明天要跟她去參加一場婚禮。」

「你終於要吻她了？」

「如果她希望我吻她的話。」

席歐點頭。「只要你不說什麼庸俗的話，她應該會希望你吻她。例如：**看看那些船，我們來親個嘴！**」

我拿起沙發靠墊朝他丟去。「我要換一個不會霸凌我的諮商師。」

第二十章

［莉莉］

在一場婚禮上同時身兼花藝師以及賓客，真是不容易。我今天一整天都忙著在現場確認花藝布置是否符合露西的要求，而且為了布置婚禮會場，花店必須提早打烊，賽琳娜得幫忙把花店所有的花束訂單製作好，送上配送車。

亞特拉斯到公寓來接我的時候，我根本還沒準備好。我剛才收到他的簡訊，他問要不要上樓來等我。我相信他會決定謹慎行事，是因為這一切對我們都是嶄新的體驗。他不知道直接敲門的話，公寓裡頭還會有誰，或是我想不想讓他們知道我要帶他出席婚禮。

我之前猶豫要不要邀他一同參加婚禮，就是出於這個原因。但我有把握在露西的婚禮上，不會有任何人認識萊爾。我們的人際交友圈沒有重疊。而且就算在極低的機率下，真的遇見認識萊爾的人，他們也只會告訴他我攜伴參加，冒個險很值得。自從亞特拉斯答應跟我參加婚禮，我就一直期待著今晚。

上來吧，我還在準備。

一陣子過後，亞特拉斯敲了敲我家的門。我開門讓他進來，感覺自己的眼睛可能像卡通人物睜大了一倍。「哇。」我盯著他看，眼前的他盛裝打扮，一身設計師款的黑色西裝。當他出現在我面前，我簡直忘了基本的待客之道，讓他在走廊等得比一般客人更久，才讓他進來。

他捧著一束東西，但不是一束鮮花，而是一束「餅乾」。

他把餅乾花交給我說：「我覺得妳收過很多花了。」同時靠過來親吻我的臉頰，我好想偏個角度，讓他親在我的嘴唇上。真希望這一刻的到來，不會讓我等太久。

「真是太好了。」我說，示意請他進來。「請進，我大概還需要十五分鐘換裝。」

我今天實在太忙，還沒空吃東西。我撕開一塊餅乾的包裝，咬下一口，接著用塞了餅乾的嘴巴說：「抱歉，這樣可能有點煞風景，但我好餓。」我指向臥室。「你可以跟我到房間等我準備，不會太久。」

亞特拉斯環視四周，一面打量，一面跟我走進房間。

我的洋裝攤在床上。我把洋裝拿起來，走進浴室，門口留了點縫，好邊換衣服、邊繼續跟他聊。「喬許在哪裡？」

「妳記得撲克之夜的布萊德嗎？」

「記得啊。」

「他兒子席歐跟喬許一起待在我家。他們念同一間學校。」

「他喜歡上學嗎？」

我看不見亞特拉斯，他回答：「應該還滿喜歡的。」感覺上，他的位置離浴室更近了一些，聽起來就在門邊。我把洋裝從頭頂往下套，然後把門縫打開一點。我選了一件酒紅色的細肩帶貼身洋裝。這件洋裝有一件搭配的披肩，還掛在衣櫥裡。

我出現在門口的時候，亞特拉斯的目光在我身上巡視，由下往上細細打量。不過我沒有給他讚美的時間。

「可以幫我拉拉鍊嗎？」我把背部轉向他，用手挽起頭髮，但我感覺到他在猶豫。又或者，他正在專心享受這一刻。

幾秒鐘後，我感覺他的手指按著我的背，將拉鍊往上拉。我皮膚起了一陣雞皮疙瘩。他拉好拉鍊，我放下頭髮，轉過來面對他。「我得去化妝了。」我往浴室走回去，但亞特拉斯伸手扣住我的腰。

「來我這裡。」他將我拉了過去。我輕輕撞進他懷裡。他用欣賞的眼光看了我的臉龐幾秒，露出讚賞的微笑，誘惑著我，彷彿即將給我一吻。「謝謝妳邀請我。」

我以微笑回應他的笑容。「謝謝你過來，我知道你這個星期很忙。」

亞特拉斯的眼睛透著疲憊，平常他眼睛散發的微光黯淡了一點，感覺他心裡有壓力，剛好可以趁今晚放鬆一下。我忍不住伸手摸他的臉，一邊說：「你想的話，我們可以搭 Uber 過去。你看來需要喝一杯。」

亞特拉斯伸手撫摸我放在他臉上的那隻手，偏過頭對準我的掌心一吻，接著把我的手從他臉上移開，與我四指相扣。他張嘴想再說些什麼。我在那一瞬間發現他的視線掃過我的刺青。

亞特拉斯沒看過我肩膀上的心形刺青——那個我在他從前經常吻我的地方刺上的圖案。他用手指溫柔輕觸，勾勒愛心的輪廓。他目光迅速往上，與我的視線交會。「妳什麼時候去刺這個刺青的？」

我聲音哽住，不得不清一清喉嚨。「念大學的時候。」這一刻在我腦海出現好多次——如果有一天他看到這個刺青，不知會說些什麼，會有什麼想法。

他靜靜注視我，再次看向刺青。他離我好近，我可以感覺他的氣息徐徐落在我的鎖骨上。「妳為什麼要刺這個刺青？」

我刺這個刺青的理由很多，我選擇告訴他最明顯的一個。「因為我想念你。」

我等待他，像從前好多次親吻我那樣，低頭在那個位置留下一吻。我在等他**吻我**，等他將嘴唇貼在我的嘴唇上，無聲地向我道謝。

這些事，亞特拉斯都沒有做。他凝視我的刺青一會兒之後，卻放開我，轉過身去。他淡淡地說：「妳差不多該去化妝了，不然我們會遲到。」他朝我的臥室房門走幾步，接著頭也沒回地對我說：「我去客廳等。」

我突然覺得深受打擊，無法呼吸。

他的態度一百八十度大轉變，我完全沒料想到。我沮喪地在原地站了幾秒，但我還是逼自己化好妝。我可能解讀錯誤，或許那不是負面的舉動，而是他太喜歡那個刺青，需要獨自消化一下。

不管他那意外的反應出自什麼原因，我試著不讓淚水奪眶而出，把妝化完，但我實在忍不住，我的心裡可能也受傷了。我完全沒料到今晚會發生這種狀況。

我走到衣櫥拿鞋子和披肩，心想也許等我走出臥室，亞特拉斯已經不在了。但他還在，站在走廊牆邊看愛咪的照片。他聽見我走出房間，便轉頭看向這邊，然後整個人轉過來面對我。

「哇。」我再次出現在他面前時，他似乎打從心底非常開心，剛才的突發狀況令我有些不解。

「莉莉，妳好美。」

我很謝謝他這樣稱讚我，但我無法忘掉剛才的插曲。要說我從之前那段感情，以及父母的婚姻關係當中學到什麼，那就是：我拒絕把任何問題掃到地毯下、假裝看不見，我連那一塊地毯的「存在」都不允許。

「你看到我的刺青，為什麼不高興？」

我問得他措手不及。他不安地擺弄領帶，似乎想找藉口卻找不到。走廊上一片靜默，只剩下他緩緩、沉重吸氣的聲音。「不是因為刺青。」

「那是為了什麼？你為什麼生我的氣？」

「莉莉，我沒有生妳的氣。」他的聲音很有說服力，但他看過刺青之後態度就變了，我不希望我們才開始交往，他就對我說謊。顯然他也不希望，因為我看得出來，他在努力思考怎麼對我開口。他的樣子侷促不安，似乎不想跟我聊這個話題，或者至少不想現在聊。

他雙手插進褲子口袋，嘆口氣。「那天晚上我帶妳去急診室……他們幫妳把肩膀包紮起來。」

他的聲音聽起來很痛苦，但他與我視線相交時臉上浮現的混亂不安，比聲音裡的痛苦更強烈。「我聽到妳告訴護理師他咬妳，但我站得太遠沒看見……」亞特拉斯說到一半停下來，困難地吞嚥口水。「我站得沒那麼近，沒看見妳有刺青，而他咬的就是……」亞特拉斯再次打住，難過得連話都無法說完，直接跳到下一句。「那是他動手的原因嗎？因為他看了妳的日記，知道妳因為我而去刺青？」

我感覺膝蓋發軟。

我可以理解亞特拉斯為什麼不想聊，對於正要出門的我們來說，這個話題太過沉重，無法用三言兩語帶過。我一隻手按住緊張翻攪的腹部，準備開口回答，卻實在難以啟齒，尤其在我知道亞特拉斯是多麼替我難過之後。

我不想讓他傷心，但也不想對他說謊，或者用任何方式去掩護萊爾。因為亞特拉斯說得對，那就是萊爾當時動手的原因，而我真的很不想讓亞特拉斯從今以後，將我的刺青跟那段糟糕的回憶連結在一起。

我沒有回答，所以他曉得了。他皺眉抽搐一下，轉身背對我。我看見他強迫自己深吸一口氣，讓自己保持冷靜。他好像快要情緒爆炸，但萊爾不在這裡，他的怒氣無處可發。

亞特拉斯氣極了，但不是那種會令我恐懼的怒氣。

我意識到這一刻的重要意義。我獨自一人和一名生氣的男人待在公寓裡，但我沒有害怕生命遭受威脅，因為他生氣的對象不是我，而是「傷害過我」的男人。他是因為想保護我才生氣，所以我面對亞特拉斯的憤怒，跟面對萊爾的憤怒，反應天差地遠。

當亞特拉斯再次轉身面對我，我發現亞特拉斯下顎繃緊，脖子浮出青筋。他對我說：「莉莉，我要怎麼在他身邊維持禮貌？」他用歉疚的語氣低聲說：「我應該陪在妳身邊的，我應該多做些什麼。」

我能理解他的憤怒，但亞特拉斯完全沒必要感到歉疚，當時的我不見得會因為亞特拉斯說了或做了什麼，而改變對萊爾的看法。我必須自己經歷這一切。

我朝亞特拉斯走近，背部緊貼著他對面的牆壁。他也緊貼著牆，與我面對面。此刻的他正在消化許多的情緒，我想給他時間。但我對於亞特拉斯的歉疚感，也有許多話想說。

「萊爾第一次打我，是因為我笑他。我當時有點喝醉，有一件不大好笑的事令我發笑，他因此反手給了我一巴掌。」

亞特拉斯聽完，不得不把視線從我的眼睛移開。我不曉得他想不想聽這些細節，但我想告訴他這些事很久了。他仍靠著牆壁站著沒動，但他的樣子像在盡一切努力，不直接衝去找萊爾。他繼續看向我，等我把話說完，眼神變得銳利。

「第二次，他把我推下樓梯。那次吵架，起因是他發現你藏在我手機殼裡的電話號碼。至於他咬我肩膀的那次……你說得沒錯，原因是他讀過日記，發現我的刺青與你有關，還有我貼在冰箱上的磁鐵是你送我的。」我發覺這些話對他造成強烈的影響，讓我很不好受，只好暫時垂下目光。「我以前會想，大概是我做了那些事，他才會有那些反應。好比說，如果我不笑他，他就不會打我；如果我沒有把你的電話號碼放在手機殼裡，他就不會生那麼大的氣，氣到把我從樓梯推下去。」

聽到這裡，亞特拉斯的視線現在完全從我身上移開了。他把頭向後仰，靠在牆壁上，視線望著天花板，努力消化這一切，氣得僵在原地。

「每次我開始感覺愧疚，想把萊爾的行為合理化，我都會想一想你。我會問自己，你會不會有跟萊爾不一樣的反應，因為我知道你的反應會不一樣。要是我像當時笑萊爾那樣笑你，你會跟我一**起笑**，絕對不會反手打我一巴掌。要是地球上有哪個男人擔心會有危險的男人傷害我，為了保護我而把電話號碼留給我，你會因此**感謝對方**，不會把我推下階梯。要是你讀了我讓你翻閱的日記本，從中得知除了你，我高中時期還有另一個男孩，你會拿這件事情逗我，你很可能會刻意強調那些你覺得俗氣的句子，跟我一起笑。」

我沒再說話，直到亞特拉斯的注意力再次回到我的雙眸，我才把話說完：「亞特拉斯，每一次當我懷疑起自己，心想萊爾做的事或許情有可原，只要想到你，就能解開這個結。我會去想，如果是你，那些情景會多麼不同；這幫助我記得，沒有一件事是我的錯。就算你不在我身邊，你仍是我能挺過那些時刻的重要因素。」

亞特拉斯大概花了五秒，安靜消化我講的每一件事，然後他朝我走近，吻了我。他終於吻我了，**終於**。

他用右手環住我的腰，將我拉近，舌頭柔和、溫暖地滑過我的雙唇，輕巧探入。他的左手緩緩穿過我的髮絲，捧住我的後腦勺。一搽無盡的渴望在我的體內開始蔓延。

他的吻，沒有一絲猶豫不安。他的唇，自信地封住我的唇，而我回吻著他，放下心中的擔憂。我將他拉近，想從內在深刻感受他的溫暖。他的嘴唇和撫觸是那麼熟悉，因為我們的雙唇曾經這般彼此呼應。但與此同時，這又是全新的體驗，因為這個吻的成分完全不同——我們的初吻，是害怕，是少不經事。

而這是一個希望的吻，充滿安心、安全、穩定感。那是我成年後的生活所缺乏的，而且我好高興，我和亞特拉斯再度擁有彼此，我簡直感動得要哭了。

第二十一章

〔亞特拉斯〕

我這一生遇過許多讓我生氣的事，但從來沒有一件事，像看見莉莉的刺青周圍那圈淡掉的齒痕傷疤，如此令我氣憤。

我永遠無法理解，怎麼會有男人對女人做出那種事。我永遠也無法理解，怎麼會有「人」對他們應該愛惜和想要保護的人做出那種事。

我只知道莉莉值得更好的對待，而我有機會成為**帶給**她更好對待的那個人，就從這個我們似乎停不下來的吻開始。每一次我們停下來相望，就會繼續相吻。彷彿我們要用這一吻，彌補過去所有失去的時光。

我沿著她的下巴，一路往下吻到鎖骨。我一直很愛親吻那個地方。但直到我讀了她的日記，才知道原來她也注意到我很喜歡親吻她的鎖骨。我將嘴唇印上她的刺青，下定決心我未來每次親吻這個位置，都要讓她銘記我們之間的美好。如果說需要一百萬個吻，才能讓她不再去想心形刺青周圍的疤痕，那麼我會親吻那裡一百萬遍，再多「一」遍。

我吻上她的脖子，再回到她的下巴。再次望著她時，我將她的洋裝肩帶拉回去。雖然我可以一直留在這裡親她親好幾個小時，但我來是為了帶她去參加婚禮。我輕聲說：「我們該走了。」

她點點頭。我情不自禁又吻了她一次。我從十幾歲起，就一直在等待這一刻的到來。

• • •

我其實不太清楚這場婚禮辦得如何，因為我的焦點只放在莉莉身上。我誰也不認識，而且今晚我終於吻了莉莉，除了好想再吻她一次，我心裡完全放不下其他事。我看得出來，莉莉跟我一樣渴望與我獨處。在她家走廊親吻她之後，要勉強自己待在她身邊耐心坐著，真是折磨。

我們一走到接待櫃台，莉莉看見人很多，便鬆了一口氣。她說，露西不會知道我們提早離席。而我根本不認識露西，所以我們四處交際、聊天不到一小時，她就牽著我的手溜走時，我沒有任何異議。

我們把車開回莉莉的公寓大樓，雖然我很確定她希望我跟她上樓，但我不想自作主張。我替她打開車門，等她穿好鞋。剛才在車裡，她因為腳痛先把鞋子脫了，現在鞋子似乎很難重新綁回去。鞋帶樣式繁複，莉莉在副駕駛座上努力綁著。我覺得她應該不想赤腳走過停車場的地面。

「我可以背妳。」

她快速抬頭看我一眼、笑出來，彷彿我在開玩笑。「你要背著我走？」

「對，拿起妳的鞋子。」

她朝我看了一會兒，然後咧嘴一笑，似乎很期待。我轉過身背對她，她伸手勾我的脖子的時候還在笑。我出力幫她跳上我的背，接著伸腳把車門關上。

我們走到她家的時候，我彎身向前，讓她拿鑰匙開門。進去之後，她一面笑，我一面把她放回地上站好。她把鞋子丟在地上，趁我一轉身，就開始親我。

我想，這應該是接續稍早那個吻吧。

她問：「你幾點要回到家？」

「我跟喬許說十點或十一點。」我看向時鐘，才剛過十點。「要不要我打電話告訴他，我會晚點回去？」

莉莉點點頭。「你一定無法準時回到家，打電話給他吧。我去倒飲料。」她往廚房走，我拿出手機打給喬許。我撥視訊電話給他，這樣才能確定他沒有在我家開趴。我想席歐應該不太會讓他這麼做，但我不想把賭注押在他們任何一人身上。

喬許接起視訊電話時，手機擱在地上。我可以看到他的下巴和電視的光。他手上拿著電玩搖桿說：「我們正在比賽。」

「只是打來看看你們好不好。沒事吧？」

我聽見席歐大喊：「我們很好！」

喬許開始擺動搖桿，按按鈕，接著大喊一聲：「可惡！」他把搖桿丟到一旁，拿起手機靠近臉部。「我們輸了。」

席歐在他身後出現。「你那裡可不像婚宴場地啊。你人在哪裡？」

我沒回答他。「我今天晚上可能會晚一點回去。」

「喔，你在莉莉家？」席歐說道，往手機螢幕更靠近一些，咧嘴笑。「你終於吻她了嗎？她聽得見我說話嗎？你是怎麼讓她邀你進去她家的？**莉莉！我們參加完婚宴，也來享受……**」

我趕緊掛上電話，不讓他把那句話說完，但是莉莉已經聽見整段對話了。她距離我大概一、兩公尺，手上拿著兩杯葡萄酒，困惑地歪頭。「那是誰？」

「席歐。」

「他幾歲？」

「十二歲。」

「你跟一個十二歲的孩子說我們的事？」

她似乎覺得很有趣。我從她手中接過一杯酒，就在我準備啜一口之前，趕緊補充：「他是我的諮商師。我們每週四下午的四點會面。」

她笑出聲來。「你的諮商師在念國中？」

「對，但是他快被我開除了。」我伸手攬住莉莉的腰，將她拉向我。我親吻她，她口中的芬芳一如她倒入杯中的紅酒。我想品嚐更多那種滋味，品嚐更多的她，於是吻得更深。

她身體往後移開，對我說：「這樣好奇怪。」

我不懂她說的奇怪是指什麼，希望她說的不是我們的關係，因為我再怎樣也不會用「奇怪」

來形容我們目前的狀況。「什麼很奇怪？」

「跟你一起在這裡，而不是跟一個小孩。我還不習慣有空閒時間，或者……跟一個男人在一起。」她又啜一口紅酒，然後從我身上離開。她把酒杯放到流理台上，就朝臥室走去。「來吧，我們要好好利用這段時間。」

我踩著過分急切的腳步，跟著她往裡面走。

第二十二章 [莉莉]

我試圖在此時展現自信，但是我一走進臥室，促使我走進來的那股自信就完全消失不見。純粹是因為我好久沒跟男人上床，很可能從懷了愛咪開始就沒有了。生完小孩之後，我一直沒有性生活，而且十六歲之後沒再跟亞特拉斯上過床。這些念頭開始在我腦袋裡打轉，形成侵襲思緒的巨型龍捲風。

亞特拉斯幾秒後出現在房門口，我則站在房間中央。我雙手扠在腰際，就那樣……站在原地不動。他凝視著我。我覺得，既然是我邀他進臥室，下一步應該由我主動。

「我不知道接下來該怎麼做。」我向他坦承：「我好一陣子沒性生活了。」

亞特拉斯笑出聲，從容悠閒地走向床邊，他走路的方式自然充滿著魅力，一舉手、一投足都很性感。此時此刻，他脫掉西裝外套的樣子，實在好性感。他把西裝外套丟到我的梳妝台上，把腳上的鞋子踢掉。**天啊**，**那好性感**。接著，他坐到我的床上。

「我們來聊天。」他靠在我的床頭板，兩腳伸直，腳踝交叉，看起來非常放鬆，**又性感**。

我無法想像自己穿著這件洋裝躺在床上，那樣會很不舒服。而且假如進展到那一步，嘗試脫掉的過程可能不太愉快。「先讓我換件衣服。」我走進更衣間，關上門。

我打開電燈開關，燈卻沒亮，顯然燈泡壞了。**可惡**，我在黑暗中沒辦法換衣服，也沒帶手機在身上，不能開手電筒幫忙。

我盡力換衣服，但我花了一分鐘才把拉鍊拉下去，終於拉下去之後，不知為何我沒有把洋裝往下脫，而是從頭往上拉，結果頭髮當然被洋裝勾住了。我試著解開纏住的頭髮，但是洋裝太重，在黑暗中怎麼都解不開，而且亞特拉斯在外面，我也不能走出去照鏡子。我不斷嘗試解開，但試了好幾分鐘都沒成功，亞特拉斯終於伸手敲了敲門。

「妳在裡面還好嗎？」

「不大好。我卡住了。」

「我可以開門嗎？」

我只穿內衣、內褲，洋裝半套在頭上，但我無話可說，這是櫥櫃事件的現世報。「可以，但我衣服沒穿好。」

我聽見亞特拉斯笑出聲，但他一打開門看見我的狀況，就馬上採取行動，伸手開燈。當然，燈還是沒有亮。

「燈泡壞掉了。」

他過來查看狀況。「發生什麼事？」

「我的頭髮卡住了。」

亞特拉斯拿出手機，藉著手機燈光，查看我被纏住的地方。他幫我把頭髮和洋裝分開，洋裝就神奇地落到地上。

我順了順頭髮。「謝謝。」我雙手抱胸說：「好丟臉。」

亞特拉斯手機的燈還亮著，所以他看得見我就穿著內衣和內褲站著。他關掉手機的燈，不過更衣間的門是開的，臥室有一盞檯燈亮著，他可以把我看得一清二楚。

一時之間，我們都在猶豫。他不確定是不是應該離開，好讓我換衣服，而我則是不確定自己是不是希望他離開。

這時，我們突然開始接吻。

這一切就這樣發生了，彷彿我們在同一時間朝對方靠近。他一隻手輕柔地移到我頭部後方，另一隻手直接放到我的下背部，位置低到手指掠過我的內褲上緣。

我雙手環抱他的脖子，用力把他拉近，我們一同跌進一排衣物。亞特拉斯把我們拉回來站好，但我可以在他的親吻中感受到他的笑意。他往後退，跟我的嘴唇保持一段距離，好開口對我說：「妳跟櫃子究竟有什麼孽緣？」接著，又開始親我。

我們在衣櫥裡親熱好幾分鐘，跟我記憶中年少的我們總是偷偷找時間親熱，感覺一模一樣。那股欲望、那股興奮，以及那股嘗試沒做過的事的新鮮感，或是像現在這樣，嘗試太久沒做的事的新鮮感。

這讓我想起我有多愛跟他待在床上。不論是接吻、聊天，還是做其他事，我跟他在我房間一同創造的回憶，都是我最珍愛的回憶。他親吻我的脖子時，我輕聲說：「帶我到床上。」

他毫不遲疑，雙手往下滑過我的臀部，扣住我的大腿，將我抬起。他抱我走出衣櫥間，穿過臥室，把我在床墊上放好，然後往我上方爬過來。

我感覺到他抵著我，讓我更迫切地想要他，但他就像我們從前親熱時那樣，每個動作都帶著耐心和欣賞——彷彿光是親熱就已足夠，光是親吻我就是難得的特權。

我不曉得他哪來的耐心，我有點想要他現在就脫掉衣服跟我做愛，彷彿這是他唯一能擁有我的機會。

要是他那樣想，應該會像我說的那樣做，但我們都知道這只是開始，他在放慢速度，因為那是我的要求。我很確定，如果我要求他快一點，他也會照做。

亞特拉斯是如此體貼。

我們終於來到抉擇的一刻。我的抽屜裡有一個保險套，他離開前可能還有一點時間，但是當我們終於停止接吻、好好注視對方，他搖了搖頭。我們的呼吸都很沉重，亢奮這麼久讓我們有一點筋疲力竭，所以他翻身離開我，躺回床上。

他的衣服還是穿得好好的，我只穿著內衣和內褲，我們沒有更進一步。

「雖然我很想，」他喘著氣：「但我不想在那之後直接離開。」他翻身側躺，一手放在我的肚子上，用意猶未盡的眼神，低頭看我，彷彿想對我說「不管了」，然後恣意擁有我。

我嘆口氣，閉上眼睛。「有時候，我好討厭責任。」

亞特拉斯笑了，然後我感覺他靠近。他親吻我的嘴角說：「我**還**不必離開。」他嘴巴一邊說著，食指一邊滑入我的內褲邊緣，就在肚臍下方。他在那個位置來回游移，等待我的回應。

我抬高臀部，希望那樣足以表明心意。

隨著他將兩指伸進我的內褲，我的身體每一寸感覺都像著了火。然後，當他把整隻手伸進去，我已經無可救藥。我吐出顫抖的氣息，抓住身旁的床單，朝著他的手，弓起我的背和臀部。

他的嘴唇靠近我的嘴唇，但他沒親吻我，只是靠近而已，由我的臀部動作和呻吟聲，引導他邁向終點。

他的直覺非常敏銳，沒多久我就隨著他的手部動作繃緊身體。我將他的脖子往下拉，讓我可以親吻他，直到結束。

結束後，他的手從我的內褲滑出，但繼續按在那裡，他的手一直包覆著我，等待我恢復過來。我胸口激烈起伏，試著喘口氣。

亞特拉斯也在劇烈喘息，但我得花點時間恢復，才能採取行動。

「莉莉，」亞特拉斯溫柔地親吻我的臉頰。「我覺得妳……」他說到一半停下來，我睜開雙眼看他。他的目光移到我的胸部，接著移回我的臉。

他伸手拉自己的白襯衫，低下頭審視。我看見上面有某種污漬。

喔，真要命。

我往下看我的內衣，整件都濕透了。**我的天啊**，是母乳，到處都是。我真是個蠢蛋。

亞特拉斯似乎完全不以為意。他翻身下床說：「給妳一點隱私。」

內衣沾滿母乳，讓我有一點窘迫，於是我拉起床單蓋住胸口，然後才走到床尾找亞特拉斯。狀況有點煞風景。「你要離開了嗎？」

「當然沒有。」他吻了吻我，接著走出房間，彷彿一個男人跟親餵母乳的女人親熱，而那個小嬰兒還不是他的孩子，是再正常不過的一件事。他一定覺得有點怪，但他掩飾得很好。

接下來幾分鐘，我在浴室擠母乳，接著用十秒鐘快速沖個澡。我匆匆套上一件寬大的T恤和一件短睡褲，回到客廳。

亞特拉斯坐在長沙發上，拿著手機耐心等我。他聽見我走進客廳，快速抬眼看我，上下打量。我還是有一點難為情，所以在他旁邊坐下時，沒有「直接」坐在他的身旁。我坐在離他大概六十公分遠的位置，咕噥著：「我很抱歉。」

「莉莉，」他察覺出我很難為情，於是向我伸出手。「來我這裡。」他靠坐在沙發上，把我的腿拉到他腿上，讓我跨坐著。他伸出雙手，撫上我的大腿，接著撫上我的腰，頭慵懶地靠著沙發。「今晚的一切很完美，不准妳道歉。」

我翻了個白眼。「是你人太好，我把母乳噴得你一身。」

亞特拉斯一隻手輕輕伸到我的脖子後方，將我拉近。「對，那時我們在親熱。相信我，我一點也不介意。」說完，他給了我一吻。那不是什麼好主意，因為**我們又開始了**。

依照這個態勢，他不可能離開了。我剛才應該再穿上內衣的，但我那時真的準備去客廳向他道別，根本不曉得我們會在沙發上接續剛才的激情，不過我一點也不介意。

我們的坐姿太完美了，在這個位置上，連姿勢都不必調整，就能激發最大的火花。他一邊親吻、一邊低吟，促使我更熱烈地親他。

亞特拉斯一隻手輕輕往上，伸進我的上衣後背。我感覺到，始終沒碰到內衣令他猶豫。他停下親吻的動作，直視我的雙眼。我繼續挨著他擺動身體，他的視線穿透了我的靈魂。他開始移動他的手，從我的背部來到胸前。當他捧住我的胸，他的身體裡、我們兩個的身體裡，似乎有個開關同時打開。

我們的吻逐漸激烈，我開始解他的襯衫鈕扣，兩人都沒再多說話，只是狂熱地將彼此剩下的衣物脫掉，連房間都懶得回去。連他伸手從皮夾中取出保險套戴上，我們的吻也幾乎沒停下。

接著，彷彿是全天下最自然的一件事，亞特拉斯一面親吻著我、一面進入，我感受到我們第一次發生關係時，同樣濃烈的愛。這一刻我心裡百感交集，我們終於結合，我不確定自己是否體驗過這般狂亂的美。

他對著我的脖子嘆息，似乎也正經歷相同的感受。他開始緩緩進出，從頭到尾溫柔地親我。但幾分鐘後，他的吻狂熱起來，我們都汗流浹背。我完完全全沉浸在這一刻，對我來說，其他都不重要，重要的是我們又在一起了，而且很美好。一切的一切，都是那麼美好。

這裡是我的歸屬。被亞特拉斯．柯瑞根愛著，就是我的歸屬。

第二十三章 〔亞特拉斯〕

我真的該回家了，但這幾個小時跟她待在一起，讓我好難爬下這張床。我們在沙發上做了一次，進淋浴間又一次，現在我們都累得只剩說話的力氣。

她雙手枕在頭下方仰躺，凝望著我，仔細聽我講昨天跟律師見面的過程。「他說我送他去醫院是對的，法律規定醫院有義務通報兒童保護服務部。但我還不是很確定自己的想法。這樣一來，政府就會介入，要是他們覺得我不是最適合照顧他的人呢？」

「怎麼不會？」

「我工作時間很長，還沒結婚，喬許有時不得不獨處，而且我沒有撫養小孩的經驗。他們可能會認為，他的生父提姆才是最適合的人選。他們甚至有可能把他送回給我媽媽，我甚至不確定她的所作所為，足以讓法院取消她的監護權。」

莉莉朝我靠過來，對著我的前臂一吻。「我要告訴你，你第一次打視訊電話給我時說過的話。你說：『事情還沒發生，你就感到有壓力。』」

我緊閉雙唇一會兒。「我確實說過這句話。」

「你是說過。」她說道，然後依偎在我身旁，一隻腳橫跨過我的大腿。「亞特拉斯，事情會解決的。你是他最好的依靠，任何關注的人都看得出來。我向你保證。」

我彎身摟住她，下巴扣著她的頭。過了十幾歲的年紀，我們的身形都改變了很多，但我們依然像從前那樣完美貼合，實在難以置信。

「我一直想問你一件事。」她說，為了看我而拉開距離。「你還記得我們的第一次嗎？那天晚上後來怎麼了？在我爸爸傷了你之後。」

她想起那件事，我並不意外，因為我今晚也想到了。這是我們在那結尾極其不堪的一晚之後，第一次親密接觸，很難不比較這兩次的經歷。

那正是她最後一篇日記描述的場景。我從日記中得知她非常傷心，我也讀得很心痛。我真的好希望那一天能有更好的結局。

「那天晚上我記得的事不多。」我向她坦承：「隔天我在醫院醒來，滿心困惑。我知道傷害我的人是妳爸爸，我只記得那麼多，我不知道他是不是也對妳做了同樣的事。我按了呼叫鈴好幾次，都沒人進來病房，於是我想辦法用骨折的腳踝，一拐一拐地走到走廊。我發了狂地問妳是否沒事，但那可憐的護理師不曉得我在講什麼。」

我說這些話時，莉莉把我抱得更緊了。

「後來她終於讓我冷靜下來，問我妳的資料。她再回來時告訴我，我是唯一送來的傷患。她問我，妳爸爸是不是安德魯．布隆。我告訴她『是』。然後我表明我想提告，問她能不能請警察來病房，她卻同情地看著我。我記得她接下來所說的每一個字。她說：『親愛的，法律站在他那邊。沒有人針對他的行為報案，連他太太都沒有。』」

莉莉對著我的胸口呼了一口氣，於是我停下來對著她的頭頂一吻。「然後呢？」她輕聲問。

「我還是叫了警察。」我說：「我知道要是不報案，妳媽媽永遠脫離不了那種處境。我請護理師聯絡警察。那天下午終於有一個警察過來時，他不是來幫我做筆錄的，而是來向我說明，如果他們要逮捕誰，那個人不會是妳爸爸。他說妳爸爸可以用私闖住宅、強迫他女兒性交為由，報警抓我。警察確實是那麼說的，彷彿我跟妳交往是某種犯罪行為。也因此，有好多年，我都深感愧疚。」

莉莉抬頭看我，一隻手放在我的臉頰上。「什麼？亞特拉斯，我們只差了兩歲半，你完全沒有做錯什麼事。」

我很感激她這樣說，但那無法改變我把壓力帶進她的生活，因而感到愧疚的事實。而我把壓力帶進她的生活之後又離開她，這也是我愧疚的原因。「我不曉得當時的決定是否正確。我不想留下來，再次出現在妳家，讓妳承受更多的危險。我也不想被逮捕，因為那樣我就不能從軍了。我覺得，最好的作法就是先跟妳拉開距離，等待未來某一天再跟妳聯絡，看妳是不是像我想念妳那樣想著我。」

「每一天，」她輕聲說：「我沒有一天不想你。」

我把手放在她的背上，輕撫一會兒，然後將手指輕輕穿過她的髮絲。我原本不曉得，沒有她的我其實只能算半個人；我很驚訝，她是如何令我感到如此完整。

這些年來，我當然很想念她，如果我能彈個手指、讓她回到我的人生，我會立刻這麼做。可是當時我們都已建立沒有彼此的人生，她擁有萊爾，我擁有自己的事業，我還以為那就是我們的命運了。我已經逐漸習慣少了她的人生，而今她又回到我的人生，我不知道若是失去她，還能不能覺得完整。尤其是今夜過後。

「莉莉。」我小小聲說。

她沒有回應我。我往後退開一些，看見她閉著眼，手臂鬆垮地環抱我。我擔心移動身體會吵醒她，但我告訴喬許，我只會比原本說好的時間晚一、兩個小時回家，而現在已經晚了三個小時。我甚至不清楚，能不能把十二歲的小孩單獨留在家裡。

我問布萊德他們能不能單獨在家時，他沒多說什麼。他連手機都不給席歐用，要不是他曾經讓席歐一人待在家裡，怎麼會答應讓我一人出門約會，把他們留在家裡？

也許我該用 Google 查一下，在波士頓，把小孩單獨留在家中的年齡限制。

我想是我多慮了吧。他們當然沒問題。他們兩個都沒有因為什麼緊急事件，打電話或傳簡訊過來，而且十二歲的孩子有時還會去當臨時保母，照顧其他小孩。

我覺得應該沒事，但我還是得回家。我還不夠認識喬許，無法確信他此時此刻沒有在我家開瘋狂派對。我慢慢把手臂從莉莉的頭下方抽出來，輕手輕腳地鑽出床鋪。我快速穿好衣服，然後去找紙筆。我不想把她吵醒，但也不想默默地離開。尤其是我們剛一起度過了今晚。

我在她的廚房抽屜找到一本筆記本和一枝筆，於是就坐在桌邊，寫一封信給她。寫完以後，我把那張紙拿回房間，放在她旁邊的枕頭上，接著給她一個晚安吻才離開。

第二十四章 ［莉莉］

我的頭裡面在砰砰響。

頭**外面**，也在響。

我從枕頭上抬起臉，感覺下巴有口水。我用枕頭套的一角把口水擦掉，坐起來，發現亞特拉斯在我旁邊放了一張字條。我把紙張拿起來，但又聽見敲門聲，便把紙條塞到枕頭底下，打算等一下再回來看。我強迫自己整理迷迷糊糊的腦袋，騰出空間理解現在是什麼狀況。

愛咪在我媽媽家。

我剛才睡了兩年以來最香甜的一晚覺。

有人在我家門口。

我伸手去拿床頭櫃上的手機，試著看手機螢幕，有好幾通萊爾的未接來電，我不禁擔心是不是出了什麼問題。可是我媽媽唯一傳來的，只是一張愛咪在半小時前吃早餐的照片。

好險愛咪沒事，我馬上放鬆下來，但一想到敲我家門的人很可能是萊爾，不太能真的放鬆。

我大喊：「等一下！」

我趕緊隨便套上一件T恤和牛仔褲，開門讓他進來。他繞過我，沒等我開口邀請，就自己走進公寓。「沒事吧？」他看起來很慌張，但看見我還活著，也一副鬆口氣的樣子。

「我在睡覺，沒什麼事。」他看得出來我不高興。他瞄一眼屋內，搜尋愛咪的身影。「她在我媽媽家過夜。」

「喔。」他失望地說：「我打電話來，是想把她接去幾小時。妳沒有接電話，而且妳之前這個時間通常醒著……」萊爾看見沙發，聲音逐漸微弱。我不必看沙發，也知道他盯著什麼東西。我很確定，我的T恤和內褲還亂扔在沙發背上。

「我現在打電話給我媽，告訴她你要過去。」我去房間拿手機，希望萊爾不要質問我。他在破壞亞特拉斯昨晚帶給我的好心情。

我走回客廳時，停下腳步，在手機中搜尋媽媽的聯絡電話。萊爾拿著一只紅酒杯仔細查看，那正是亞特拉斯喝過的。我的酒杯跟那一只都放在流理台上——顯然昨晚有個人跟我一起在這裡喝葡萄酒。

在我內褲被脫掉，丟到沙發上之前。

萊爾把酒杯放下、直視我，我看得出他心中的醋勁正在沸騰。「昨天有人在這裡過夜？」

我懶得否認，我是成年人，單身的成年人。**這個嘛，可能已經不算單身，不過那是另一回事。**

「萊爾，我們離婚了。你不能問我那種問題。」

那樣說不大明智，因為萊爾立刻兩個箭步朝我走來。「我不能問妳我女兒『住』的地方，昨晚是不是有外人過夜？」

我後退一步。「我不是那個意思，我不會沒有徵得你同意，就把誰帶來跟她接觸，所以她才會待在我媽家。」

萊爾瞇起眼睛，一副責難的眼神，彷彿覺得我很噁心。「妳不讓她跟我過夜，卻為了跟某個人上床，把她送到其他地方？」他笑出聲。「莉莉，妳真是個好媽媽。」

現在換我生氣了。「她出生快一年了，這是我第二次讓她在外頭過夜。你休想因為我留一晚給自己就羞辱我。而且，就算我留一晚做自己的事，我想做什麼，也不關你的事。」

萊爾的雙眼浮現一種神情——每次在他失控前，占據他雙眼的那種疏離、空洞感。

我的憤怒立刻轉為恐懼。當萊爾看出我在往後退，他發出了一聲怒吼——一股從喉嚨深處衝出來、充滿怒氣的挫敗吼聲，在屋內迴盪。

他離開我家，甩上大門。我聽見他在走廊上大喊一聲「幹」。

我不確定他對我的憤怒是衝著哪個部分來的。他在氣我已經從離婚事件恢復了嗎？他在氣我把愛咪交給我母親照顧？還是氣我允許愛咪在我母親家過夜，卻不放心讓愛咪跟他過夜？也許他在氣這三件事情同時發生。

我呼口氣讓自己冷靜下來，他已經離開，讓我鬆口氣，但我還沒來得及思考接下來該怎麼辦，萊爾又把我家大門打開。他站在走廊上，用極其冷漠的表情看著我說：「是他嗎？」

我可以感覺他這麼問的時候，我緊張得要命，心臟都要跳到喉嚨了。他沒說出亞特拉斯的名字，但他還會指誰呢？我沒有馬上否認，這足以讓他確定是誰。

萊爾看了天花板一下，然後搖頭。「所以我對他的疑慮，一直都是合理的？」

這幾分鐘，我的心情像坐雲霄飛車一般上下起伏，但沒有什麼比他剛說出口的問題更令我激動。我往前走幾步，站在門口，準備一說完我的想法，就讓他吃閉門羹。

「如果你真的相信我之前曾經對你不忠，那你就相信吧。我沒有力氣一直說服你不是那樣。我跟你解釋過了，所以不會再說第二遍。我當初絕不會為了亞特拉斯而離開你。我不是因為亞特拉斯而『離開你』。我離開你，是因為我值得更好的對待。」

我上前關門，但我連後退的時間都沒有，萊爾就往前把我推到敞開的大門上，背部緊貼著門。他的眼睛充滿憤怒，他伸出左手對我的喉嚨下緣施力，彷彿想將我固定在那裡。他的右手掌，啪的一聲，用力按在門片上、我頭旁邊的位置，把我嚇得半死。我立刻緊閉雙眼，不想看接下來要發生的事。

一股巨大的焦慮和恐懼向我強力席捲而來，我害怕自己可能會因此昏厥。萊爾的臉離我好近，我可以感覺到，他的氣息通過緊緊咬住的牙齒，用力噴向我的臉頰。我的心臟用力撲通跳，他這樣用手按壓著我，手掌心不可能感受不到我充滿恐懼的脈搏跳動。我好想尖叫，但我怕發出聲音會讓他更生氣。

從他把我按在門上，到他意識到自己做了什麼，以及他還想「繼續」做什麼，這中間過了好幾秒鐘。

我仍緊閉雙眼，但是從他傾身向前、在一旁用頭抵著門的姿勢，我感受到他的懊悔。我依然被他困著，但他扣住我脖子的手鬆開一些，我聽見他發出聲音，彷彿為了不哭出來而掙扎著。這讓我想起他上一次傷害我的情景，回想起他在我在意識不清之時，不斷輕聲對我說：**對不起，對不起，對不起。**

我深受打擊，傷心欲絕，萊爾根本毫無改變。我很希望他改變了，也知道他很想改變，但他還是依然故我。我不知怎麼，抱有一絲他會為了愛咪堅強起來的希望；現在這個場景，完全證明我為愛咪做了正確的決定。

萊爾緊抓著我不放，彷彿我可以幫助他改善狀況，我也一度認為自己能夠辦到。他的心靈受傷破碎，但是讓他受傷的人不是我。他在遇見我之前，心理已經殘缺。有時人們會以為，面對心靈破碎的人，如果愛得夠深，最終能將對方治好。問題在於，到最後你也可能成為另一個心靈破碎的人。

我無法再允許任何人傷透我的心，為了女兒，我必須當個身心健全的人。

我輕輕把手放在他的胸口，把他推回走廊。當我站立的位置和他之間終於有關上門的空間，我馬上把大門關上、鎖起來。接著，立刻打電話給媽媽，請她把愛咪帶到車上，把車開到公園等我。要是萊爾還沒打消上門找人的念頭，我不希望她們兩個待在她家。

掛上電話之後，我刻意在屋子裡四處走動，要是停下來，沉溺於剛才發生的事，我可能會哭出來。此時此刻，我沒有時間哭泣。我換好衣服、往公園移動，盡可能全心全意陪伴女兒。

走出大門前，我拿起亞特拉斯寫給我的紙條，塞進包包。我有預感，他的字句是今天唯一能為我帶來愉悅的事。

• • •

我的預感應驗了。我一把車開進公園停車場，就聽見一聲響亮的雷聲。東邊有一陣暴風雨正在醞釀，朝這個方向襲來，還真是**應景**。

不過，雨還沒下下來。我往遊戲場掃視，便發現了母親。她正抱著愛咪，從溜滑梯上一起滑下來。她還沒看到我，於是我花了點時間，從包包拿出亞特拉斯的信。我的心情還因為稍早跟萊爾的互動而震盪。我想先讀一讀可能讓我心情好轉的字句，再去迎接女兒。

親愛的莉莉：

抱歉我不得不在沒有道別的情況下離開，妳一下子就睡著了。我不介意妳睡著，我很喜歡看妳睡覺的樣子——即使是在約會時的車子上。

以前我們還小的時候，有時我也會看著睡著的妳。我很喜歡妳安穩睡著的樣子，因爲妳醒著的時候，心裡總懷著一絲悄然的恐懼。當妳睡著、恐懼消失了，總能讓我放下心。

我無法用言語表達今晚對我的意義。我不必講明，妳也能懂，因爲妳也在這裡，也感受到了。

我知道，我剛才說我對我們之間發生的事，有著深深的愧疚，可是我不想讓妳認爲我後悔愛上妳。若我有一絲的後悔，我只後悔沒有更努力地保護妳。我想，那是我最後悔的一件事——要是我沒有離開妳，妳就不會遇見一個像妳爸爸傷害妳媽媽那樣傷害妳的男人。

但不論我們是怎麼走到今天，我們都走過來了。我必須經歷這一切，才能明白我自始至終都值得妳愛我。可惜我們沒有早點走到這裡。妳的生命當中發生好多事，都是我希望妳不曾經歷，或是我可以防患未然的。但若非如此，妳就不會擁有愛默生，所以我很感激我們走到了這裡。

我好喜歡看妳對她說話。我等不及要認識她了；這一天，會跟我期盼的其他事物一起到來。我們會繼續按照妳覺得自在的步調發展，不管是每天跟妳說說話，還是一個月見一次面，都好過妳毫無音信的那些年。

我很高興妳過得快樂，我只希望妳過得快樂。

但我會說，知道現在我是那個帶給妳快樂的人，實在太開心了。

——愛妳的亞特拉斯

突然間，有人用力敲我的車窗，我嚇得縮起身體，差點把信撕成兩半。我倒抽一口氣，快速抬頭，發現媽媽站在車旁。愛咪透過車窗看見我，一臉開心。光是看見那樣的笑容，我就無法不對她微笑。

好吧，是看見她的笑容和讀完我手中的信。

我把信摺起來塞回包包裡。母親打開車門問我：「沒事吧？」

「嗯，沒事。」我從她手中接過愛咪，但媽媽瞇起眼睛看我，一副懷疑什麼的樣子。

「妳要我到公園跟妳會合時，聽起來很害怕。」

我說：「我沒事。」不想說得太仔細。「我只是今天不想讓萊爾把她接走。他心情不太好，他知道愛咪在妳這裡，所以……」

我呼了一口氣，走向無人的鞦韆架。我坐上鞦韆，讓愛咪臉朝外，坐在我的大腿上。我腳踢地面，輕推著鞦韆，媽媽也坐到旁邊的鞦韆。

「莉莉，」媽媽擔心地看我：「告訴我發生了什麼事。」

我知道愛默生才一歲，聽不懂我在說什麼，但當她的面談論她爸爸，還是令我不自在。我相信，就算嬰兒和幼童聽不懂你在說什麼，還是可以感受到話語當中的情緒。

我試著不提任何人的名字，向母親解釋我的狀況。「我算是在跟某個人交往吧？」我向她坦承，這句話說出口像問句，因為我們還沒正式交往，但我覺得亞特拉斯和我不需要刻意定義彼此的關係，也能知道我們的發展方向。

「真的嗎？是誰？」

我搖了搖頭。我不打算告訴母親是亞特拉斯，她很可能根本不曉得我說的是誰。她在我小時候見過他兩次，但我們從來沒有聊過他。就算她記得，我很確定，由於她丈夫曾經把他打到受傷住院，她肯定不想記起來。

也許有一天，我會向母親正式介紹亞特拉斯，我不想讓她透過我的過去認識他，她可能會非常尷尬。

「就是我認識的一個人，現在還言之過早，可是……」我嘆口氣，又踢了一下地面，輕推鞦韆。「萊爾知道以後，很不高興。」

母親皺了皺眉頭，彷彿她對「很不高興」是什麼意思，再清楚不過。

「他今天早上來找我，他的反應很可怕。我慌得手足無措，覺得他會跑到妳家接走愛咪，所以我不想讓妳們待在家裡。」

「他做了什麼？」

我搖搖頭。「我沒受傷，只是好一陣子沒看到他顯露那一面，有一點震驚，但我沒事。」我在愛咪的頭頂親了一下。我很驚訝一滴眼淚從臉頰滑落，趕緊把淚水擦掉。「我只是不曉得，他來找我該怎麼辦。我幾乎希望這一次『會』發生什麼事，這樣就能報警揭發他的行為。但話說回來，我又覺得這樣看待女兒的爸爸，自己真是個糟糕的媽媽。」

媽媽向我靠過來，握住我的手，讓鞦韆靜止。我轉身面對她。「不論妳決定怎麼做，妳都『不是』糟糕的媽媽，完全相反。」她鬆開我的手，去抓鞦韆的鍊子，望著愛咪。「我很欣賞妳為她做出的選擇。有時候我感到很難過，自己無法像那樣為妳勇敢起來。」

我馬上搖搖頭。「媽，妳不能把我們的狀況相提並論。我有很多支持的力量，幫助我做那樣的選擇，但妳沒有。」

她對我投來難過又感激的微笑，接著往後傾，腳踢地面，輕推一下鞦韆。「不管他是誰，他都是個幸運的傢伙。」她朝我望一眼。「他是誰？」

我笑了。「別這樣，等我們關係確定，我才要跟妳聊。」

「他跟妳關係已經確定了。」她說：「我從妳的微笑看得出來。」

天空開始飄下細雨，我們同時抬頭往上看。我用下巴遮住愛咪，朝停車場跑回去。我把愛咪放進安全座椅之前，媽媽親了一下愛咪。「我愛妳。愛咪，姥姥愛妳。」

「姥姥？」我問：「上星期，妳自稱婆婆。」

「我還沒決定要用哪一個。」媽媽親了親我的臉頰，然後快步跑向她的車子。

我一鑽進車子，天空就下起傾盆大雨。大顆的雨珠襲擊著擋風玻璃、路面和引擎蓋。雨珠很厚實，發出彷彿是橡實在敲打車殼的聲音。

我坐了一會兒，想等我想好去處再發動車子。我還不想回家，因為萊爾可能會回去找我。我也不可能去亞麗莎的家，萊爾就住在同一棟大樓，一定會碰到他。

我現在對愛咪懷抱強烈的保護欲，因為在法律上萊爾絕對有權利找我，從我這裡把女兒接走共度這一天，但我知道他現在毫無情緒克制力，我不可能讓女兒跟他共處。

我看向後照鏡，愛咪正安穩地坐著看窗外的雨。她並不曉得自己身處風暴當中，對她來說，「我」就是她的全世界。她的信任感完全投注在我身上，一切仰賴於我。她就那樣開心、自在地坐著，彷彿一切全在我的掌控中。

我不覺得自己掌控了一切，但對我來說，她覺得是這樣，那就夠了。「愛咪，我們今天要去哪兒呢？」

第二十五章

〔亞特拉斯〕

喬許問：「你昨天晚上幾點回家？」他拖著腳走進廚房，腳上穿著兩隻不同的襪子，一隻是我買給他的新襪子，一隻是我的襪子。我回到家的時候，席歐跟喬許都睡了，不過今天我還是比他們早三小時起床。大約二十分鐘前，布萊德剛把席歐接走。

「那不關你的事。」我指著桌子，喬許的作業擺在桌上，沒有寫完。他答應過我，要是昨天我讓席歐留下來過夜，他就會寫完。我想是電動、漫畫和日本動畫礙事了。「你沒有寫作業？」

喬許看著那一疊紙張，然後回頭看我。「沒有。」

「去寫完吧。」我用自信的聲音回他，但我不知道該如何應對。我從來沒有要求小孩寫作業的經驗。我甚至不知道，如果他「不寫作業」，該如何禁足處罰。我覺得自己在裝模作樣，我的確是——我這個冒牌貨。

「我不是不寫，」喬許說：「是寫不出來。」

「太難了嗎？是什麼？數學作業？」

「不是，數學我寫完了。數學作業很簡單。是電腦課要完成的笨作業。」

「你要說『蠢』作業。」我糾正他。我**覺得**應該糾正一下，但「蠢」作業聽起來似乎一樣不好。我在喬許旁邊坐下，查看他寫不出來的作業是什麼。他把作業推到我面前，我仔細看了一下。

那是一份調查家族血緣的作業，要完成五件事，其中一件是畫出一棵家族樹，星期五要交。另一件則是要前往族系查詢網站，瞭解不同世代的家族成員，下週五要交回。

他說：「我們要到網站上去查自己的親戚有哪些。我一個親戚的名字都不知道，不知要從哪裡查起。你知道嗎？」

我搖搖頭。「我也不太清楚。我見過莎登的爸爸一次，但他在我小時候就過世了，我連他叫什麼名字都不記得。」

喬許問：「那我爸爸的父母呢？」

「他的家人，我也一無所知。」

喬許從我手中拿走紙張。「他們真的應該停止要求小孩寫這種作業，現在已經沒人有正常的家庭了。」

「是這樣沒錯。」我聽見放在廚房的手機發出簡訊的叮咚聲，於是起身去查看。

喬許問：「你有沒有幫我找我爸？」

我有，不過提姆從未回覆我留給他的語音訊息。我只是不想告訴喬許，我知道那很令人失望。我拿起手機，還沒查看簡訊內容，就直接走回喬許身邊。「我還沒有機會認真調查。你確定要我去找他嗎？」

喬許點頭。「他可能想知道我的消息。我敢說，莎登一定是想盡辦法拆散我們。」

我心口浮現一陣擔憂。我希望喬許在這裡待得很自在，最後就不想去找爸爸了，但那是一種荒謬的期望。他是個十二歲的男孩，當然會想去找自己的爸爸。

「我會想辦法幫你找到他。」我指著作業紙說：「但你要先想辦法完成可以寫的部分。只要你試著去寫，老師就不能怪你不知道祖父母是誰，還給你糟糕的成績。」

喬許彎身寫作業。我這才低頭看簡訊，是莉莉傳來的。

可以打電話給你嗎？

她應該要知道，她可以隨時撥電話給我，不論何時我都會接聽。我拿著手機走進房間，沒有回訊息，而是直接撥電話給她。鈴響一聲，她就接起來了。

她說：「嘿。」

「嗨。」

「你在做什麼？」

「幫忙喬許寫作業，試著假裝沒有在想妳。」我說完，她沒有接話，我立刻察覺事情不對勁。

「妳還好嗎？」

「嗯，我只是不想回家。我在想可不可以去你家？」

「當然可以。愛咪還在妳媽媽家嗎？」

她嘆口氣。「問題就在這，她現在跟我在一起。我知道這很怪，我過去再跟你解釋。」

她打算把愛默生帶來我家，一定是有什麼事不對勁。她原本很堅持，要等萊爾得知我們的關係，再把愛咪帶來跟我相處。「我寫簡訊傳我家的地址給妳。」

「謝謝，我等一下就過去。」她掛斷電話。我向後倒在床墊上，心裡惴測，從我昨晚悄悄離開她的床鋪，到我們講這通電話，中間究竟發生什麼事。

她看到我寫的信了嗎？我是不是說錯什麼了？

她想就此打住嗎？

在等她過來的期間，我內心充滿各式各樣的擔憂，但我最擔心的一點，我連想都不敢想。**萊爾是不是又傷害她了？**

• • •

她把車開進我家車道時，我人已經先出去外面等她。她一走下車，我馬上看出事情不對勁。但我想應該不是我的問題，因為她看到我的時候，似乎鬆了口氣。我把她拉過來抱住，她看起來很需要一個擁抱。「發生了什麼事？」

她把兩手放到我胸前，往後退開一些，好抬頭看我。她似乎在猶豫該不該開口。她快速看了後座車窗一眼，查看在安全座椅上睡覺的女兒。

接著，莉莉放聲哭泣。她把臉埋進我的胸口，對著我的上衣啜泣，我非常痛心。我親吻她的頭髮，給她一些時間。

她不需要太久就鎮定下來，擦拭眼淚說：「對不起，從萊爾離開後，我忍了一整個早上。」

我聽見她提起他的名字，挺直了背脊。我就知道跟他有關。

她說：「他知道我們的事情了。」

「發生什麼事？」我用盡全力站在原地，克制跑去找他的衝動。我覺得骨頭快因為憤怒而劈啪作響。「妳受傷了嗎？」

「沒有，但他氣得不得了，我現在不想自己待在家裡。我知道我還不該把愛咪帶來見你，但萊爾今天可能會過來把愛咪帶走，我覺得跟她待在這裡比較安全。抱歉，我不想待在可能被他找到的地方。」

我抬起她的下巴，讓她直視我。「我很高興妳過來，很高興『妳們』都在這裡。如果妳想要，可以在這裡待一整天。」

她呼口氣，吻我的嘴。「謝謝你。」她走向後座車門，把女兒從安全座椅抱下來。愛默生甚至沒有醒來，鬆垮垮地睡在莉莉的懷裡，彷彿失去了知覺。「她去公園玩了一小時，累壞了。」

我好奇地注視愛默生。她跟莉莉長得如此相像，簡直是她媽媽的翻版；至於她長得不大像她爸爸，我倒是一點也不介意。「需要我幫妳拿東西嗎？」

「我把媽媽包放在副駕駛座。」

我拿了媽媽包，跟她們一起走進屋子。喬許聽見我走進去的聲音，扭過頭查看。莉莉對他揮揮手，他點了點頭，但注意到愛默生的時候，坐在椅子上的他就完全轉過身來。

他說：「那是個小嬰兒。」

「對。」莉莉回答他：「她叫愛默生。」

喬許看向我。「是你的小孩嗎？」他用手中的簽字筆指向愛默生。「那是我姪女嗎？」

莉莉不自在地笑了笑。

我應該在她們過來之前，先提醒一下喬許。「不是，我還沒當爸爸，你也還不是叔叔。」

喬許盯著我們看了一會兒，聳聳肩說：「好吧。」他轉身繼續做他的作業。

「抱歉。」我小小聲說，把裝著愛默生尿布的媽媽包放到沙發附近。「要我拿張毯子給她墊嗎？」

莉莉點頭。我到走廊儲物櫃拿了一條厚被，鋪在沙發旁的地上。我把被子對摺，增加厚度。莉莉把愛默生放上去。愛默生完全沒有醒過來。

「別被她騙了，她很淺眠。」莉莉踢掉鞋子，坐到沙發上，把腳收到身體下面。我坐在她旁邊，暗自希望她願意講剛才發生了什麼事，因為我得知道她為何這麼恐懼。

喬許待在飯廳裡，看不見我們，所以我快速親了莉莉一下。我想他那個位置應該聽不見我們的講話聲，但我還是低聲問：「發生了什麼事？」

她用全身的力氣嘆口氣，往後一靠，臉對著我。「他來找愛咪，我沒料到他會來。他看見我們的酒杯和我的衣服。他把事情兜在一起，他的反應正是我害怕的那樣。」

「他怎麼反應？」

「他很生氣，但他在事情變得太糟糕之前，就離開了。」

太**糟糕**？**那究竟是什麼意思**？「他知道我去過妳家？」

莉莉點頭。「那正是他提出的第一個問題。他非常生氣，我請他離開。他就走了……但是……」

她停下來沒說話，那是我第一次注意到她的手在顫抖。天啊，我好恨他。我把她拉過來，讓她把臉貼在我的胸口上，抱著她。「莉莉，他做了什麼事，讓妳這麼害怕？」

她一隻手心貼在我胸口，低聲說：「他把我推到門上，往我的臉靠近，我以為他要打我，或是……我不知道。但他沒有。」她一定是感覺到我的心臟在胸口以兩倍速跳動，因為她抬起頭看向我。「我沒事，亞特拉斯，我向你保證。在那之後，就沒事了。我只是很久沒看他發那麼大的脾氣。」

「他把妳推到門上，那不叫沒事。」

她迅速移開視線，把頭靠回我的胸口。「我知道，**我很清楚**，只是不知道該如何應對，我不知道該怎麼處理跟愛咪有關的事。我本來已經打算讓女兒到他家過夜了，但現在我連無監督訪視都不想答應。」

「他不值得妳讓他無監督訪視。妳應該重新上法庭，採取法律行動。」

莉莉嘆氣。我看得出來，這很可能是帶給她最多壓力的生活環節。我無法想像，在知道萊爾會做出什麼事的情況下，眼睜睜看著他把寶貝女兒載走，會產生怎樣的心情。我很高興她今天過來找我。我知道對她來說，等待一段時日再把愛咪帶來跟我相處很重要，但她做了正確的決定。萊爾可能會回去找她道歉並接走愛咪，他會去她平常去的每個地方找人。

他不會到這裡找她。除此之外，莉莉和我都明白，我跟她在建立長久的感情。她不必擔心我和愛咪建立情感連結後會消失。只要莉莉希望我陪伴在她們身邊，我哪裡也不會去。

她再次抬頭看我，她的太陽穴附近有個被睫毛膏染到的污漬。我幫她擦拭乾淨。「這種跟他之間的衝突，」她說：「就是我試著警告你的狀況。它可能會一直存在，尤其是他現在知道你又回到我的生活。」

她現在說這些話，好像在給我一個從她身邊撤退的機會。真不敢相信她認為我會有這種想法。「就算妳有五十個想要讓我們過地獄生活的前夫，只要我有妳，我就完全不受任何人的負能量影響。我答應妳。」

她終於露出來到這裡的第一個微笑。我不想冒險去做任何舉動或說任何話，讓那個笑容消失，於是我轉換話題，不再討論她那差勁的前夫。

「妳口渴嗎？」

她推開我的胸膛，露出更開心的笑容。「對，我又渴又餓，不然我怎麼會來一名廚師的家？」

•••

莉莉和愛默生來這裡大概四小時了。喬許盡力寫完他能完成的作業以後，開始跟愛默生玩。莉莉說她是這幾週學會走路的。喬許走到哪，她就跟到哪，讓喬許覺得很好笑。他到處走來走去，這一小時，愛默生都搖搖晃晃跟在後頭。不過現在愛默生又睡著了，就睡在我身旁的地板上，頭枕著我的腿。莉莉問我要不要把她移開，但我不讓她把愛默生抱走。

如果我對這一切沒有一丁點不真實的感覺，就是在說謊騙人。內心深處，我知道莉莉跟我以後會在一起，她的心屬於我，我的心也屬於她，從我們相遇的第一個星期我就知道，但看著愛默生，知道這個孩子最後可能在我的生活中扮演極重要的一部分，我還需要好好消化。有一天，我可能會成為她的繼父，而且莉莉跟我最終會同住一個屋簷下，有一天可能會結婚。我為愛默生的生活帶來的影響，可能會超越她的親生父親。

我絕不會對誰坦承這些想法，像席歐就會說，事情還沒發生，預想這些言之過早。可是事實上，比起我希望跟莉莉發展的關係，以及我原先可能和她發展的關係，我已經落後好多年。

這一天深具意義，即使之後好幾個月我不會再見到愛默生，意義依然不減。這可能是我跟這個某天將成為我女兒的人，共度的第一天。

我伸手把愛默生的金紅色細髮勾到她耳後，試圖理解萊爾的某些憤怒所為何來。他不可能不知道，莉莉展開新的感情生活，會為他和愛默生的關係帶來什麼改變。愛默生大部分的時間都由莉莉照顧，所以當莉莉選擇讓某個人走進她的生活，那個人也會和愛默生長時間相處。

我絕對不是在替萊爾的行為找藉口。如果我有辦法，我會給他找一份在蘇丹的工作，這樣我們一年只要應付他一次就好。

但現實生活並非如此。萊爾和女兒住在同一座城市，而他的前妻將要搬去跟另一個人住，無論是誰，都不容易接受。我可以理解那對他來說有多難受，但我永遠無法理解，他為何看不出那不是誰的錯，而是他自己的錯。如果他更成熟理智一點，莉莉絕對不會離開他，那麼他的太太和女兒就還會留在他身邊，我跟莉莉也不會互相聯絡。

我替莉莉感到擔心。我擔心萊爾有一點像我的母親，擔心他會毫無理由地為了爭吵而爭吵，以此作為報復。

我看著莉莉問：「妳有沒有針對萊爾的行為報過案？」她坐在我旁邊的地板上，看愛默生枕在我的腿上睡覺。

「沒有。」莉莉的回答透著一絲羞愧。

「你們有簽監護權協議嗎？」

她點頭。「我有完整的監護權，但有附帶條件。他的行程比較不固定，所以我必須彈性配合。基本上，他一星期可以跟她相處兩天。」

「他會支付子女撫養費嗎？」

她點頭。「會，他沒有晚給過。」

至少他會給莉莉這樣的支援，我鬆了一口氣。但莉莉對這幾個問題的回答，聽了讓我覺得莉莉的處境比我所想的還岌岌可危。

她問：「怎麼了嗎？」

我搖搖頭。「我不該多管閒事。」**是嗎？**我其實不曉得。我試著放慢腳步，給莉莉空間，但那一部分的我，正在跟想要保護她的我天人交戰。

莉莉舉起一隻手，吸引我的注意力。「亞特拉斯，你沒有多管閒事，我們在一起了。」

她的話讓我的心跳漏了一拍。她剛才是正式承認了我們的交往關係嗎？是嗎？我們在一起了？我露出微笑，要她靠近我一點，我的脈搏在撲通亂跳。「莉莉．布隆，我跟妳是交往中的情侶了嗎？」

她抵住我的嘴唇，露齒而笑，邊親我、邊點頭。

我想我們兩個早在昨晚之前，就知道這是認真的交往關係，要不是莉莉的女兒枕在我腿上睡覺，我很可能會抱起莉莉轉圈。我就是那麼開心。

也更加關心她們。

我快速噴發的腎上腺素又慢下來，帶我回到莉莉宣布我們正式交往之前的思緒。

萊爾、監護權、幼稚行為。

莉莉的頭靠在我的肩膀上，一隻手放在我胸前，她感覺得到，我把肺部的空氣幾乎清空。她抬起頭擔憂地看我。「說吧。」

「說什麼？」我問。

「你對我的狀況有什麼看法。你的眉毛皺成一團，好像在擔心什麼。」她舉起手，用拇指撫平我嚴肅的表情。

「現在告訴法院他曾經威脅到妳的安全，還來得及嗎？也許那樣可以阻止他跟女兒過夜。」

「只要簽了監護權協議，就不能用過去的證據去修改協議內容。不幸的是，我沒有報過案，所以現在也不能主張他對我施暴，作為辯護的理由。」

真是不幸，但我能理解那時候她為什麼不想跟他撕破臉。我只是擔心她可能會因此吃虧。

「其實大半時間，他都忙得無法照顧她，連帶她過夜都不太可能。我想他不會真的嘗試爭取共同監護權。」

我抿嘴點頭，希望她說得對。我不像她那麼瞭解他，但就我的觀察，他似乎會懷恨在心，而心懷怨恨的人往往會想找機會報復。父母之間經常上演這樣的戲碼。他們因為不喜歡對方做的事，或不喜歡對方的交往對象，就拿孩子當武器。我擔心會往那個方向發展。我完全可以預見，萊爾會單純為了報復莉莉跟我在一起，決定把他們的事鬧上法院。他也很可能得到他想要的。他沒有傷害過愛默生，也沒有傷害莉莉的報案紀錄，更沒有遲付撫養費，加上他事業有成，這些都對他有利。

我瞄向莉莉，她沉浸在思緒裡，不發一語。我講這些話，不是想讓她更傷心。

「對不起，我不是想製造悲觀的氣氛。我們可以換個話題。」

「你不是在製造悲觀氣氛，亞特拉斯。你是個務實的人，我需要你的務實。」她從我的肩上抬起頭，悄悄看一眼躺在我腿上睡覺的愛咪，接著再次靠在我身上，輕嘆一口氣。「你知道，就算我報案揭發萊爾，爭取單獨監護權，勝算也很小。他沒有犯罪紀錄，而且有錢請頂尖的律師。我談過的每一個律師都勸我跟他好好協商，他們見過像我們這樣的案件。當時萊爾答應的監護權協議，是對我最有利的選擇。」

我牽起莉莉的手，與她十指緊扣。她擦掉一滴滑落臉頰的淚珠，我討厭自己提起這個話題，但那些恐懼或擔憂已經深植在她心裡。我只慶幸得知她思考過這些問題，因為她得比萊爾早規畫一步才行。「無論如何，妳再也不用自己一個人面對了。」

莉莉露出感激的笑容。

枕在我腿上的愛默生慢慢甦醒。她睜開眼睛看著我，接著馬上搜尋莉莉的身影。她直接跨過我的腿，去找莉莉。她投入莉莉的懷抱後，我便抬起腿伸展一下。超過半小時無法移動，整條腿都麻了。

「我們該走了。」她說：「我跟她待在這裡，心裡滿愧疚的。要是萊爾沒有知會我，就帶她去跟女友見面，我會大發雷霆。」

「我認為妳的狀況有一點不同。萊爾不會因為害怕妳發怒，必須找個安全的地點把女兒藏起來。別對自己那麼嚴苛。」

莉莉向我投來一個感激的眼神。

我幫她收拾東西，陪她去開車。愛默生坐進安全座椅後，莉莉走過來向我道別。我抓住她的臂，將她拉近，低頭輕輕摩擦她的鼻子，然後親吻她的嘴唇。我用力深吻，想讓她在開車回家途中繼續感受我的吻。

我把兩隻手插進她牛仔褲後方的口袋，捏她屁股，她笑了出來。接著她感傷地嘆口氣。「我已經想念你了。」

我贊同地點頭。「我有很多那樣的經驗。」我對她坦承：「莉莉．布隆，我應該是迷上妳了吧。」我親她的臉，然後強迫自己放開她。

當你終於跟命中注定的伴侶在一起，就只有這個壞處。多年來，你朝思暮想著跟對方在一起，當他終於成為你生活中重要的一部分，不知怎麼卻令你「更」傷心。

第二十六章

［莉莉］

莉莉妳令我失望。

我震驚地盯著手機。

這在開玩笑嗎？

妳把我當怪物，我可是她爸爸。

現在是凌晨五點，我醒來上廁所。我想趁鬧鐘響之前再睡一小時，但習慣性地看了一下手機。

這些都是萊爾傳來的簡訊。自從他星期天出現在我家，我沒再聽到他的消息。已經四天了，他完全沒聯絡，也沒有為了對我發火而道歉。他安靜了四天，然後傳來**這樣的**簡訊？

遇見妳之前我比較快樂。

我讀完他一連串的簡訊轟炸，我很清楚他昨晚傳簡訊時，一定是喝醉了。第一封簡訊是午夜傳來的，最後一封是凌晨兩點，內容是：**祝妳跟流浪漢打炮打得開心**。

手機從我手中滑落到床上，我的雙手在顫抖。真不敢相信他傳了這些簡訊。我本來希望他安靜四天是對自己的行為感到懊悔，但顯然他一直沉浸在自己的怒火當中。

情況比我以為的還嚴重許多。

我試著繼續睡覺，但睡不著。我起床幫自己沖了一杯咖啡，但我的胃緊張得喝不下去。接下來半小時，我站在廚房裡盯著空氣看，腦中反覆重播那些簡訊內容。

愛默生終於醒來時，我鬆了口氣。我很樂意因為早晨混亂的例行事務而忙碌，至少可以藉此轉移注意力。

• • •

我開車把愛默生送到我媽媽那裡，然後再去上班，正好八點鐘到達花坊。我是第一個進入店內的人。在賽琳娜和露西到班之前，我盡量用各種方式分散注意力。露西後來看出我不對勁，甚至一度問我是否還好，我說沒事，告訴她不用擔心。

我假裝自己「很好」，但我時不時就往門口張望，覺得萊爾會怒氣沖沖地闖進來。我在等他再傳一些刻薄的簡訊過來，或是手機鈴聲響起。

過了幾小時，什麼都沒傳來，連個道歉也沒有。

我沒有告訴亞特拉斯這件事，連亞麗莎也沒說，一整天我都沒有把他的行徑告訴任何人。我覺得很丟臉，這對亞特拉斯是一種侮辱，對我也是。我不知道該怎麼辦，我只知道我不願姑息。

我不要女兒接下來十七年的人生遭受任何形式的虐待，即使是刻薄的簡訊內容也不行。

賽琳娜先下班了，所以當那無可避免的事情終於發生時，店裡只剩下我和露西。那時已經過了傍晚五點鐘，我們正在收拾打烊，我準備去媽媽家接愛默生，這時萊爾從門口走了進來。

我內心的焦慮像岩漿噴發而出。

露西從來沒喜歡過萊爾，所以她一看見萊爾，便發出一聲微小的抱怨，對我說：「我去後面，有需要叫我。」

「露西，等等。」我低聲說，低頭假裝忙著用手機，不讓萊爾看見我的唇形：「別走。」我望了她一眼，讓她看懂我擔心的眼神。她只是點點頭，去找件事來做，讓自己看起來很忙。

萊爾朝我走近，我的心臟在胸口撲通直跳。我直視他的眼睛，甚至沒有堆出其他表情，隱藏我的真實感受。

他迎向我的目光幾秒鐘，接著側眼看一下露西，朝我的辦公室點點頭。「可以講一下話嗎？」

我馬上堅定地說：「我正要離開，我得去接女兒。」

我可以看見萊爾左手緊抓著櫃台邊緣。他握得很緊，手臂肌肉緊縮。「拜託，不需要很久。」

我看向露西。「等我一起鎖門，好嗎？」她向我點頭，要我放心。我立刻轉身，往辦公室走。我可以聽見他緊跟著我的走路聲。我雙手交叉抱在胸前，大力吸了口氣，才得以轉身面對他。

我對他的懊悔實在很厭煩，好想把他臉上愚蠢的皺眉抹掉。我氣得不得了。

「對不起。」他一手穿過頭髮，痛苦地皺眉，朝我接近。「我昨晚在一場活動中喝多了，而且……」

我不發一語。

「莉莉，我甚至不記得自己傳了那些簡訊。」

我依然不發一語。他開始焦躁，面對我無聲的憤怒，顯得愈來愈不安。他雙手插進口袋，盯著雙腳。「妳告訴亞麗莎了嗎？」

我沒有回答他的問題。真要說，這個問題讓我聽了更火大。比起他對我造成的傷害，他竟然比較擔心妹妹會怎麼看他？「沒有，但我告訴律師了。」我是騙他的，但等他一離開這棟建築，我就會去實現這件事。從這一刻起，我會把他對我做的每一件事都記錄下來。亞特拉斯說得對。萊爾沒有任何不好的書面紀錄，要是他繼續施虐的言行，我得保護自己和愛默生。

萊爾慢慢迎向我的目光。「妳做了**什麼**？」

「我把簡訊傳給律師了。」

「妳為什麼要那麼做？」

「你真的不懂？星期天你把我按在門上，然後大半夜傳威脅的簡訊給我。萊爾，我沒有做什麼應該受到這種對待！」

他把雙手從口袋抽出來，臉轉向另一邊，用手緊揑脖子後方。他一面伸展背部，一面用力吸一口氣，似乎正在努力憋氣，默數，壓抑心中燃起的怒火。

我們都很清楚，那些作法過去的效果如何。

當他轉過身，懊悔已然消失。「妳難道看不出這個反覆出現的模式嗎？妳真的那麼盲目嗎？」

喔，我當然看到反覆出現的模式，但我想我們看到的模式不同。

「莉莉，我們相安無事一**年了**。我們一點問題也沒有，直到他再次出現。現在我們老是吵架，妳還找了律師？」他看起來想對空氣揮拳。

「萊爾，別再把你的行為怪到別人身上！」

「**莉莉**，別再忽視我們之間的所有問題，都有個該死的共同因素！」

露西出現在辦公室門口，看看我，看看萊爾，再看向我。「妳沒事吧？」

萊爾發出惱怒的笑聲，生氣地說：「她很好。」萊爾走向門口，露西不得不把身體貼在門框上，以免被他撞到。我聽見他喃喃自語：「該死的**律師**。讓我猜一猜是誰出的主意。」萊爾用一副要去執行任務的姿態走向大門，露西和我同時走出辦公室，原因大致相同——我們都想等他一離開花店，就把他鎖在門外。

萊爾走到大門口時，快速轉過身來，朝我投來一記銳利的眼神。「我是神經外科醫生，妳只是**弄花的**，莉莉。在妳的律師想要用什麼蠢招威脅我的事業之前，先想想這一點。是我付錢讓妳住在那棟該死的公寓。」他用兩隻手猛力開門，使得他話中的威脅感更加強烈。

他終於離開後，露西立刻上前把門鎖上，因為我聽完他最後那句侮辱的話語，不禁愣在原地。她走回我身邊把我拉近，給了我一個同情的擁抱。

我在這一刻意識到，想要結束一段充滿虐待的情感關係，最困難的部分在於，你不見得能為糟糕的經歷畫下句點。糟糕的經歷依然會時不時把醜陋的臉孔轉向你。當你結束充滿虐待的情感關係，你畫下句點的是那些美好的時光。

當我們還在婚姻關係中，幾件令人害怕的事件被許多美好的回憶掩蓋住，但我們沒有婚姻關係了，覆蓋著的毯子被掀起，我所能看見的只有他最糟糕的那部分。我們的婚姻曾經像心臟和肌肉包覆著骨頭，帶給我們深情和溫暖，如今卻只剩下骨頭——那銳利的骨頭邊緣，無情地刺穿我的身體。

「妳還好嗎？」露西問道，雙手輕輕撫過我的頭髮。

我點頭。「沒事，只是……他那個樣子，是不是想去做什麼？他是不是打算去某個地方？」

露西再次快速看了門口一眼。「對，他飛速開車離開了停車場。妳可能要警告亞特拉斯。」

我立刻拿起手機，撥電話給他。

第二十七章

「亞特拉斯」

我半個小時前才看過手機，當我發現莉莉打了好幾通電話，還傳來三封簡訊，馬上提高警覺。

請打電話給我。

我沒事，但萊爾生氣了。

他有沒有去找你？亞特拉斯，拜託回電給我。

該死的。

「達倫，你能接手嗎？」

達倫過來幫我完成最後的盛盤，我立刻走進辦公室打電話給她。她的手機號碼直接轉入語音信箱。我又打了一次，還是沒人接聽。

我準備往外走到停車處時，手機終於響起。我立刻接起來，「妳沒事吧？」

她說：「我很好。」

我停下往門口移動的腳步，把肩膀靠在牆壁上，吁了一口氣，心跳馬上恢復到正常的速度。

她的聲音聽起來像在開車。「我正要去接愛咪，我只是想提醒你他在生氣。我擔心他可能會去你那裡。」

「謝謝提醒。妳真的沒事？」

「沒事。你到家後打給我，多晚都沒關係。」

她話講到一半，萊爾就穿過廚房的門衝進來，引起不小的騷動，所有人都注意到了，同時停下手邊的動作。餐廳領班德瑞克緊跟在後。

德瑞克對萊爾說：「我說了會把他『帶過來』。」然後看向我，雙手一攤，向我表示他已經試過不讓他闖進來。

我說：「我回家路上再打給妳。」我沒有說萊爾才剛出現，我不想讓她擔心。我在萊爾的眼神落到我身上時，掛斷了電話。

我不覺得他是來這裡祝福我的。

達倫問：「那個傢伙是誰？」

「我最忠實的粉絲。」我朝後門點了點頭，萊爾開始往那裡走。

廚房又忙碌起來，沒有人在意萊爾衝進來，只有達倫。「需要我幫忙做什麼嗎？」

我搖搖頭。「我不會有事的。」

萊爾大力推開後門，門片被甩得撞上屋外的牆壁。

真沒風度。我往那個方向走，但我一打開後門，踏上後門台階，萊爾就從左邊衝過來攻擊我。

他把我推落台階，接著在我試著站起身時，給了我一拳。

不得不說，這一拳打得也很不錯。

該死。

我擦了擦嘴唇，站起來，他至少還讓我有時間擦嘴、起身。趁別人倒在地上就開始揮拳，根本是趁人之危，不過萊爾不像是在乎公平的人。

他又要揮拳揍我，但我往後一退，導致他重心不穩跌倒。他把自己撐起來、重新站穩後，眼神惡狠狠地盯著我。他現在似乎並未處於殺紅眼的狀態。

「打完了嗎？」我問他。

他沒有回答，但我想他應該不會再衝過來了。萊爾拉直上衣，露出輕蔑的微笑。「我比較喜歡你上一次對我還擊。」

我努力抑制翻白眼的衝動。「我不想跟你打架。」

他扭動頸部，開始踱步。他心中滿是怒氣。我無法想像，當莉莉必須面對這樣的怒氣，是怎樣的感覺。他重重地呼吸，雙手扠腰，用刀鋒般的眼神瞪著我。我在他臉上看到的不只是憤怒，還有無盡的痛苦。

有時候，我會試著設身處地去理解萊爾，但儘管我努力這麼做，依然無法真正理解他的想法。我永遠也無法理解。因為世界上沒有任何人，可以用過去的強烈不幸當理由，去毆打原本應該要保護的人。

「有話直說吧。」

萊爾用上衣把指關節的鮮血擦掉，我注意到他的手是腫的。看樣子他來這裡打我之前，已經揮拳打過其他東西。幸好我已經得知莉莉沒事，否則他絕對無法完好如初地離開這裡。

他說：「你以為我不曉得找律師是你的主意嗎？」

我試著隱藏驚訝，但我不曉得他在說什麼。**她跟律師談過她的狀況了嗎？**我聽了很想笑，但我很確定我的笑容會激怒萊爾，光是我的存在就足以激怒他了。

我沒有回話也惹毛了他。萊爾的臉憤怒地扭曲。「你現在也許欺騙得了她，但你很快就會跟她吵第一次架，然後吵第二次。她會發現，跟你結婚不會該死的一直像彩虹一樣美好。」

「我有可能跟她吵架一百萬次，但我可以向你保證，不會有一次讓她進醫院治療。」

萊爾笑了。他想顛倒是非，讓我看起來才是那個荒唐可笑的人。又不是我不能控制情緒，魯莽闖到他工作的地方。

「你不知道莉莉跟我經歷過什麼事。」他說：「你不知道『我』經歷過什麼事。」

現在這一刻給我的感覺是，他來找我打架，但我沒有跟他打，所以他想藉機抒發情緒。也許，我應該要把席歐的電話號碼給他。真搞不懂現在是什麼情況。

我不想明天回想起來，覺得自己錯失良機。我的目標只有一個，就是讓莉莉跟這個男人交集的人生過得更平順。再怎樣，我都不想讓我們遭遇更多的挑戰，但除非他明白只有自己能控制自己的反應，我跟莉莉一樣，實在摸不清該如何跟他應對。

「萊爾，你說得對。」我緩緩點頭：「你說得對。我不知道你經歷過什麼。」我在台階上坐著，讓他瞭解他沒有理由覺得受我威脅。如果他要趁我坐起來再次出手攻擊，這一次我不會平靜以對。我雙手交握，盡全力用能讓他理解的方式說話。

「不論從前發生了什麼，它都讓你成為優秀的神經外科醫生，世界需要那一面的你。但不管是什麼原因，你的過去也讓你成為一個糟糕的丈夫，世界不需要那一面的你。就算我們有機會扮演某個角色，也不保證一定能夠勝任。」

萊爾翻了個白眼。「你說得太誇張。」

「萊爾，我親眼看著他們幫她縫合。老兄，你給我清醒一點。你是個糟糕至極的丈夫。」

他盯著我看了一下，接著說：「你如何確信自己會做得比我好？」

「用莉莉應得的方式對待她，在我生活中是最容易的一部分。她跟我這樣的人在一起，我認為你應該放心。」

他笑了出來。「放心？我應該**放心？**」他朝我走近幾步，再次怒氣沖沖。「我們會分開，就是因為『你』！」

我得盡全力讓自己繼續坐在台階上，並拿出每一分耐心，才能忍著不對他大吼回去。「你們分開的原因是『你』！你會落得今天的田地，是因為『你的』脾氣和『你的』拳頭。莉莉跟你在一起的時候，我跟她的生活根本沒什麼交集。成熟一點吧。不要再把你自己的所作所為，怪到我、莉莉或其他人頭上。」我站起身來，不是要出手打他，只是需要舒展胸口，好好呼氣。要是不這麼做，我無法保證我還能維持多久，不把音量放大到跟他一樣。在得知他對莉莉做的事之後，我實在很難看著他，同時保持平靜。我默默低喃：「**該死的**，真荒謬。」

萊爾跟我都沉默了一會兒。也許他看出我已然來到極限，因為我再也無法克制自己的挫敗感。我轉身面對他，用懇求的眼神看著他。「這是我們現在的生活，你、我、莉莉、**你女兒**的生活，我們得處理這件事，永遠擺脫不掉。年節假日、生日、畢業典禮、愛默生的婚禮，這些都會讓你感覺不好受，但只有你能確保那些日子不會讓我們其他人跟你一樣難受。因為，我們沒有人虧欠你，也不必犧牲我們的幸福，**尤其是**莉莉。」

萊爾搖頭。他踱步的樣子，彷彿想將路面的柏油扒掉，把泥土翻出來。「你期待我怎樣，要我為你們加油打氣？祝你們過得幸福？鼓勵你當『我』女兒該死的好爸爸？」他覺得這個想法很荒謬，出聲嘲笑，但我仍一本正經。

「對，**就是**你說的那樣。」

我想，我的反應讓他丈二金剛摸不著頭腦。他停下來，雙手在頸部後方交叉扣著。

我朝他走近一步，不帶任何威脅的意思。我不想對他大吼。我希望萊爾在我的聲音裡聽見最純粹的誠懇。「雖然我知道我能帶給莉莉快樂，但除非你願意接納並合作，否則她不會得到全部的快樂。你心裡清楚她值得過美滿的人生，但你卻在為難她。她們都應當過得幸福美滿。如果你希望你女兒在莉莉最美好的狀態中長大，就請你好好跟她合作。我們是有可能一起辦到的。」

萊爾扭了扭脖子。「我們現在是怎樣？某種『團隊』？」

我真討厭他想讓這些妥協聽起來毫無可能。「當事情牽涉到小孩，大家『本來』就該團結一致。」

他聽了深受打擊。我從他畏縮並微微吞口水的樣子看出來了。他轉身背對我，一面思考我的話，一面走了幾步。當他轉回來看我，表情裡的尖刻少了一些。

「等你跟莉莉兩個人遇到問題，莉莉需要依靠的對象，我可不會收拾殘局。」萊爾說完就轉身離開。這一次他沒有穿過餐廳，而是沿著巷弄，朝街上走。

我只能對他離開的身影寄予同情的眼光。他真的一點也不瞭解莉莉。

完全不瞭解。

莉莉才不會「依靠」其他人。我離開緬因州的時候，她沒有追過來。她離開萊爾的時候，也沒有跑來「找」我。她只是全心全意投入母親的角色。他竟然認為莉莉會在我們遇到問題時，那樣做？把他當作可以「依靠」的歸宿？

莉莉的歸宿是愛默生，要是他還看不出來，也太盲目了。

要是莉莉繼續跟他在一起，他會在他們接下來的人生編造各種問題，為自己過度火爆的脾氣開脫，因為我一直都不是、也不可能會是他們婚姻關係裡的問題。

我之前同情過他，但他在為一個自己根本不瞭解的女人而戰；這代表他只是為了爭吵而爭吵。他跟我媽媽的個性非常類似，有時候那無法可解，只能學習與之共存。

也許莉莉跟我都必須那樣做，學會盡量把生活過好，偶爾應付一下萊爾的愚蠢暴怒。

沒關係。如果那代表我將成為每天晚上睡在莉莉身邊的那個人，我願意每天經歷這種鳥事。

我走上階梯，重新投入廚房的忙碌節奏，直接回到工作崗位，彷彿萊爾從沒來過。我不知道我今晚的反應是否讓狀況好轉，但我很肯定狀況沒有因此更糟。

達倫遞給我一條濕毛巾。「你在流血。」他指著我的嘴巴左邊，我拿毛巾按住那個位置。「那是她的前夫嗎？」

「對。」

「都沒事了嗎？」

我聳了聳肩。「我不知道。他可能會氣得又跑回來。真要命，這種事可能會延續好幾年。」我看著達倫微笑。「但她值得我這麼做。」

• • •

三小時後，我輕敲莉莉的公寓大門。我已經傳簡訊告訴她我會過去。我覺得，她可能需要我再開車過去抱抱她。

她打開門，顯然那正是她需要的，也是「我」需要的。我們一走進她家客廳，她就伸手環抱我的腰際，我緊抱著她。我們就這樣維持擁抱的姿勢一、兩分鐘。

她抬起臉，看見我嘴唇上的小傷口，一臉驚訝。「他真是個幼稚的渾球。你冰敷了嗎？」

「不會有事的，嘴唇沒腫。」

莉莉踮起腳尖，親吻我的傷口。「告訴我發生了什麼事。」

我們坐在沙發上，我試著回憶我們今天的對話內容，但我很清楚自己省略了一些細節。我講完之後，她靠在沙發椅背，一隻腿橫跨在我腿上，一臉專注的模樣。她的手指在我的髮絲之間來回穿梭。

她安靜好一陣子，然後凝望我，溫柔甜蜜的眼神在我身上融化。「我相信在這個地球上，要是有誰被人揍了一拳，還願意給挑釁者『建議』的，你是唯一的一個。」我還沒來得及回話，她就跨坐到我腿上把臉湊近。「別擔心。比起回擊他，我覺得你這樣更有魅力。」

我伸手撫上她的背，很驚訝她的心情竟然這麼好。我不知道自己為什麼以為這段對話會為她製造壓力，但我猜這是最好的結果了。萊爾知道我們在認真交往，我有機會開口表達我的意見，所有人都沒有因此受到太大的傷害。

「我不能久待，但我可以把這個擁抱延長十五分鐘，喬許不會發現我晚回家。」

她揚起一邊的眉毛。「你說的『擁抱』是指……」

「我是指脫光光，我們只剩下十四分鐘了。」我把她推倒，親吻她，接下來十四分鐘完全沒停下來。最後，變成十七分鐘，又變成二十分鐘。

我終於走出她家，已經是三十分鐘之後的事了。

第二十八章 ［莉莉］

亞麗莎真聰明，想到先在地上鋪好垃圾袋，再把她們放上去。這樣清潔起來就會容易許多。愛咪和表姊萊儷現在全身上下都是蛋糕。

愛咪根本不曉得這是在做什麼，但她玩得很盡興。我們最後是在亞麗莎家裡為她辦一場小型派對。到場的人有我的母親、萊爾的父母，以及馬歇爾和亞麗莎。

萊爾也在這裡，但他馬上就要離開了。他用自己的手機快速拍了幾張照片，然後匆匆親了兩個女孩，向她們道別。

我聽見他跟馬歇爾說今天工作很忙，但他還是想辦法參加派對。我很高興他及時趕來看到拆禮物，留到蛋糕幾乎被吃個精光。我知道，有一天當愛咪看見這些照片會覺得很有意義。

他過來以後，我們一直沒說話。我們一直在互相繞圈子，在大家面前假裝一切都好，但萊爾一點也不好。我站在屋內另一頭，都能感覺到他身上散發出來的壓力。不過，被他忽視總比被他指責好。不管哪一天，我都寧願他跟我冷戰，也不想要承受他的怒火。

不幸的是，他沒有跟我冷戰太久。

萊爾看向我，這是他今天第一次跟我有眼神接觸。我不該一個人站在那裡。他逮住這個機會，走過來站到我旁邊。我僵直身體，不想在這個時候跟他講話。我們上一次講話就是上週他一邊從花店走出去，一邊出言侮辱我。我知道我們得談一談，但女兒的生日派對不是展開對話的好時機或好場合。

萊爾雙手插在口袋裡，下巴抵著胸口，盯著地板看。「妳的律師怎麼說？」

我胸口燃起一陣怒火，側眼瞄他，頭搖了一下。「我不要現在跟你談這件事。」

「那什麼時候談？」

這根本不是時間點的問題，而是現場有沒有「其他人」。我再也不要在我們獨處時討論任何事。我從他的行動得到證實，我跟他單獨在一起並不安全，我不願再給他那樣的特權。

「我會傳簡訊給你。」我說完就走開，留下萊爾獨自站在原地。我母親抱著愛咪，幫她擦臉上和手上的蛋糕，於是我朝她們的方向走去。但我還沒走過去，就被亞麗莎拉到一旁。

她說：「我們講一下話。」我跟她走到她的房間，她坐在床上。

她只有想要質問我的時候，才會把我叫到她房間，而且她總是憑直覺抓到質問的完美時機。我一走進她房間就翻了個白眼，然後坐到她的床上。「妳想知道什麼？」從我們上一次單獨聊天到現在，已經有一、兩個星期了。她應該對我的生活有很多疑問，最近我是發生不少事。

亞麗莎往後倒在床上。「妳跟萊爾今天感覺不太對勁。」

「看得出來喔？」

「我什麼都看得出來。妳還好嗎？」

我認真思考她的問題許久。**妳還好嗎？**我以前會因為自己不好，而迴避那個問題。即使愛默生出生好幾個月後，我的內心依然呈現枯萎狀態，但每當有人問起，我還是會堆起笑容應對。

這是我第一次誠實地告訴對方：「嗯，我沒事。」

亞麗莎默默注視著我，臉上浮現放心的表情，看來她這次會相信我。她牽起我的手把我拉過去，讓我躺在她旁邊。她與我互勾著臂彎，我們就這樣盯著天花板看，在滿是人的屋內享受片刻寧靜。

我很高興我還擁有亞麗莎。要是離婚讓我失去亞麗莎，那會成為整個過程最令我心碎的事。我很感激她是如此寬容大度、正向樂觀。

真希望我也能這樣描述她哥哥。有時候我覺得萊爾身體裡住著一頭怪獸，不斷冀求他人的冒犯。他的黑暗面以誇張事件為食，如果沒有人帶來誇張的事件，他會自己編造。但我無法再參與他這樣的遊戲了。不論萊爾多麼希望他的妄想成真，好替自己的行為開脫，我很清楚，在我跟他還存有婚姻關係時，我沒有其他的想法。

「妳跟亞多尼斯最近怎麼樣？」

我笑了。「妳是說亞特拉斯？」

「我說的是亞多尼斯，跟妳陷入愛河的俊美希臘男神（譯註：Adonis 也是希臘神祇的名字）。」

我又笑了。「亞多尼斯不是亂倫的產物嗎？」

亞麗莎推了推我。「別轉移話題。你們順利嗎？」

我翻身趴著，用手肘撐起上半身。「很好，要是有時間相處就更好了。我的花店打烊後，他的餐廳才開始營業。我們甚至還沒機會一起過夜。」

「亞特拉斯現在在做什麼？工作？」

我點頭。

「妳問問看他能不能早點下班，今晚我幫妳照顧愛默生。我們明天沒有活動，妳想什麼時候來接她都可以。」

我對她的提議睜大了眼睛。「真的嗎？」

亞麗莎從床上爬下來。「萊儷很喜歡有她在這裡。去跟妳的亞多尼斯共度春宵吧。」

• • •

我沒有傳簡訊告訴亞特拉斯，我正在前往柯瑞根餐廳的路上。他說今晚會在那裡工作，我覺得給他驚喜會很有趣，但是當我穿過通往廚房的門，我對眼前忙碌的景象非常驚訝。根本沒有人聽見我走進去，我只好到處張望，直到發現他的身影。

員工把每一盤餐點交給亞特拉斯檢查並放到托盤上，接著服務生立刻拿著食物，快速從雙開門走出去。我覺得波比餐廳已經很高級了，這裡比波比餐廳還要高級。服務生都穿著正式服裝。亞特拉斯身穿跟廚房另外幾人一樣的白色廚師服。

他們處在一個流暢的忙碌節奏裡，我心想，也許我不該跑來這裡。我這時朝他走去好像會妨礙他們工作，突然覺得沒跟他說一聲就跑來好尷尬。

我在達倫發現我的同時，認出他來。他對我微笑並點頭，接著以行動引起亞特拉斯的注意。他朝我的方向示意，亞特拉斯轉過來，發現我站在餐廳廚房裡，眼神都亮了起來。但那個眼神維持得不久，我跑來這裡，馬上讓他從興奮轉成擔心。他筆直朝我走來，途中繞過一名把空餐盤送回廚房的服務生。

「嘿，一切都好嗎？」

「很好。亞麗莎說要幫我照顧愛咪一晚，我就想到來這裡看看。」

亞特拉斯露出充滿期待的微笑。「她要照顧她一整晚嗎？」他的眼睛閃過一絲挑逗。

我點點頭。

有人在我身後大喊：「後面燙喔！」**後面燙喔？**我不解地瞪大眼睛，亞特拉斯拉著我，從端著一盤食物的服務生面前退開。

「那是廚房俚語。」他說：「意思是妳擋到要送出去的熱食。」

「喔。」

亞特拉斯笑了，接著扭過頭看那些來不及查看的餐盤。「給我二十分鐘左右，趕一下進度。」

「沒問題，我不是來要你提早下班的。我只是想來看一看你工作的情況，還挺有趣的。」

亞特拉斯指著一張金屬流理台。「坐那邊視野最好，又不會被撞倒。這邊現在很忙碌，我很快就忙完了。」他抬起我的下巴，彎腰親我一下，然後往後退，繼續手邊在忙的事。

我坐在流理台上，把腳縮起來盤腿，不致擋到其他人。我注意到有幾名員工偷偷瞄了我一眼，讓我有點不自在。這裡我只認識達倫，其他人都不認識。我實在好奇，他們會怎麼想這個剛才被亞特拉斯親吻、現在正看著他們工作、不知打哪兒冒出來的女生。

我不知道亞特拉斯平常會不會帶女生進來，但我感覺他不會，因為大家用一副天要下起紅雨的表情看著我。

達倫一有空檔就過來跟我寒暄。他快速抱了我一下說：「莉莉，很高興再次見到妳。妳還在假裝不會打撲克牌騙錢嗎？」

我笑了。「有一陣子沒這麼做了。你們還有撲克之夜嗎？」

他搖搖頭。「沒啦。亞特拉斯開了兩間餐廳，我們忙都忙不過來，很難找到能聚會的晚上。」

「真可惜。你現在在這裡工作嗎？」

「不是正式的。亞特拉斯想看我能不能處理好這裡的菜單，他想升我當主廚。」他靠過來，露出微笑。「他說想要多一點休假時間，我現在知道原因了。」達倫把一條毛巾甩到肩膀上。「很高興見到妳，看來妳會更常出現在這裡。」他眨個眼便走開了。

亞特拉斯在想辦法減少工作時間，知道這件事令我雀躍不已。

接下來十五分鐘，我靜靜看著亞特拉斯工作，他時不時快速看我一眼，對我溫暖地微笑，但其他時間他都很認真工作。他的專注和自信好迷人。

這裡似乎沒有人怕他，大家都需要他的意見。一直有人問他問題，每一個問題他都耐心回答。除了尋求指示，其他時間大家講話聲音都很大。不是我以為會在廚房聽見的大聲吼叫，而是大聲念出顧客的點單、廚師大聲回應表示聽到的聲音。這裡又吵又忙，但氣氛很活潑。

老實說，這跟我預料的情景完全不同。我以為我會看見完全不一樣的亞特拉斯——一個怒氣沖沖、大聲發號施令，就像我在電視上看到的那些主廚。幸好這間廚房完全不是那麼回事。

經過忙碌、刺激的半個小時，亞特拉斯終於離開他的工作崗位。他朝我走來之前，先清洗自己的雙手。他彎身向前親我的嘴，似乎不在意員工會看見，我湧上一股胃在打結的興奮感。

他說：「抱歉讓妳等那麼久。」

「我很享受剛才看你們工作，跟我想像的不一樣。」

「怎麼說？」

「我以為主廚都是對員工大吼大叫的渾球。」

他笑出聲。「這間廚房沒有渾球，抱歉讓妳失望了。」他把我交疊的雙腿分開，站在我雙腿之間。「妳猜怎樣？」

「怎樣？」

「喬許今晚在席歐家過夜。」

我忍不住咧嘴笑。「真是美好的巧合。」

亞特拉斯掃視我，將頭靠在我頭上，嘴唇輕貼我的耳朵。「妳家，還是我家？」

「你家，我想待在有你的味道的床上。」

他輕咬我的耳朵，讓我的脖子一陣顫抖。接著他牽起我的雙手，扶我下流理台。他向一個經過的員工說：「嘿，出餐交給你囉？」

那個人回答：「沒問題。」

亞特拉斯把視線拉回我身上，對我說：「那在我家會合囉。」

• • •

我到他的餐廳前，已經先回家一趟，準備了一包行囊以備不時之需，所以我比他早到他的住處。我利用等他的時間，在車子裡跟亞麗莎確認愛咪的狀況。

她入睡順利嗎？

很好。妳今晚如何啊？

很好。:)

玩得愉快。等妳事後的完整報告。

亞特拉斯把車子開進車道時，頭燈照進我的車子裡。他幫我開車門時，我還在收拾東西。我一鑽出車子，亞特拉斯就等不及把手伸進我的頭髮，開始親我，是那種彷彿大喊著「我好想念親妳」的吻。

他往後退開，帶著溫柔的微笑仔細看我的臉。「我喜歡今晚妳在廚房看我做事。」一陣顫抖傳遍我全身上下。「我喜歡看你。」我無法不笑著說這句話。我從副駕駛座拿出行李袋，亞特拉斯從我手中接過去，掛到肩上。我跟著他走進車庫，有一面牆壁還堆著搬家紙箱。幾個已開封的箱子旁邊，放著還沒組裝好的重訓健身椅。洗衣機和烘乾機前面，是滿滿兩籃的待洗衣物。

看見他的車庫有點凌亂，我安心了。我本來還在想，他這個人實在好得不像話。看來亞特拉斯．柯瑞根就跟我們其他人一樣，他也跟不上生活節奏，也有一堆衣服沒洗。

他打開家門，扶著門讓我進去。這間屋子比他之前的住所小，但更像他會住的地方。不是位在小社區，所有房子都很類似、複製貼上的磚砌建築。這個社區的房子各有特色，每一棟都長得很不一樣。街角是一間兩層樓高的粉紅色房屋，街道另一端則是現代感十足的方形玻璃屋。

亞特拉斯的家是一間附有閣樓的單層平房，夾在兩間較大的房子中間。上次來這裡的時候，我注意到他不知怎麼在這三間屋子之中，相中後院最大的一間。**以後有很多種花草的地方……**

亞特拉斯在鍵盤上輸入安全密碼，說：「九、五、九、五，進來要輸入密碼。」

「九、五、九、五。」我複述一次，注意到那跟他的手機密碼一樣。他是個從一而終的人，我很欣賞這一點。

安全密碼雖然不是進入屋內的鑰匙，但感覺上就跟大門鑰匙幾乎一樣重要。他把行李袋放到沙發上，接著打開客廳的燈。我背靠牆壁，站在一旁看著他。我很高興他告訴我，他喜歡我看他工作，因為看亞特拉斯是我最喜歡的消遣活動。只要能偷偷觀察他，這樣的生活就令我滿足。「你晚上回家後，有哪些固定要做的事？」

亞特拉斯歪著頭。「妳是指什麼？」

我比了一下屋內。「你晚上回家都做些什麼？假裝我不在。」

他安靜地注視我。接著朝我走來，在我正前方停下腳步。他一隻手按住我頭側的牆壁，向我靠近。「這個嘛，」他輕聲說：「首先，我會脫掉鞋子。」

我聽見他把一隻鞋子踢掉的聲音，接著踢掉另一隻。他突然低頭朝我靠近兩、三公分，離我的嘴唇更近了。他的嘴唇輕柔地擦過我的，在我的皮膚之下點燃興奮的煙火。「然後……」他親吻我的嘴角。「我會沖個澡。」他從牆上撐起身往後退，直視我的雙眼挑逗我。

他消失在臥室裡。

我聽見他開始淋浴的聲音，緩緩吸一口氣。我輕輕脫掉鞋子，把鞋子放在他的鞋子旁邊，接著跟隨他的腳步從走廊進去。我輕輕推開半掩的房門，第一次親眼看到他的臥室。我在視訊電話裡看過這間房間，但我第一次來他家的時候沒有走進來。我認出黑色的床頭板和後方牛仔布藍色調的牆壁，但房內其他東西我沒見過。我略過其他東西，一心尋找浴室門。

他沒關門，衣服就丟在門口地上。

我不知道心臟為什麼撲通亂跳，好像我即將第一次見到亞特拉斯沒穿衣服。我又不是第一次看他裸體，也不是沒跟他親密接觸過，甚至不是第一次跟他一起淋浴。但是我每一次跟他在一起，我的心好像都得了失憶症。

我走到浴室門口，發現淋浴間被半面石牆遮住，感到有點失望。我可以聽見淋浴水花的劈啪作響的潑濺聲，我全身上下每一寸都感受到一陣緊繃。

我沒有把衣服留在他的衣服旁邊，而是穿著衣服，慢慢朝淋浴間走近。我背部緊貼浴室的一大面牆壁，一小步、一小步挪向淋浴間入口，把頭伸進去，剛好可以偷看到他。

亞特拉斯站在水流下方，閉著眼，正用手指洗頭，水流直接沖刷他的臉。我安靜站著不動，繼續靠著牆壁看他。

他知道我在，但沒有理會，讓我沉浸在欣賞他的氛圍裡。我好想伸手摸他上下起伏的肩膀肌肉，好想親吻他下背部的凹痕。他俊美得無與倫比。

他沖洗頭髮的泡泡，順便把臉上的泡沫洗掉，看向我這邊。他直視我的眼睛，瞇起眼，眼神變得深邃。接著他面對我，我的視線低垂，再往下低垂……

「莉莉。」

我的眼神回到他的雙眼。他露出促狹的笑，在那一瞬間，他橫跨潮濕的地磚，用力把我從牆上拉過去，投入他的懷中，然後將我一起拉進淋浴間，事發突然，我倒抽一口氣。

他在我倒抽氣時封住我的唇，同時抓住我的大腿，將我穿著濕透牛仔褲的雙腿拉起來勾住他。我的背貼上淋浴間的牆壁，讓亞特拉斯抱我的重量減輕，好騰出一隻手。

他用空出的那隻手解開我的襯衫鈕扣。

我伸出雙手幫他。我們暫停親吻，讓他把我放到地上，將襯衫從我的手臂上脫掉。襯衫啪地掉落到淋浴間地板，濺起一陣小水花。此時亞特拉斯的手指正好碰到我牛仔褲的釦子。

他飢渴的嘴唇再次吻上我的唇，雙手滑入我的屁股和底褲之間，奮力將我的衣物一吋一吋往下挪移。

他抓著我兩側的褲腰，沿著我的身體往下蹲，將我的褲子往下滑。褲子滑到腳踝時，我踢腳幫他把我的褲子脫掉，接著他把雙手放在我小腿後方，順著慢慢往上撫摸。

當他完全站起身，他的手指來到我後背的內衣勾扣，開始解內衣勾子，我的胃部一陣緊縮。他再次吻上我，但這是一個輕柔和緩的吻，彷彿最後這一片衣物的褪去值得細細品嘗。

我感覺他的手往我肩膀游移，然後他把手指伸進肩帶下方，將肩帶滑下我的手臂。內衣從我身上滑落，亞特拉斯從我的嘴唇退開，好整以暇地欣賞我。他一隻手順著腰側往下，捧住我的臀部滑動、揉捏。

我雙手勾住他的脖子，嘴唇滑過他的下巴，來到他的耳畔。「接下來呢？」

我看著他的手臂起了一陣雞皮疙瘩。他出聲低吟，將我抵著牆抬高，腰際對齊他的。我抬起臀部迎向他，想要貼身感受他的堅挺，他迎著我的動作，快速向前衝刺一下，讓我倒抽一口氣。這顯然是我們兩個都渴望的，但他仍然看向我，徵詢可不可以在淋浴間要我。我們之前談過我有採取避孕措施，而且我們都檢查過沒有性病，所以我直接點頭，對他吐露充滿渴望的耳語：

「要。」

我把他的肩膀抓得更緊，讓他手臂更省力，調整方便進入我的姿勢。他用左手臂支撐我，右手抓著自己，往前朝上推動臀部，直到我感受到他進入的腫脹感。

他對著我的脖子嘆息，我同時將胸口的氣全部呼出，就像一聲呻吟，在鼓勵亞特拉斯讓我再次發出相同的聲音。

我的腿緊勾他的腰，但他推進的力道太大，讓我勾住的腳踝鬆掉。我開始往他身下滑，他出力將我重新抬起，並調整自己的姿勢，再次完全填滿我。

我又發出一聲呻吟，他又一次朝我推動，然後第三次。在潮濕的淋浴間牆壁上，沒有在床上那麼輕鬆優雅，但我迷戀這樣狂野的他，再多也不夠。

他這樣持續狂野地要了我幾分鐘，直到我們都沒力了，也喘不過氣，無法不靠床鋪的支撐做愛。他抽出身將我放到地上，沒有說話，只是關上水龍頭，去拿毛巾。他雙手並用幫我把頭髮擰乾，接著沿著我的身體往下，盡量把我全身擦乾。他用那條毛巾快速擦拭自己的身體，然後牽起我的手，帶我走出浴室。

不知為什麼，連他牽我走進臥室這樣單純的小事，也能令我的心充滿幸福。

亞特拉斯拉起毯子，示意要我鑽進床鋪。好舒服，感覺就像窩進雲朵裡。他輕輕挪動身體，朝我身旁躺進來，直到無法貼得更近。他側身躺著，但他把我翻成仰躺，讓我這樣依偎著他。

我喜歡這個姿勢。我喜歡他撐著手肘，懸在我上方。我喜歡他眼裡的微微笑意，彷彿我是他贏來的獎勵。

亞特拉斯俯下身來，此時我們不再慢慢親吻，而是毫不猶豫、飢渴地深吻對方。這個吻從亞特拉斯探入舌頭開始，一直發展到，他竟能一面維持熱吻，一面伸手拿保險套戴上。他按住我的大腿內側，把我的腳推向一側，為自己騰出空間。

接著，他在我上方俯身，進入抽動。我發現我的世界正陷入美麗的瓦解。

• • •

亞特拉斯躺在床上，我蜷曲身體貼著他，一條腿跨在他的大腿上。這是我最想跟他一起共享的時刻。從生活的混亂中偷來幾分鐘的寧靜，只有我們兩個，欲望獲得滿足，心滿意足。我把頭靠在他的胸膛，他的手指在我的手臂上來回游走。

他親吻我的頭頂，對我說：「從我們在街上相遇到現在，過了多久了？」

我說：「四十天。」**我一直在數**。

他發出一聲「嗯？」，彷彿聽了很驚訝。

「怎麼了？你覺得比那更久嗎？」

「不是。我只是想知道，妳是不是跟我一樣在數日子。」

我笑了笑，嘴唇貼上他的皮膚，就在心臟的位置。

他問我：「今天派對進行得如何？」雖然他沒說出口，但我知道他在問什麼。他想知道萊爾是怎麼對待我的。

「派對很棒。我跟萊爾大概說了五秒鐘的話。」

「他有沒有對妳不友善？」

「沒有。我們想辦法避免互相干擾。」

亞特拉斯伸手撫摸我的頭髮，將髮絲撩到我背後，然後拾起一縷髮絲，重複同樣的動作。「有進步，希望之後會更順利。」

「希望如此。」我真心希望我跟萊爾的相處愈來愈融洽，但我不會再讓他的反應控制我的幸福。我把心完全交給了亞特拉斯，我要活在這樣的當下。要是那會讓萊爾不高興或不舒服，也要由他自己承擔那些不愉快的心情。「我這個星期可能會找亞麗莎，陪我跟萊爾坐下來談。我想談一談之前發生的事，還有將來該怎麼做，但我不想跟他單獨討論。」

「好主意。」

萊爾跟我也許永遠無法培養出比「相敬如賓」更好的關係，但我不在意我們只是相敬如賓，我在意的是他的侮辱、威脅性簡訊和情緒爆炸。他還有很多該努力的地方，而我終於願意要求他負起責任。

我先前或許應該更堅定，我只是一直盡力避免讓事情變得太戲劇化。現在我再也不要為了遷就萊爾，而改變自己的生活。

我只願意對那些為生活帶來正向力量的人們忠誠。我只對想幫助我成長並看到我快樂的人們忠誠。我的人生決定只會考量那些人。

我會繼續盡最大的努力，那是我所能做的。我也許沒有在最適當的時機做最正確的決定，但我已經找到做那些決定的勇氣，我會繼續把焦點放在上面。

亞特拉斯一隻手指移到我的下巴，將我的頭往後輕抬望向他。他臉上的表情彷彿在說，這就是他想要存在的地方。他說：「我無法用言語告訴妳，我有多喜歡這樣。」他將我拉近，讓我往上輕輕靠在他的胸口，與他四目相接。他疼惜地摸著我的頭側。「真希望每天晚上，妳都能像這樣躺在我的床上。我想跟妳一起沖澡、一起煮飯、一起看電視、一起到商店採買。我想跟妳一起做**每一件事**。我不喜歡假裝我們還不曉得我們要共度餘生了。」

真不敢相信人的心跳這麼快就能加速一倍。我把手指輕輕放到他的嘴唇上。「我們並沒有假裝不曉得，我們的確是『要』共度餘生。」

「我們還要等多久才能開始？」

我說：「照這個樣子看，已經開始了。」

「我要等多久才能問妳要不要搬來跟我住？」

一陣暖流在我的胃裡翻騰。「六個月，至少。」

他點點頭，彷彿在默默記下這個數字。「那我要等多久才能求婚？」

我感覺喉頭哽住，無法輕鬆吞嚥。「一年，一年半。」

「從我們『住』在一起開始算一年，還是『現在』開始算一年？」

「從現在開始。」

他露出笑容，拉我過去貼著他。「那就好。」

我忍不住埋在他的脖子裡笑。「真是一段出乎意料的對話。」

「是啊，我的諮商師聽到這些話會殺了我。」

我笑著從他身上翻下來側躺。我舒服地依偎在他的臂彎裡，用手指觸摸亞特拉斯的胸口，接著緩緩移到他隆起的腹部肌肉。他的肌肉隨著我手指劃過而緊縮抽動。「你有在健身嗎？」

「有空的時候。」

「看得出來。」

亞特拉斯愉快地笑。「莉莉，妳在撩我嗎？」

「對。」

「我不需要讚美。妳現在一絲不掛躺在我床上。妳不需要多做什麼，好多年前妳就贏得我的心了。」

我抬起頭，露出神祕的笑，彷彿聽見對方提出一項挑戰。「你真的不需要我多做什麼？」

他搖搖頭，慵懶地微笑，用大拇指撫過我的下唇。「我很確定我非常的滿足。我想我今晚可能要開悟了。」

我始終緊盯他的雙眼，但我重新調整姿勢，慢慢沿著他的身體往下移動。我輕聲說：「我覺得我還是能讓你刮目相看。」他在我吻上他的腹部時深深呼了一口氣。我雙眼依然盯著他的臉，我好愛看著他注視我的表情開始緊繃。

我把床單移往旁邊時，他吞嚥了一下，之後床單再也無法遮住他的下半身。他的眼神變得深邃。「莉莉，**可惡**。」

當我伸舌頭往上舔他，他的頭馬上往後仰，靠在枕頭上。

我用嘴含住他，他發出低吟。之後，我成功證明，他**大錯特錯**。

第二十九章

［亞特拉斯］

她對我來說，再多也不夠，但我覺得沒關係，因為她似乎也覺得我對她來說再多也不夠。今天早上她悄悄爬到我身上，親我的脖子，用這個方式將我喚醒。

幾秒鐘後，她就仰躺著，換我親吻她大腿之間的地帶。

我們如此渴望彼此，或許是因為我們知道很難再有今天這樣的日子，又或許是我們已經錯過對方好多年。

又或者，這只是相愛的兩個人正常的交往過程。我跟莉莉以外的女人交往過，但我很確定只有她才是我唯一的真愛。

我對莉莉的感情與日俱增，超越過往的一切經歷，甚至比我年少時對她的感情更濃烈。現在的感受更加強烈、深刻，也更令人興奮，不同於以往。我再也不可能像之前那樣離開她。

我知道十八歲時，我的心境跟現在完全不同，那跟我當初覺得不該留在她身邊的原因有很大的關係。現在的我全心全意投入，真不想慢慢發展。我能理解我們為什麼需要慢慢來，但我不必因此喜歡這個想法。我想要她每天在我身邊，因為看不見她的日子，我的心裡好空虛。

現在我們已經共度了一夜。我有預感，這份難受會愈演愈烈。如果太久不能看到她，我會心情焦躁。她現在就站在我身邊跟我一起刷牙，而我已經在害怕她即將離開。

也許，如果我說要幫她準備早餐，至少能多留她一小時。

莉莉問我：「你怎麼會有一支備用牙刷？」她往水槽吐牙膏，對我眨了一下眼。「常常有客人在你家過夜嗎？」

我對她微笑，然後漱口，沒有回答她的問題。那是幫她準備的牙刷，但我不想承認。這幾年，我以「以免莉莉如何如何」為理由，做了許多微不足道的小事。

大概一、兩年前，她為了躲萊爾來過我家。在她離開之後，我去買了很多物品回來，以免莉莉還需要回來。我多準備了一支牙刷，在客房放了更舒服的枕頭，還準備一套換穿衣物，以免莉莉遇到緊急狀況需要過來。

你可以說我準備了一份莉莉的專屬急救包。我猜現在這比較像是莉莉的專屬「過夜包」。沒錯，我搬到新家的時候，也把東西帶過來了。我始終懷抱我們有一天會在一起的微小希望。

可惡，要我坦白說的話，我是懷抱很大的希望。我很多決定的依據是：莉莉有可能回到我的生命中。甚至我會選擇這一間房子而沒有選另一間，原因就在於這一間有一座看起來是莉莉會愛上的後院。

我用擦手巾擦了擦嘴，再遞給莉莉用。「可以讓我幫妳準備早餐，吃了再離開嗎？」

「好啊，但你先親我一下。我的口氣比今天早上更清新。」她踮起腳尖，我伸手環抱她，將她抱到我的唇邊。我吻著她，將她抱出浴室，放到床墊，俯在她身上。

「妳想吃煎餅、可麗餅、歐姆蛋？還是比司吉配肉汁？」她還沒回答我，門鈴就響了。「喬許回來了。」我快速輕輕吻她一下。「他喜歡吃煎餅，做煎餅好嗎？」

「我愛吃煎餅。」

「就做煎餅。」我走到客廳替喬許開門。一打開門，看見我媽媽，馬上愣在原地。

我嘆口氣，感到沮喪，為何我沒有先看一下貓眼？

她冷漠地看著我，雙手在胸前交叉。「昨天個案追蹤員來找我了。」她露出指責的眼神，但至少沒有大聲吼叫。

我不要在莉莉面前處理這件事。我走出去，想關上門，但我媽媽立刻用力推開門，朝屋內大喊：「喬許，出來！」

我壓低音量說：「他不在這裡。」

「他在哪裡？」

「一個朋友家。」我從口袋拿出手機看時間。布萊德說十點會把喬許送回來，現在是十點十五分。**拜託，千萬別在莎登在的時候回來**。

「打電話給他。」她向我要求。

莎登之前已經把門推得大開，所以我從眼角餘光看見莉莉出現在走廊上。

我不希望莉莉跟我度過的早晨以這種方式結束。我可以感覺懊惱流遍全身，我投給她一個抱歉的眼神，接著把注意力拉回到莎登。

「個案追蹤員說了什麼？」我問她。

她的嘴唇緊緊噘在一起，看向左側。「他們根本沒有要展開調查。要是你今天不把他還給我，我要對你提告。」

我知道兒童保護服務部的調查程序，他們根本都還沒有找喬許訪談。「妳在說謊，請妳離開。」

「我要帶著兒子，才會離開。」

我吐了一口氣。「他現在不想跟妳住在一起。」其實是「一直」不想才對，但我沒有把傷人的話說出口。

「他不想跟我『住在一起』。」她笑著複述一遍。「那個年紀的小孩哪會『想要』跟父母住在一起？又有多少父母『沒有』對那個年紀的小孩甩過巴掌？他們不會為了那種事拿走監護權。我的**老天**。」她再一次雙手交疊在胸前。「你這麼做只是想報復我。」

要是她瞭解我，就會知道我不像她有仇必報。當然，她只想得到以她那種個性會怎麼做。「妳想念他嗎？」我用平和的語氣問她：「老實說，妳想念他嗎？要是妳只是做給別人看，不如直接放棄吧。**拜託**。」

布萊德的車子正轉彎開進這邊的街道，我希望有方法叫他繼續開。但我還沒來得及拿手機，他就把車停在路邊。莎登順著我的視線，看見喬許打開布萊德的汽車後座車門。她馬上走上前去，但喬許發現她的時候便停下動作。與其說停下動作，不如說**愣在原地**。他不知道該怎麼辦。

莎登彈了一下手指，指自己的車。「走吧，我們離開。」

喬許馬上看向我，我搖搖頭，示意要他進屋子。布萊德發覺事情不對勁，把排檔打到停車檔，打開駕駛座車門。

喬許低頭直接穿過庭院，從莎登身旁走過，快步跑向我。莎登緊跟在他後面，於是我趕緊推喬許進屋，想把門關上，不讓她進來。但她動作飛快，我不想讓她被門夾傷，只好讓她進去。

我猜，現在免不了要談一談了。

我向布萊德揮手，示意他可以離開了，接著看向莉莉。她靠著牆邊站著，用驚訝的表情看著這一切。

我用唇語說，**對不起**。

喬許把背包丟到地上，往沙發一坐，雙手緊緊抱胸，對莎登說：「我不要跟妳走。」

「這不是你能決定的。」

喬許直視我的雙眼，露出祈求的神色。「你說我可以留在這裡。」

「你可以。」

莎登惡狠狠地瞪我，彷彿我做了什麼踰越分際的事。也許我是過頭了。也許我不該多管閒事，介入母親與孩子之間的互動，但在她讓我成為這個孩子的哥哥之前，她自己應該先好好想清楚。我無法袖手旁觀，期待他自己度過難關。

「如果你不跟我走，我就叫警察逮捕你哥哥。」

喬許雙手往沙發一拍，站起身。「為什麼不能讓我『自己』選擇？」他大喊：「為什麼我只能跟你們其中一個人住？我告訴過你們兩個，我想跟我爸爸住，都沒有人幫我『找』他！」喬許的聲音啞了，接著他衝向走道。他甩上門的聲音……或是他衝進房間前說的話，讓我渾身一顫。

不論是哪個原因，我都感覺被刺傷。

莎登看出我被刺傷了，因為她一直盯著我看，看我如何反應。

接著，她開始笑。「喔，**亞特拉斯**，你以為自己做得很好啊？跟他培養出『感情』啦？」她搖搖頭，舉手投降。「帶他去找他老爸吧。你下個禮拜就會跑來找我，就像上一次你需要我幫忙那樣。」

她走向大門離開了。我被剛才的事情搞得一陣恍惚，無法走過去鎖門。

莉莉替我把門關好並鎖上。

她滿臉同情地向我走來，但她要把我拉進懷裡的時候，我搖了搖頭，抽身離開。「我需要一點時間。」

第三十章

〔莉莉〕

亞特拉斯走進房間，關上門。我發現只剩下我待在客廳。

我替他們兩個感到難過。我無法相信那是他媽媽，**或者說我可以相信她是**。在聽過她的故事之後，我可以想像她是個很不受控的人，但我猜我期待看到另一種樣子。亞特拉斯跟他弟弟長得都很像她，所以看到跟亞特拉斯有關的人做出那種舉動，實在難以接受。他跟媽媽是兩個極端。

我在沙發邊緣坐下，剛才目睹的整件事，實在教我震驚。我從沒見過亞特拉斯如此深受打擊。我想去抱抱他，但我完全可以理解他需要一點獨處的時間。

喬許也是。真是可憐的孩子。

我不想沒跟亞特拉斯道別就離開，但我也不想打擾他恢復鎮定。我走到廚房，打開冰箱，尋找能幫他們做早餐的食材。

• • •

我做了簡單的早餐，因為我只會做簡單的早餐。我弄了一些炒蛋和培根，把一盤比司吉送進烤箱加熱。比司吉快烤好的時候，我去敲了敲喬許的房門。在我等待亞特拉斯整理好心情、走出房間的這段時間，至少可以給喬許一點東西吃。

喬許把門打開五、六公分，看著我。

我問他：「你想吃點早餐嗎？」

「莎登走了嗎？」

我點頭。於是他打開門，跟我一起穿過走廊。喬許替自己倒了飲料，我把比司吉拿出來，幫我們各盛一盤早餐。我在他對面坐下來，他一邊吃，一邊看我。我感覺自己被人仔細打量。

「愛默生在哪裡？」他問道。

「她在她姑姑家。」

喬許點點頭，吃了一口食物，接著說：「妳跟我哥哥在一起多久了？」

我聳聳肩。「要看你怎麼算。我十五歲就認識他了，但我們大概是一個半月之前，才開始交往。」

喬許臉上閃過一絲驚訝。「真的嗎？你們那時是朋友，還是其他關係？」

「其他關係。」我喝了一小口咖啡，再把咖啡杯輕輕放下。「我認識你哥哥的時候他無家可歸，於是我幫了他一陣子忙。」

喬許往椅背一靠。「真的嗎？我以為他跟媽媽住在一起。」

「在她跟你爸爸還允許的時候是。」我說：「但他有很長一段時間，必須在沒有他們幫助的情況下生活。」我希望我沒有透露太多，但我覺得喬許需要對亞特拉斯有更深的認識。「對你哥哥好一點，好嗎？他非常關心你。」

喬許盯著我看了一下，點點頭。他再次低頭吃一口培根，然後把培根放回盤子裡，用餐巾擦了擦嘴。「他弄的通常比這個好吃。」

我笑了。「因為那是我弄的。」

「喔，可惡。」喬許說：「對不起。」

我完全沒有被冒犯的感覺，因為我很確定，他已經愈來愈習慣吃亞特拉斯做的菜了。「你想跟他一樣成為廚師嗎？他告訴我你喜歡到餐廳幫忙。」

喬許聳聳肩。「我不知道，是很好玩，可能吧。但我覺得以後會膩，他經常要晚上工作。不過我覺得自己不管『什麼』職業都會膩，所以我還不曉得自己要做什麼。」

「有時候，我還是不大知道自己長大後想做什麼。」

「我以為妳在經營一間花店之類的，是亞特拉斯告訴我的。」

「我是啊。在那之前，我在一間行銷公司上班。」我把餐盤推到一旁，雙手交疊在桌上。「但我還是跟你有一樣的感覺，擔心自己無聊。為什麼人們期望我們挑一件事來嘗試，並且功成名就？如果我想每五年換一件完全不同的事來做呢？」

喬許點頭，彷彿百分之百贊同我的話。「學校老師的說法就是，我們必須決定一件熱愛的事，堅持下去，但我想做一百件事。」

我很喜歡他此時此刻朝氣勃勃的樣子，讓我馬上聯想到年少的亞特拉斯。「例如什麼？」

「我想當職業釣手。我不會釣魚，但聽起來很有趣。我也想當廚師，有時候，我覺得拍電影很有趣。」

「有時候，我夢想把花店賣掉，開一間精品服飾店。」

「我想做陶器，拿到市集去賣。」

「有一天我要寫書。」

他說：「我要當船長。」

「我覺得當美術老師應該很有趣。」

「我覺得當脫衣舞俱樂部的保鑣會很好玩。」

我聽完啞然失笑，但笑出來的人不只有我。喬許和我抬頭看了亞特拉斯一眼，他靠在走道邊，因為我們的對話而笑。

看見他的心情比剛才好一點，不再被他母親帶來的感受影響，我鬆了口氣。亞特拉斯給我一個溫暖的微笑。

「莉莉幫我們做了早餐。」喬許對他說。

「我看到了。」亞特拉斯走過來，親了親我的臉頰，然後拿起一片培根咬一口。

「不太好吃。」喬許咕噥，對他提出警告。

「別侮辱我女朋友，小心我不煮東西給你吃囉。」亞特拉斯從喬許的盤子偷走最後一片培根。

「莉莉，這些蛋真好吃。」喬許假裝熱情地說。

我笑了出來，亞特拉斯在我身旁坐下。我很想跟他在這裡度過一整天，但我已經比我預計留得更久。

況且，我覺得他跟喬許今天有很多事要討論。

「我得走了。」我語帶抱歉。亞特拉斯點頭，我從桌邊退開。「我去拿東西。」我走向臥室，但沒把房間門關上，所以我打包行李的時候，聽見他們的對話。

亞特拉斯說：「你今天想跟我開車出去嗎？」

喬許問：「去哪？」

「我查出你爸爸的住址了。」

我停下收拾東西的動作，走近門邊，想聽喬許的回答。

「你查到了？」喬許的聲音比剛才更興奮。「他知道我們要過去嗎？」

「不知道。我只有他的地址，不知道要怎麼跟他聯絡。但你說得沒錯，他在佛蒙特。」我從遙遠的臥室都能聽出，亞特拉斯正試著掩飾聲音裡的憂慮。**天啊，我好心疼他**。

我聽見喬許跑向房間。「他一定會很驚訝！」

我帶著沉重的心情，把剩下的東西收拾好。我走回廚房時，亞特拉斯站在水槽前，盯著窗戶外的後院。他沒聽見我走出來，於是我把手放到他的肩膀上。

他馬上把我拉進懷裡，親吻我的頭側。「我陪妳去開車。」

他幫我把行李袋提到汽車後座。我打開車門，在我鑽進車子前，我們又擁抱一次。這個擁抱，跟亞特拉斯需要擁抱、跑來我公寓的那晚一樣，既悲傷又漫長，我不想放開他。

我問：「你覺得你們到了那裡，會發生什麼情況？」

亞特拉斯終於鬆開我，一隻手仍放在我的腰際，身體靠著車子。他嘆了口氣，一隻手指穿過我牛仔褲上的一個皮帶環。「我不知道，為什麼我很擔心他？」

「因為你愛他。」

亞特拉斯來回掃視我的臉。「所以我才總是擔心妳嗎？因為我愛妳？」

我聽見他的問題，猛然停止呼吸。「我不知道。你是那樣嗎？」

亞特拉斯的手指緊扣我的腰，將我拉近。他舉起手，緩緩沿著我的脖子往下，直到碰到我的刺青。「莉莉，我愛妳愛了好多年、好多年、好多年，妳知道的。」他移開手指，親吻那個位置。

那個舉動跟他說的話，讓我再也無法從容以對。

「我愛你的時間跟你一樣久。」

亞特拉斯點頭。「我知道。地球上沒有人像妳一樣愛我。」他雙手捧著我的頭，把我的臉抬高對著他，親吻我。當他往後退開，他用熱切的眼神看著我，彷彿我已經離開這裡，而他已經開始感傷。也許，那只是我自己的想像，因為那正是「我」此刻的感受。

「我晚上再打給妳。我愛妳。」

「我也愛你。祝你們今天好運。」

我帶著極度矛盾的心情開車回家。過去這一天，跟他相處的每一刻，都比我期盼的更加美好，但知道他即將面對怎樣的場景，讓我心中有一部分碎了開來，留在他身邊。

我會一整天想著他。我希望他們不會找到提姆；要是找到了，我希望喬許會做正確的決定。

第三十一章

〔亞特拉斯〕

這是一趟三小時的車程，一路上喬許的話並不多。他一直在看書，不過假如他跟我一樣緊張，那我不確定他是否讀進了任何東西。他已經盯著同一頁五分鐘了，看來是一張描繪打鬥場景的圖，但我看主要都是乳溝。

我問他：「那是給十二歲小孩看的漫畫嗎？」

他微微改變姿勢，讓我只看到漫畫的封面。「是啊。」

他扯這個謊的時候，聲音整整降低八度。至少他很不會說謊，要是最後他是跟我住，分辨他是否說真話應該很容易。

要是最後他是跟我住，也許我應該幫他買幾本自我成長的讀物，平衡一下。我會在他的書架上擺滿他喜歡的圖像小說，然後偷偷塞幾本我自己要看的書，惡補當一個家長需要的技能。《我，不馴服》、《怎樣叫夠 Man》、《管他的：愈在意愈不開心！停止被洗腦，活出瀟灑自在的快意人生》之類的。可惡，可能還要放幾本世界各地的宗教經書，只要有幫助的書我都要看。

尤其是今天過後。喬許可能以為這是一趟單程之旅，但我內心很清楚，他會直接跟我回去波士頓。我只希望他在回程的路上不會亂踢亂叫。

衛星定位系統顯示我們正要轉進那條街的時候，喬許拿著漫畫的手握得更緊了。他還是沒有翻頁，但也沒有抬頭。我在路邊一間傾頹的木造房屋看見提姆的門牌住址，便把車停下來。屋子在駕駛座的對街，喬許假裝專心看他的漫畫。

「到了。」

喬許放下書本，終於抬起頭來。我指著那間屋子，喬許盯著看了整整十秒，然後把書放進後背包。

他的東西大部分都帶來了，有我買給他的衣服和幾本書，背包塞得拉鍊幾乎拉不上。他把背包抱在腿上，滿心希望父母之中至少有一人會接納他。

他問：「我們可以等一下下嗎？」

「當然可以。」

等待的時候，空調出風口、他的安全帶、他的藍牙裝置播放的音樂，每件事都令他焦慮。十分鐘過去，我捺著性子，給他鼓足勇氣開車門的時間。

我看向那間屋子，注意力暫時從喬許身上移開。車道上停著一輛老舊的白色福特汽車，或許那就是喬許還提不起勇氣、走向對街敲門的原因。車子停在那裡，表示家裡應該有人。

我沒有試著說服他放棄，因為我知道，想要知道爸爸是誰是怎樣的感覺。除非他能面對真相，否則他將繼續活在自己的幻想裡。小時候，我對家也抱持強烈的希望，但一年又一年的失望讓我明白，出生在某一群人當中，不表示他們就是你的家人。

喬許終於向我提問：「我應該直接過去敲門嗎？」他很害怕。老實說，這一刻我也勇敢不到哪裡去。我跟提姆之間發生過很多事。我不想再見到他，我非常擔心這次見面的結果。

我不覺得這裡是最適合喬許的地方，但我沒立場要他不跟爸爸恢復聯絡。不過，我最擔心的其實是他選擇留下來，或是提姆會像我媽媽那樣，單單知道我不樂見，就展臂歡迎喬許。

儘管百般不願意，我還是對他說：「如果你想，我可以陪你走過去。」我必須站在那個男人面前，為了弟弟，假裝我一點也不想揍他。

喬許有一段時間沒有移動。我盯著手機，試著在他鼓足勇氣的期間表現出耐心，但我其實很想踩下油門，把喬許帶離這裡。

最後，我感覺到喬許的一隻手指頭擦過我手臂上的舊傷疤，我轉頭看他。他盯著我的手臂，仔細觀察我跟莎登和提姆同住時，承受苦難留下的淡淡疤痕。喬許沒問過我這些疤痕的來由。

「那是提姆在你身上弄的嗎？」

我緊握手臂，點頭。「對，很久以前。他對待自己的兒子的方式，可能跟對待繼子完全不一樣。」

「那應該不重要吧？要是他那樣對待你，我為什麼要再給他一次機會？」

這是喬許第一次幾乎承認他的爸爸沒有多偉大。

我不想當那個他將來責怪、讓他無法跟父親建立感情的人，但我想告訴他，他說的沒錯。他的爸爸是**不應該**得到另一次機會。他離開了這個家，而且從來沒回過頭。他沒有充分的理由拋下自己的兒子。

因為是一家人就該守在彼此身邊，是一種有害的信念，但我為自己做過最棒的一件事就是離開他們。一想到要是當初沒那麼做，自己可能的下場，就令我害怕。要是喬許**不像我決定離開**，他可能會如何，令我害怕。

喬許越過我，看向那間屋子。他的眼睛睜大一點，促使我轉頭去看。

提姆此時來到了屋外，從大門走向貨卡。喬許和我同時陷入驚訝的靜默。

他看起來弱不禁風，老了也變矮了。或者，那是因為我不再是小孩了。

他大口喝完啤酒罐裡的最後幾口酒，就打開貨卡前門。他把空酒罐扔進車斗，探身進駕駛座找東西。

喬許小聲說：「我不知道該怎麼做。」他現在看起來就只是個十二歲的孩子。看他這麼緊張，我的心都要碎了。喬許又看向我，露出渴求真相的眼神，好像需要我在這一刻給他指引。

我從來沒有對喬許說過提姆的壞話，但我知道我沒有完全誠實地告訴他我的感受，這讓我覺得自己好像沒有盡到做哥哥的責任。或許，我對這個問題保持沉默，比起告訴他真相，會造成更大的傷害。

我嘆口氣，把手機放下，將全副心力放在這一刻。並不是我之前沒有投入全副心力，而是我想給喬許空間，但看來那不是他想要的，他想要聽殘酷的事實。再說了，身為年長的哥哥，除了告訴他事實，還能做什麼？

我坦承道：「我不認識我爸爸。我知道他的名字，但大概就是那樣。莎登說他在我小時候離開了，大概是提姆離開時你的年紀。我以前很在意自己不知道爸爸是誰。我總是擔心他。我想像有什麼糟糕的事情發生，讓他沒法待在我身邊，例如因為法院誤判，把他關進監牢之類的。我總是想出這些瘋狂的情景替他開脫，來解釋為什麼他可能知道我的存在，卻從未參與我的人生。因為，怎麼會有人明明有兒子卻『不想』認識他？」

喬許仍然盯著庭院那頭的提姆，但我看得出來，他正在聽我說出的每一個字。

「我爸爸從來沒有付過一毛撫養費，沒做任何努力。我爸爸沒想過要用 Google 搜尋我的資料，因為要是他找過，一下子就找到我了。可惡，**你才十二歲**就搜尋過，你找到了我，而你還只是個孩子，他可是不折不扣的大人。」

我動了一下，吸引喬許全副的注意力。「提姆也是。他是有能力的大人，要是他關心過自己以外的任何事物，他會有所行動。他知道你的名字，也知道你住在哪個城市，他知道你的年紀。」

喬許的眼睛開始浮現淚水。

「這個人生下你這個兒子，你**想要**參與他的人生，而他始終沒有付諸行動，讓我覺得不可置信。喬許，你應該是我們的寶貝。相信我，要是我之前知道你，一定會排除萬難找到你。」

我一說出那句話，一滴淚流出喬許的眼眶。他馬上望向窗外，不看提姆的屋子，也不看我。

發現他伸手擦淚，我很心痛。

他們不讓我知道有這個弟弟，也讓我很憤怒。我母親很清楚我會成為一個好哥哥，所以她不讓我們參與彼此的人生。她知道我對他的愛會超越她能給予的愛，於是她自私地讓我們分離。

但我不想讓我對我母親、對提姆，甚至對我父親的怒氣，影響喬許的決定。以他的年紀，可以有自己的主見，可以聆聽我的真話並衡量自己的願望，而我會支持他的決定。

喬許終於回頭看向我，眼中仍噙著淚水，充滿了疑問和遲疑。他看著我，彷彿需要我來當那個替他決定的人。

我只是搖了搖頭。「喬許，他們從我們身上偷走了十二年，我覺得我無法原諒他們，但我不會因為你想原諒他們而生氣。我只想對你坦白，但你是獨立的個體，如果你想給你父親一次認識你的機會，我會帶著微笑，陪你直接走到他家大門口。你只要讓我知道可以怎麼支持你，我會支持你的。」

喬許點頭，用上衣擦掉另一行淚。他吸口氣，吐氣時說：「他有一輛貨卡。」

我不懂他那句話的意思，但我順著他的視線，再度看向提姆的貨卡。

「這段時間我一直想像他因為太窮，沒有辦法回波士頓。」他說：「我甚至想，也許他身體不好沒辦法開車，所以從來沒回來過，例如視力太差之類的，我不曉得。但他有一輛貨卡，他卻從來沒有嘗試回來。」

我沒有干擾他的思考過程，只想在他理出頭緒時陪伴他。

「他不值得擁有我，對吧。」與其說是問句，他的這句話更像陳述句。

「他們都不值得擁有你。」

他越過我，看向窗外，整整一分鐘沒有移動。另一方面，他用堅定的眼神看我，身體坐直一些。「你知道我還沒完成的那份作業嗎？家族樹的作業？」喬許伸手拉他的安全帶，把它扣緊。「他們沒有說家族樹要畫多大。我只要畫一棵小小的幼苗，沒有樹枝。」他拍了拍儀表板。「我們走吧。」

我聽了哈哈大笑，沒料到他會這樣說。這個孩子把幽默感融入最令人絕望的時刻，讓我對他生出信心。我想他會沒事的。

「幼苗？」我發動車子，扣上安全帶。「應該可行。」

「我可以畫有兩支小樹枝的幼苗，是你和我。我們就是自己小小、全新的家族樹——從我們開始。」

我感覺眼裡一陣溫熱，趕緊從儀表板上拿起太陽眼鏡戴上。「從我們開始的全新家族樹，我喜歡。」

他點頭。「而且我們會把這棵樹養好，比我們的爛父母做得更好。」

「應該不會太難。」喬許的決定讓我完全鬆口氣，也許他以後會改變主意，但我有強烈的預感，就算他以後聯絡他父親，也絕不可能選擇跟他生活，而不是跟我。喬許讓我不禁想到我自己，我們對人都非常忠誠。

「亞特拉斯？」就在我把車子打到前進檔的時候，喬許喊了我的名字。

「什麼事？」

「我可以對他比中指嗎？」

我轉頭看看提姆，還有他的貨卡和屋子。喬許的要求很幼稚，但我很樂意回應他的要求。「請便。」

喬許把安全帶撐到最大，盡可能探身靠近我的車窗。我搖下車窗，按了喇叭。提姆往這邊查看，我正踩下油門開走。

喬許對他比了個中指，從我的車窗大喊：「屎、王、八、蛋。」我們一離開提姆的視線範圍，喬許就坐回他的位子，出聲大笑。

「喬許，是**死王八蛋**。是**死**。」

「死王八蛋。」他重複道，發音非常完美。

「謝謝。請別再說了。你才十二歲。」

第三十二章 ［莉莉］

妳在家裡嗎？

這是亞特拉斯傳來的簡訊，我回他：**回來待一下。怎麼了**？

我把愛咪的嬰兒食品裝進媽媽包，接著衝進房間，急著拿她的替換衣物。我已經讓愛咪斷奶了，所以我把一罐配方奶粉也丟進去，接著我把她抱起來。「妳準備好去見萊儷了嗎？」

我說出萊儷的名字時，愛咪就露出笑容。

今天早上我去亞麗莎家接她的時候，我跟亞麗莎和馬歇爾講了萊爾跟我之間發生的每一件事。亞麗莎認為給律師看他傳給我的簡訊是個好主意。她也贊同，大家應該一起坐下來，跟萊爾好好談一談。我很緊張，但知道有她和馬歇爾做後盾，我安心不少。

我們走到大門口時，傳來一陣敲門聲。我從貓眼匆匆看了一眼，是亞特拉斯站在外面，我鬆一口氣。但喬許沒有跟他一起過來，我的心馬上一沉。**他真的選擇留在爸爸身邊，沒選擇亞特拉斯嗎？**我把門打開。

「怎麼了？喬許在哪裡？」

亞特拉斯露出微笑，他笑容裡的確定感，立刻讓我放鬆下來。「沒事，他在我家。」

我用力吐一口氣。「喔，那你怎麼會過來？」

「我正要開車去餐廳，經過這裡，想要跑上來偷個抱抱。」

我微微一笑，他幫我扶住門。我身上抱著愛默生，他沒有辦法給我完整的擁抱，只好對著我的頭側快速親一下。「騙人，我的公寓你開車不順路。而且今天是星期天，你的餐廳沒有營業。」

「都是細節。」他就這樣帶過。「妳要去哪裡？」

「亞麗莎家。今晚我們一起吃晚餐。」我把媽媽包掛上肩膀，他接了過去。

「我陪妳走出去。」他把媽媽包甩上肩膀。愛咪朝他伸手，我想我們都有一點驚訝，愛咪竟然願意離開我的懷裡去找亞特拉斯。她把頭埋在他的胸口，看見這一幕，我不禁停下動作。亞特拉斯也靜止了一下。不過他對我微笑，開始往我的車子走，一路上牽著我的手。

我從他懷裡接過愛咪，把她放進兒童安全座椅，扣好安全帶。亞特拉斯這才終於可以給我一個真正的擁抱，於是他把我拉過去。他的擁抱像是充滿了千言萬語。他抱著我的方式，讓我覺得他很需要我給他力量——彷彿他想把我的一部分帶在身邊。「再問一次，你要去哪裡？」我往後退開問他。

「我真的是要去餐廳。」他說：「我要莎登到那裡跟我會面。我們需要認真討論喬許的事。我想私下單獨跟她談，不然她老是因為有旁觀者而藉機發洩，我可不想給她這個機會。」

「哇，我去亞麗莎家，其實也是為了跟萊爾坐下來好好談，就像我之前跟你說的。今天是怎樣，用來解決問題的星期天？」

亞特拉斯輕輕笑了。「希望如此。」

我親他一下。「祝你好運。」

他溫柔地微笑。「妳也是。小心，有空就打電話給我。」他親了我最後一次，往後退開說：「寶貝，我愛妳。」

他走向他的車子，不知為什麼他的話令我內心小鹿亂撞，但我還是帶著笑容鑽進車子。**寶貝，我愛妳**。我一面開車，臉上還掛著笑容。我竟然還能有這麼好的心情，連我自己都很驚訝，因為我接下來要處理的事不僅棘手，而且是沒有經過萬全準備、臨時起意的協商。我是要到亞麗莎和馬歇爾家吃晚餐**沒錯**，但是萊爾不曉得我另有目的。

• • •

「千層麵？」馬歇爾打開大門時，我這麼問。我站在走廊上就聞到了大蒜和番茄的味道。

「亞麗莎最喜歡的食物。」他說道，等我走進去便關上大門。他伸手抱愛咪。「來馬歇爾姑丈這邊。」邊說邊把她抱過去。

他對愛咪扮了個鬼臉，她馬上咯咯發笑。愛咪超愛馬歇爾，但我想我們很難找到哪個小孩不愛馬歇爾。「亞麗莎在廚房裡？」

馬歇爾點頭，壓低音量說：「對，他也在。我們沒說妳要過來。」

「好。」我把媽媽包放好，然後往廚房走。經過客廳時，我看見萊爾和亞麗莎的母親跟萊儷坐在一起，我朝她揮揮手，她對我微笑，但我沒有停下來聊天，直接去找亞麗莎。

我從廚房門口走進去時，發現萊爾正靠著吧台跟亞麗莎閒話家常，但他一跟我對到眼就豎起背脊，站直身體。

我沒有任何反應。我不想讓萊爾以為他還有什麼辦法控制我。

亞麗莎知道我會來，朝我點頭打招呼，接著把千層麵放入烤箱。「來得正好。」她把隔熱墊放到流理台，手指著桌子說：「烤完之前，我們有四十五分鐘。」要萊爾和我往桌邊移動。

萊爾問：「現在是怎麼回事？」眼神來回在我們之間移動。

亞麗莎說：「只是談一談。」催促他坐下。萊爾翻了個白眼，不情願地在亞麗莎和我的對面坐下來。他往後靠著椅背，雙手交叉在胸前。亞麗莎看向我，讓我發言。

我不確定自己現在為何不覺得害怕。也許是因為亞特拉斯已經跟萊爾談過，我的擔憂有一大部分已經消除。而且亞麗莎和馬歇爾都在公寓裡，讓我覺得多了一層保護。還有萊爾的媽媽也在，即使她完全不知道這裡即將發生什麼事。萊爾在他母親身邊總是能約束自己的行為，所以我很高興有她在場。

此時此刻不管是什麼賦予我力量，我都不會去質疑，而是善加利用。我對萊爾說：「你昨天問我有沒有跟律師談。我談過了，她給了我一些建議。」

萊爾咬住下唇幾秒，接著揚起一邊的眉毛，表示他正在聽我說話。

「我希望你去上憤怒管理課。」

我這句話一說出口，萊爾就笑了。他站起來，準備把椅子推進去，結束這場對話。但他剛要這麼做，亞麗莎就開口說：「請你坐下。」

萊爾看向她，再看向我，又看她那邊。幾秒鐘後，他才理解這是怎麼回事。此刻的他顯然覺得自己上當受騙，但我來這裡不是為了同理他的心情，他的妹妹也不是。

萊爾很愛護且尊重亞麗莎，儘管生著氣，最後還是坐回去。

「你還在上憤怒管理課的時候，我希望你跟愛默生在這裡見面，或是馬歇爾或亞麗莎也在的地點。」

萊爾的視線迅速移向亞麗莎。過去有段時間，他看著她的那種被人背叛的眼神，會令我不寒而慄，但現在那種眼神對我起不了作用。

我繼續說：「這個家的人會根據你後續與我的互動，在覺得可以放心的時候，答應你不受監督探視兩個女孩。」

「**兩個女孩**？」萊爾不可置信地複述我的話，並看向亞麗莎。「她讓妳相信，我自己的外甥女在我身邊不安全嗎？」他音量放大。

廚房門被推開，馬歇爾走了進來。他在桌子前端的一個位子坐下，視線從萊爾移到亞麗莎。他對亞麗莎說：「妳媽媽在客廳照顧女孩們。我錯過什麼了？」

萊爾對馬歇爾說：「你事先知情嗎？」

馬歇爾盯著他看了一下，傾身向前。「你是問我知不知道你上星期對莉莉發飆，把她按在門板上？還是問我知不知道你傳給她的簡訊？還是問我，她說跟律師談過，卻收到你的威脅？」

萊爾眼神空洞地看著馬歇爾，臉頰脹紅，但他沒有馬上回應。他被逼到牆角，他知道。他搖著頭，喃喃自語地說：「可惡的多管閒事。」他感到生氣、煩躁，還有一點遭人背叛的感覺。我可以理解。但他如果不同意合作，就會破壞他生命中少數還維繫的人際關係。

萊爾用厭煩的眼神盯著我看。他問：「還有呢？」不知怎麼語氣有點得意。

「萊爾，我給你足夠的寬容了，你知道的。可是從今以後，請你理解愛默生對我非常重要。要是你做出任何威脅或傷害我或我們女兒的事，我會不計一切代價跟你上法院對抗。」

「而且我會幫她。」亞麗莎說：「我愛你，但我會幫她。」

萊爾的下巴不自覺抽動幾下，不然他其實面無表情。他看向亞麗莎，再看向馬歇爾。屋內明顯瀰漫劍拔弩張的氣氛，但我同樣感受到強力的支持。我快要哭了，我真的好感謝他們。有些受害者**沒有**他們那樣的人給予支持，我好想為他們哭泣。

萊爾把這些事情仔細想了好一會兒。這裡出奇地安靜，但我已經把我想說的話都說出口了，而且我已經表明沒有討價還價的空間。

最後他往後一挪，離開桌邊站起來。他雙手扠腰，低頭盯著地板，接著長長吸一口氣，往廚房門口走。他離開之前，回頭看了一眼，但眼神沒有跟我們任何一人接觸。「我這週四休假，大概十點會在這裡，如果妳非要愛默生在這裡跟我見面的話。」

他離開了。他一離開，我的保護盾就瓦解了，而我也崩潰了。亞麗莎伸手抱住我，但我會哭不是因為生氣，而是因為大大鬆一口氣。這種感覺就像是我們完成了一件大事。我伸手擁抱亞麗莎，流著淚說：「我不曉得要是沒有你們兩個，我該怎麼辦。」

她伸手摸摸我的頭髮說：「莉莉，那樣的話妳會很慘。」

我們都莫名笑了出來。

第三十三章

［亞特拉斯］

我開車送喬許回我家以後，打了通電話給莎登，跟她約在波比餐廳見面。我比約定時間提早一小時抵達。我從來沒有為她做過料理，我希望，幫她準備餐點可以打動她、取悅她，讓她有個好心情。只要能讓她的攻擊性不要那麼強，怎樣都好。

我的手機發出叮咚聲。我離開爐子，查看手機螢幕。我要她到餐廳的時候傳簡訊給我，我再開門讓她進來。她早了五分鐘。

我穿越黑暗的餐廳，途中順便打開幾盞燈。她站在大門附近抽菸。她發現門打開時，就把香菸彈到路上，跟著我走進屋內。

她問：「喬許在這裡嗎？」

「不在，只有我跟妳。」我伸手朝一張桌子示意。「請坐。妳想喝什麼？」

她安靜地看了我一會兒，接著說：「紅酒，開過的就好。」她在雅座坐了下來，我則回到廚房把食物裝盤。我做了椰香炸蝦，我知道那是她最喜歡的菜餚。我九歲時發現她愛上了這道菜。

那天是她唯一一次開車帶我出門旅行。我們的目的地是鱈魚角，距離波士頓沒有很遠，但那是我印象中，媽媽唯一一次在放假時陪我出去。她放假通常會睡一整天或喝一整天的酒，所以對於第一次嘗到椰香炸蝦的鱈魚角一日遊，我不是不心存感激。

我把我們的餐盤和飲料放到一只托盤上，端到她坐的那張桌子。我把食物和酒放在她面前，在她對面坐下，再把銀製餐具推向她。

她盯著自己的餐盤。「這是你煮的？」

「對，是椰香炸蝦。」

「今天是什麼日子？」她問道並打開餐巾。「你是為了自以為能照顧他那樣的孩子而道歉嗎？」她像說笑話一般笑了出來，但在鴉雀無聲的餐廳裡，她的笑聲聽起來很突兀。她搖搖頭，拿起酒杯啜飲一口。

我知道她比我跟喬許多相處了十二年，但我敢打賭我比她更瞭解喬許。喬許可能都比她**瞭解我**，我可是跟她在一起住了十七年。「我小時候最喜歡吃的食物是什麼？」我這樣問她。

她用空洞的眼神看我。

那個問題可能太困難了。「好。那我最喜歡的電影是什麼？」沒有回答。「最喜歡的顏色？音樂？」我又問了好幾個問題，希望她至少能答出一個。

她答不出來。她聳聳肩膀，把酒杯放下。

「喬許喜歡看怎樣的書？」

她問：「那是個陷阱題嗎？」

我把背向後靠，試圖掩飾內心的焦躁。但我身體的每一寸都真切感受這股明顯的焦躁。「妳對自己帶到這個世上的人一無所知。」

「亞特拉斯，對你們兩個來說，我都是單親媽媽。我忙著想辦法生存，沒時間操心你們喜歡看什麼書。」她把本來要用的叉子放下。「我的老天爺啊。」

我說：「我不是要請妳來這裡讓妳難受的。」我喝一口水，然後伸出手指輕觸玻璃杯的邊緣。「我甚至不需要妳的道歉，他也不需要。」我刻意注視她，被自己即將說出口的話嚇到。那完全不是我約她出來想要說的話，但我原本私心把她約來的目的，也不是真正困擾我的關鍵。「我想給妳一個機會，為了他當一個更好的母親。」

「也許問題在於，他應該當一個更好的兒子。」

「他才十二歲，他已經夠好了。況且，妳跟他的母子關係如何，不是他的責任。」

她搔了搔臉頰，把手往空中一甩。「這是在做什麼？我為什麼被叫來這裡？你覺得他太難搞了，想要我把他接回去？」

我說：「差得遠了。我希望妳簽字把監護權讓給我。如果妳不給我監護權，我會上法院告妳，那會導致我們花上一筆我們都不想花、金額高得離譜的金錢。但我會付這筆錢。如果真的必須這麼做，我會去找法官，讓他看一看妳的過往歷史，強制要求妳去上一年的親職教育課，而我們都知道，妳毫無上完這種課的意願。」我傾身向前，雙臂交疊。「我要他的法定監護權，但我不是要求妳完全消失。我不希望妳消失。我再怎樣也不會希望那個孩子像我一樣，從小到大感受不到妳的愛。」

她聽了我的話，僵坐在原地，於是我拿起叉子，隨意吃一口晚餐。

她一直盯著我，看著我吃下這一口食物，又看我喝一口水把食物灌下。我相信她的大腦正在高速運轉，搜尋能侮辱或威脅我的話，但她想不出來。

「每個星期二晚上，我們會來這裡家庭聚餐，非常歡迎妳加入。我相信他會喜歡有妳加入。我不會跟妳收一毛錢，我只希望妳能一星期來吃一次晚餐，關心一下他是怎樣的人，就算必須假裝也好。」

我注意到莎登伸手去拿酒杯的時候，手指在顫抖。她一定也注意到了，因為她在碰到酒杯前，握了一下拳頭，把手放回大腿上。「既然我對你來說，就是個糟糕透頂的媽媽，那你一定不記得鱈魚角的旅行。」

「我記得鱈魚角。」我說：「我努力記住那個回憶，這樣才不會把妳恨透。妳覺得妳那次為我創造的回憶是做了一件很棒的事，我打算讓喬許的人生每一天都過得那麼好。」

我說這些話的時候，莎登低頭看著膝蓋和大腿，這或許是她第一次流露出憤怒或煩躁以外的情緒。

也許我也是。今天我從提姆家開車回來的路上，決定要跟她談一談。那時我的計畫其實是要讓她永遠退出我們的生活。即使是怪獸，胸口沒有心跳也無法存活。

在某個地方，她還是有一顆心的。也許在她人生當中，從來沒有人讓她知道，他們感激她仍有一顆跳動的心。

我說：「謝謝妳。」

她的眼睛短暫對上我的視線。她覺得我在用那句話考驗她。

我搖搖頭。接下來我要說的話，讓我內心充滿矛盾。「妳是單親媽媽，我知道，我們的爸爸都沒有給妳任何幫助，對妳來說一定非常不容易。也許妳很孤單，也許妳很沮喪。為人母是上天賜予的禮物，我不瞭解妳為什麼無法把它看成一份禮物，但妳來這裡了，今天晚上妳來了，那份付出值得一句謝謝。」

她低頭看著桌子，我完全沒料到她的肩膀會開始顫抖，但她竭盡全力克制淚水。她把兩隻手放在桌面上，焦慮地擺弄餐巾，不過她沒有任由眼淚落下，餐巾始終沒派上用場。

我不知道是怎樣的經歷，讓她成為一面銅牆鐵壁，無論如何都不願意顯露脆弱的一面。也許以後某一天聚餐，她會說給我聽，但她得先做很多努力，向喬許證明自己是個好媽媽，我們才有可能進展到那個階段。

她把肩膀往後拉，身體坐直了一點。「每週二晚上的聚餐是幾點？」

「七點。」

她點點頭，彷彿就要從雅座溜走。

「如果妳想外帶，我可以幫妳裝進外帶盒。」

她快速點頭。「好，那一直是我最喜歡的料理。」

「我知道，我記得鱈魚角。」我把她的餐盤拿到廚房，打包外帶。

•••

我終於回到家的時候，喬許已經在沙發上睡著了。電視在播放日本動畫，我按下暫停鍵，把遙控器放在茶几上。

我看他睡覺看了一會兒，這一天的緊繃感終於消除。事情原本有可能有完全不一樣的發展。我看著他安穩地睡覺，我抿著嘴，努力不讓情緒耗竭表現出來。我注視他的時候意識到，我看他的眼神，跟莉莉看愛默生的眼神一模一樣，我跟她一樣內心充滿了驕傲。

我把毯子從沙發椅背拉下來，輕輕蓋在他身上。接著，我走向喬許放作業的桌子。他的作業都寫完了，連那棵家族樹都畫好了。

他在地上畫了一棵長了兩根小樹枝的小幼苗。一根樹枝寫著「喬許」，一根寫著「亞特拉斯」。

第三十四章 [莉莉]

今天早上我太急著出門，差點沒看到紙條。紙條被塞進我家大門口，卡在腳踏墊底下。

我把愛咪抱在腰間，肩膀掛著包包和媽媽包，空出的一隻手拿著咖啡。我想辦法彎下腰，在不潑灑咖啡的情況下拿起紙條。我真是個**超級老媽**。

我一直等到工作閒下來，才打開紙條。當我看見亞特拉斯的筆跡，一陣安心感擴散全身。並非我認為紙條是亞特拉斯以外的人留的；我們已經交往好幾個月了，他經常留紙條給我，而是因為打開這一張紙條時，我第一次感覺，就算有些微機率「是」萊爾寫的，也完全不害怕。

我在內心默默記下這一刻的意義。

我經常那麼做。我會在心中記下代表人生逐漸回歸正常的重要事件。我默記這些時刻的頻率不像之前那麼高了，那是好事。萊爾現在只占我生活的一小部分，我有時會忘記，過去的我認定自己會永遠過著複雜的生活。

萊爾還是會參與愛咪的生活，但我開始要求他用心規畫。他有時會抗議我對訪視的限制太多，但必須等到愛咪可以用自己的話語描述萊爾訪視的情況，我才能放心。希望憤怒管理課有用，但我必須讓時間來解答。

萊爾和我的互動有時依然簡短生硬，其實我只希望離婚之後可以脫離恐懼，而我真的不再感到恐懼。

我躲在辦公室儲藏櫃中，盤坐在地上，希望不受打擾地讀完信。自從上次我強迫亞特拉斯躲進這裡，已經過了好幾個月，櫃子裡竟然還聞得到他的味道。

我打開紙條，用手指慢慢勾勒他在第一頁左上角畫的小愛心。我一開始讀信，臉上禁不住浮現微笑。

親愛的莉莉：

不知道妳有沒有注意到今天這個日子，我們已經正式交往整整半年了。不知道大家會不會過交往半年紀念日？我本來想送花給妳，但我不想讓花店老闆太忙碌。

所以我決定寫這張紙條給妳。

他們說每個故事都有兩面。而我讀了一些妳的故事，那些故事雖然跟妳所描述的一樣，對我而言卻是全然不同的體會。

妳在日記裡有一點輕描淡寫帶過一個片段。我知道對妳來說，一定別具意義才會去刺青，但我不確定妳是否知道那一刻對我的意義有多重大。

妳說我們的初吻發生在妳的床上，但我不覺得那是我們的初吻。我們的初吻發生在星期一的白天。

那段時間我生病了，妳在照顧我。我從妳房間的窗户一爬進去，妳就發現我不舒服。我記得妳立刻採取行動，給我藥吃、給我水喝，還給我毯子蓋，非要我到妳床上睡覺不可。

我印象中這輩子沒生過比那次更嚴重的病。我敢肯定，妳見到我有史以來最狼狽的一天。我經歷過一些糟糕的日子，但只要有妳，那些時刻再怎麼糟糕，也不會比肚子不舒服來得嚴重。

那天晚上的事情，我記得不是很清楚，但我記得妳的雙手。妳的雙手總是在我附近，不是在檢查我的體溫，就是拿毛巾替我擦臉，或是當我整晚不斷在床邊彎身嘔吐，扶住我的肩膀。

我記得的是：妳的雙手。妳擦了淺粉紅色的指甲油，我甚至記得那個顏色的名字，因爲妳擦指甲油的時候我在妳身邊。它叫「驚奇百合」（Surprise Lily，編按：亦是鹿蔥或夏水仙的英文俗名，花朵呈淡紫紅色或粉色），妳告訴我，妳是因爲名字才挑這個顏色（譯註：莉莉的名字意思是「百合」）。

我幾乎睜不開眼睛，但我每次睜開眼，都看見妳用那雙塗了「驚奇百合」指甲油的纖細雙手照顧我，幫我拿水壺、餵我吃藥、輕觸我的下巴。

是的，莉莉。雖然妳沒有寫下來，但我記得那一刻。

我記得，生病幾小時後我終於清醒過來，至少稍微知道周遭的情況。我的頭砰砰地跳，口乾舌燥，眼皮沉重得難以睜開，但我感覺到妳。

我的臉頰感覺到妳的氣息。妳把指尖放在我的下巴，從那裡一路往下，摸到下巴正下方。

妳以爲我睡著了，感覺不到妳在摸我、看我，但我從來沒有比那一刻更深刻的感受。

我在那一刻感覺到自己愛上妳了。我有點討厭自己是在那麼糟糕的日子，意識到這深具意義的一刻，但那種感受實在太過強烈，強烈到我覺得自己將要流下多年來的第一滴眼淚，我感到不知所措。

老天，莉莉，我這一生都不曉得愛是什麼感覺。我沒有感受過母子之間的愛，或父子、手足之間的愛。在遇見妳之前，我從來沒有跟沒什麼關係的人度過那樣的時光，尤其是女生。我沒有跟女生長時間相處的經驗，足以眞正認識一個女孩、讓她認識我，或是培養感情、加深連結，並且讓對方證明她的關懷、樂於助人、善良、擔心，以及妳之於我的一切。

我的意思甚至不是我在那一刻發現自己「愛上妳」。那是我第一次發現自己愛上某樣事物、某個人。那是我心裡第一次對外界有所回應，至少從前沒有過這樣的正面回應。我在別人身上遇過讓我的心退縮的事情，但是從來沒有人像妳那樣讓我的心寬闊起來。當妳的手指像溫柔的雨滴，輕柔地灑落在我的下巴，我感覺心臟膨脹得好大、好大，彷彿快要爆炸。

我在那一刻假裝自己緩緩醒來。我把手臂抬高遮住眼睛，妳迅速把手收回去。我記得我伸著脖子看妳房間的窗外，看是否天亮了。天幾乎要亮了，於是我從妳的床上爬出去，假裝不知道妳醒著。妳坐起來問我是不是要離開，我得吞一下口水才能發出聲音。但我幾乎沒有聲音，只說出「妳父母快要起床了」之類的話。

妳告訴我妳要蹺課，一、兩個小時後再來找我。我點點頭、沒有說話，因爲我還是不舒服，但我得在自己說出蠢話或做出蠢事之前，離開妳的房間。我對皮膚底下蠢蠢欲動的感受沒有把握。它讓我好想好想注視著妳，對妳說：「莉莉，我愛妳！」有生以來第一次感受到愛的人，會突然生出將一切坦白的衝動，還眞有趣。我覺得那些話在我的胸口就要成形。雖然我可能比平常還要虛弱，卻從來沒有用那麼快的速度抬起妳的房間窗戶爬出去。

我關上窗户，把後背貼在妳家冰冷的牆壁上，呼了口氣。我的氣息變成了霧氣，我閉上雙眼。在經歷人生最糟糕的八小時後，我不知怎麼竟然露出微笑。

那整個早上，我都在思考「愛」。即使後來妳爸媽出門，妳回來叫我，我又帶著病在妳家休息好幾個小時，那段時間我也在思考「愛」這件事。每一次妳檢查我的體溫，妳那塗了「驚奇百合」的指甲快速揮過我眼前，我就想到了「愛」。每一次妳走進房間，替我拉好被子，把被子塞到我的下巴底下，我也想到「愛」。

午餐時間，我終於覺得舒服一點，我站在淋浴間，因爲生病而虛弱脫水，但不知怎麼，我感覺到一股不曾擁有的自信。

那一整個早上和接下來一整天，我知道我的人生起了很大的變化。我有生以來第一次閃過人生可以如何揮灑的念頭。那一刻之前，我不曾認眞思考我將來也許會愛上某個人、組織家庭，甚至不曾想過我也可以成功追求事業。過去的人生對我而言，始終是必須肩負的重擔，既沉重又陰鬱，讓早晨醒來變得困難，讓夜晚入睡有些可怕。那是因爲這十八年來我都不曉得，深深關心一個人、睜開眼睛就想看見對方是什麼感覺。我甚至想要成爲了不起的人。我從未遇見一個人，讓我想要爲了對方變得更好，妳是第一個。

那一天，我們一起躺在妳家沙發上。妳告訴我，妳想讓我跟妳一起看妳最喜歡的卡通。那是妳第一次緊緊依偎著我。我們一起蓋著毯子躺著，妳的背靠在我的胸口，我環抱著妳。我很難把注意力放在電視上，因爲「我愛妳」仍隱隱刺激我的喉嚨想要出頭，而我不想把這三個字說出口，也「無法」說出口，因爲我不想讓妳覺得發展太快，或覺得那三個字對我無足輕重。我心中從未出現如此沉重的話語。

可是莉莉，我經常想起那一天，我不知道每個人對愛的感受是否都是那樣——彷彿有一架飛機從天上墜落，朝你迎面撞擊而來。因爲對大部分的人來說，愛總是能在他們的生命裡悄悄進出，他們一出生就被愛緊緊包圍，整個童年都受到愛的保護，人生中也存在歡迎他們以愛相報的人。所以我無法確定，愛帶給其他人的衝擊是否跟我一樣——足以在某個微小的時刻，造成如此巨大的衝擊。

妳那時穿著我很喜歡的一件上衣。那件上衣對妳來說太大了，領口總是從妳肩膀滑下去。我那時應該在看卡通，但我無法把視線從妳脖子和肩膀露出的肌膚移開。我看著那個地方，再次感覺到那股難以置信的衝動。我好想對妳說「我愛妳」，話已經來到舌尖，就要脫口而出，所以我傾身向前，將那三個字壓在妳的肌膚上。

我把它們留在那裡，靜靜地藏著。六個月後，我才鼓足勇氣對妳說出口。

我不曉得妳還記得那個吻，或是那天過後每一次我親在哪裡的吻。即便我在妳的日記讀到這段經過，妳總是三言兩語匆匆帶過，直接進入妳認定的初吻。所以直到我看見妳的刺青，我才知道那對妳來說是具有意義的。即使得知妳把我們的愛心刺在我偷偷藏了「我愛妳」的地方，我卻無法明說那對我有著怎樣的意義。

莉莉，我想要妳答應我一件事。我希望每當妳看到那個刺青，妳只要想到我寫在這封信的話就好。每一次我親吻那個地方，我都希望妳能記得我第一次親吻那個位置的「原因」：那是「愛」。妳要探索愛、給予愛、接受愛、陷入愛、活在愛裡，爲了愛而「離開」。

我坐在喬許的房間地板寫下這封信。今天晚上我跟喬許發生的事，讓我聯想到這段回憶。他肚子不大舒服。可能沒有像我初次意識到我愛妳的那天那麼嚴重，但還是非常、非常不舒服。席歐幾天前肚子也不舒服，他大概是被席歐傳染了。

我從來沒照顧過生病的人，所以家裡一顆藥也沒有。我想我該去藥局一趟。我也許會順路把這封信塞到妳的公寓門下。

照顧生病的人一點也不好玩。又吵、氣味又不好聞，還睡不飽——照顧的人幾乎就跟被照顧的人一樣受罪。每次我檢查他的體溫或逼他喝水，我都會想起妳，想起妳用與生俱來、有如父母的關愛照顧著我。我試著用一樣的方式照顧喬許，但我比不上妳。

妳當時年紀那麼小，不比喬許現在大幾歲。但我很確定，妳比實際年齡成熟許多。我知道我自己是這樣。我們經歷了任何孩子都不該經歷的情況。因此我也好奇，喬許是否感覺與自己的年齡相符，還是因爲發生過那些事，覺得自己比實際年齡成熟。

我希望他一直覺得自己年紀很小，這種感覺延續愈久愈好。我希望他喜歡跟我在一起的時光。我希望他比我更早理解愛是什麼。我希望愛已經悄悄注入他的心靈，讓他不至於像我那樣，突然一下感受到愛的衝擊。我希望他在愛之中長大，被愛包裹、圍繞。我希望他「看見」愛。

我想要成爲他的榜樣。我想要「我們」成爲他和愛默生的榜樣。我跟妳，莉莉。

六個月了。

請搬來跟我一起生活吧。

——愛妳的亞特拉斯

我一讀完信，就把信放下，擦拭眼淚。如果說，他要我搬去住，我已經哭得這麼誇張，那我不曉得以後他要是求婚，我會哭得多慘。

更別說，要念結婚誓詞了。

我拿起手機，打視訊電話給亞特拉斯。電話足足響了十秒鐘，當亞特拉斯終於接起電話，他正躺在客廳沙發上。他顯然因為整晚陪喬許而疲憊不堪，但他面露微笑。

「嘿，美女。」他一副還沒清醒的聲音。

「嗨。」我一手握拳托住腮幫子，不讓自己露出大大的微笑。「喬許還好嗎？」

「他沒事了。」亞特拉斯說：「他在睡覺，但我覺得我整晚沒睡，腦子動過頭，停不下來。」

他也手握著拳摀住嘴，忍著不打哈欠。

「**亞特拉斯**，」我同情地喊他的名字，他看起來真的筋疲力盡了。「你需要我過去給你一個擁抱嗎？」

「妳是說，我需要妳回『家』給我一個擁抱嗎？」

我聽見他的話，露出微笑。「對，就是那個意思。你需要我回『家』給你一個擁抱嗎？」

他點頭。「要。莉莉，回家吧。」

第三十五章

〔亞特拉斯〕

「你不是很有錢嗎？」布萊德問：「你不能請人幫你做這些事嗎？」

「我是經營兩間餐廳，但我哪算得上有錢。而且我有你們，為什麼還要請別人？」

席歐說：「至少我們是要搬『下』樓。」

「布萊德，跟你兒子學學，往好處看。」

我們沒有太多東西要搬。我的房子已經有家具了，所以莉莉不需要帶太多東西，她已經把大部分家具捐給當地的家庭暴力庇護所。今天下午之前，我們應該就可以把公寓清空。

在我認識的人當中，只有布萊德有貨卡，所以他跟席歐幫我們把放不進車子的物品裝進他的貨卡，有愛默生的嬰兒床、莉莉擺在客廳的電視，以及幾幅掛在牆上的藝術品。

喬許走運了。他要練棒球，不必幫忙搬家。

幾個月前，我很驚訝他回家告訴我，他報名參加了棒球隊的選拔賽。後來他入選了，非常努力練球。莉莉跟我都沒有錯過他的任何比賽。

我把他的賽程表用簡訊傳給媽媽，但她到現在還沒來看過一場。她只來參加過一次我們在每週二晚間舉辦的家庭聚餐。我本來是希望她多參與一些活動，但她意願不高，我也不是很驚訝。我想喬許應該也不太驚訝。我們不用太過在意人生的不如意，而是多注意「好事」，況且我們有很多值得感激的事。最重要的兩件是：我得到喬許的監護權，而且莉莉和愛默生搬來跟我們住。人生能在一夕之間有這麼大的轉折，還真有趣。

去年的亞特拉斯，肯定不會想到今年的亞特拉斯可以這樣。

我走到階梯最下層時，莉莉正要往上走。她咧嘴一笑，經過時親我一下，然後快步跑上階梯。席歐搖了搖頭。「還是無法相信你能跟她發展到這一步。」他用膝蓋把箱子往上一頂，用後背抵住緊急逃生門，把門推開。他替我和布萊德撐著門，但我跟布萊德一走到停車場，我的腳步停了下來。

有一輛車正要停進布萊德的貨卡旁邊幾格的位子，看起來很像萊爾的車。一股強烈的不安湧上我心頭。自從他到我的餐廳找我打架，那之後，我還沒跟他有過任何互動，但那已經是幾個月前的事情。我不知道他對於我跟莉莉在一起接受度有多高，但從他向我投來的眼神，他似乎不是很能接受。

有個人跟他一起過來，那人從副駕駛座走下來。根據莉莉跟我描述過的樣子，那應該是萊爾的妹婿。我見過莉莉的母親，也見過亞麗莎和萊儷，但還沒見過馬歇爾。

我走到布萊德的貨卡旁邊，把我搬來的箱子放上車，但我一直在注意萊爾的車子。席歐和布萊德這時已經往屋內走，沒發現萊爾的到來。馬歇爾把愛默生從後座抱出來，關上車門。萊爾一直待在車上，由馬歇爾牽著愛默生往我這邊走來。

他伸出一隻手。「嘿，是亞特拉斯吧？我是馬歇爾。」

我也伸出手回握。「對。很高興見到你。」

他點點頭。愛默生看見我，就伸手想要我抱，馬歇爾握著她的手不得不收緊一些。我往前走近，把她接過來。

「嘿，愛咪，妳今天過得開心嗎？」

馬歇爾看了我們倆一會兒說：「小心，她今天在萊爾身上吐了兩次。」

「她身體不舒服嗎？」

「她沒事，只是今天跟我們兩個待了一整天。兩個女孩的早餐、點心、午餐和第二次點心……都吃了糖。」他搖搖手表示沒什麼大不了。「莉莉和小莎已經習慣了。」

愛默生伸手往上，把我掛在頭上的太陽眼鏡拿下來，想要掛到自己臉上，結果沒有戴好，一高一低。我幫她調整位置。她對我咧嘴笑，我也回她一個微笑。

馬歇爾往萊爾的汽車瞄一眼，接著把視線移回我身上。「抱歉，他沒有要下車。她搬來跟你一起住這件事，對他來說還是有點彆扭。」

馬歇爾口中的「她」指的不是莉莉，他是看著愛默生說的。我點頭表示理解，因為我真的能夠理解。「沒關係，我無法想像他能輕鬆接受。」

馬歇爾輕輕撥弄愛咪的頭髮說：「我先離開，不打擾你們了。很高興終於見到你。」我說：「我也是。」我是真的這麼覺得。如果換個情況，我應該可以跟馬歇爾成為朋友。他轉身朝萊爾的車子走回去，但他還沒走遠就停下腳步，再次面對我說：「謝謝。莉莉對我太太很重要，所以……嗯。謝謝你讓莉莉快樂，那是她應得的。」馬歇爾一說完就搖搖頭，抬起雙手，往後退一步。「我要走了，以免事情變得很尷尬。」他逕直快步走向萊爾的車，但我有點希望他不必走得這麼急。我也想要謝謝他。我知道他的支持對莉莉意義重大。

馬歇爾快速關上副駕的車門。萊爾一打檔，就把車開走。

我看了愛咪一眼，她正在咬我的太陽眼鏡。「妳要去跟媽咪打招呼嗎？」我朝屋子的方向走，但我發現莉莉站在通往樓梯間的門口，便停下腳步。

她一看見我就轉過身，快速抹了一下眼睛。我不確定她為何而哭，但我把腳步放慢一些，讓她在跟女兒打招呼之前把眼淚擦乾。果然幾秒鐘後，她轉過來，露出大大的笑容，從我手中接過愛咪。

她問：「妳今天跟爸比玩得開心嗎？」立刻給愛咪好幾個熱烈的吻。

她看向我，我給她一個好奇的眼神，心想她為什麼會哭。她指了指剛才萊爾停車的地方。

她說：「這真的很難得。我的意思是，我知道馬歇爾跟他一起來，但他覺得把她交給你不會有問題……」她又哭了起來，她對自己這樣的反應嘆口氣，還翻了白眼。「她生命中的兩個男人，至少可以為了她『假裝』和平共處。這件事讓我很欣慰。」

老實說我也很欣慰。我很高興他們來的時候，她在樓上。我知道，馬歇爾把愛咪交給我的時候，萊爾坐在車上，但往正確的方向前進了一步。也許萊爾需要跟我經歷一次那樣的互動，莉莉也很需要。

我們剛才證明，即使心裡不痛快，還是有可能互相配合。

我擦了擦莉莉被眼淚浸濕的臉頰，接著快速親她一下。「我愛妳。」我把手放到莉莉的下背，引導她往樓梯的方向走去。「再走一小段路，妳就要永遠跟我黏在一起了。」

莉莉笑了。「我等不及要永遠跟你黏在一起。」

第三十六章 〔莉莉〕

我縮著身體躺在亞特拉斯家的沙發上，因為搬家累壞了。是「我們家」的沙發才對。

我得花點時間習慣這一切。

我請席歐和喬許幫我把愛默生跟我的其他行李打開，因為亞特拉斯昨晚工作到很晚。我要早起，他通常晚歸，但我很期待擁有更多的相處時間，就算只是短暫交錯也好，而且我們每個星期天都可以待在一起。

今天晚上是星期五，明天是星期六，是亞特拉斯最忙碌的兩天，所以由我來招呼喬許和席歐，同時等我媽媽把愛默生送回來。我們三個在看《海底總動員》，已經快看完了。

老實說，我本來以為他們無法把這部電影看完，因為他們是快要進入青春期的孩子，一般來說都想跟迪士尼卡通劃清界線。但我發現Z世代的小孩不一樣。我跟這兩個孩子相處的時間愈多，愈發覺得他們跟以往的世代不同。他們比較不會受制於同儕壓力，更擁護個人的獨特性。我有一點點嫉妒他們。

片尾開始上工作人員名單的時候，喬許站了起來。

「你喜歡嗎？」

他聳聳肩。「一開頭就是殘暴的魚子醬大屠殺，還挺有趣的。」他把空爆米花袋拿到廚房，但席歐眼睛仍盯著電視機。他慢慢搖了搖頭。

我聽完喬許對電影開頭的描述，還覺得很吃驚……

席歐說：「我不懂。」

「喬許關於魚子醬的意見？」

席歐看了看我和電視機。「不是，我不懂亞特拉斯為什麼要對妳說『終於到岸了』那種話。電影裡根本沒有那句話。他告訴我，他是因為《海底總動員》才那樣說的。我看電影的時候，我一直在等某個角色說那句話。」

我很確定，跟亞特拉斯住在一起，一定會有很多事得習慣，但得知他把我們的交往過程告訴這個孩子，我可能永遠也無法習慣。

席歐眼中的困惑，就像電燈突然打亮一切，瞬間消失。「喔，**喔！**因為人生給牠們難題時，牠們仍繼續游下去，所以亞特拉斯的意思是說，人生不再……**好吧**。」他那雙眼睛背後的心智仍在高速運轉。他一面搖頭，一面從地板撐起身體，咕噥說：「我還是覺得很俗氣。」席歐站起來的同時，他的手機震動了。「我得走了。我爸到了。」

喬許回到客廳。「你沒有要在這裡過夜？」

「今晚不行，我爸媽明天早上要帶我去參加活動。」

喬許說：「我也想去參加活動。」

席歐套上鞋子，猶豫著。「嗯，我不曉得。」

「你要去哪裡？」

席歐的眼睛快速看向我這邊，然後看向喬許。「是一場遊行。」他小聲說，但聽起來也有警告的意味。

「遊行？」喬許歪著頭。「你幹嘛怪里怪氣的？怎樣的遊行？是同志遊行嗎？」

席歐嚥下口水，看來他沒有跟喬許討論過這個話題，我替席歐捏把冷汗。但我這幾個月跟喬許相處的時間夠長，我知道他很看重席歐的友誼。

喬許拿起鞋子坐到我旁邊的沙發上，開始穿鞋。「怎樣？我喜歡女生，就不能去參加同志遊行嗎？」

席歐將重心換到另一隻腳。「你可以去，我只是……我不曉得你知不知道。」

喬許翻了個白眼。「席歐，從一個人看的漫畫書，可以瞭解他的許多事。我又不是蠢蛋。」

我說：「**喬許**。」

他從櫥櫃拿了件外套。「抱歉。我今天晚上可以到席歐家過夜嗎？」

喬許在他們兩個的重大時刻，表現得自在愜意，讓我深深聯想到亞特拉斯。

喬許是如此體貼。

但他問我能不能跟席歐一起離開時，這個問題有點難倒我。我的眼睛微微睜大，我也只在這裡住了四天，喬許還沒有因為什麼事徵詢我的同意。亞特拉斯和我也還沒真的訂出規矩來。「好，當然可以，但是要讓你哥哥知道你在哪裡。」

我真的覺得亞特拉斯不會介意。既然我們都住在一起了，就得處理喬許和愛默生的這些事務。誰扮演誰的家長？什麼時候？該怎麼做？這一切挺令人期待的。我好喜歡跟亞特拉斯一起探索人生。

我母親還沒送愛默生回來，所以喬許和席歐離開之後，屋裡從我們搬進來第一次變得安靜而空蕩。我還沒有一個人在這裡獨處過。我花了點時間走過每一間房間，打開櫃子看一看，熟悉新家的感覺。

我的新家。這個說法真有趣。

我走到房屋後面，坐在露台的椅子上，望著後院。這個院子太適合整理出一個花圃了。距離市中心這麼近，居然有這樣一個地方，實在少見。彷彿亞特拉斯刻意找了一間可以打造理想花圃的屋子，只因為我有可能回到他身邊。我知道那不可能是他選擇這間屋子的原因，但想像他這麼做很好玩。

我的手機響起，嚇了我一跳。是亞特拉斯的視訊電話，我先前打過電話給他。

「嗨。」

他問：「妳在做什麼？」

「挑一個適合我打造花圃的地方。喬許想到席歐家過夜，我就讓他去了。希望你不會介意。」

「當然不會。他們有幫到妳嗎？」

「有啊，我們幾乎整理完了。」

亞特拉斯聽了似乎鬆口氣。他伸出一隻手由上往下滑過側臉，彷彿在釋放壓力。看樣子他今天很忙，但亞特拉斯用笑容隱藏疲憊。「愛默生在哪裡？」

「我媽正要把她送回來。」

他嘆了口氣，彷彿無法看她一眼令他傷心。他說：「我已經開始想她了。」他的語氣溫柔輕快，還不大敢承認他已經愛上我的女兒。但我聽出他的意思，而且我要把這些話，還有他對我說的其他貼心話一起記得牢牢的。「大概再過三個小時，我就回家了。妳會醒著嗎？」

「如果我睡著了，你知道該怎麼做。」

亞特拉斯輕輕搖搖頭，嘴角勾了起來。「我愛妳，我很快就回去了。」

「我也愛你。」

我們一掛上電話，我就聽見愛默生可愛的聲音。我馬上轉過身，我媽媽就抱著她站在門口。她臉上帶著笑容，彷彿聽見我跟亞特拉斯的對話。

我站起來，從她手中接過愛默生，愛默生馬上靠緊我。今晚應該會很輕鬆，當她這樣緊摟著我，表示她很想睡了。我向母親示意，要她坐到我旁邊。

她說：「真可愛。」

這是她第一次來訪。我本來是要帶她參觀一下，但愛默生已經用臉摩擦我的胸口，試圖抵抗疲憊感。我想先讓她這樣睡著，再起身。

我母親說：「真是一個適合打造花圃的好地方。妳覺得他是不是刻意挑選這個地方，希望妳回到他身邊？」

我聳聳肩。「我自己也在想這個問題，但我不想先入為主。」我真的聽懂她的問題之後，頓了一下，轉頭看她。**回到他身邊？**我從來沒告訴她，亞特拉斯是我在緬因州就認識的朋友。我直接認定她已經不記得亞特拉斯了。

我以為她不知道現在這個亞特拉斯，是我從前就認識的人。

她看到我臉上的驚訝表情，對我說：「莉莉，那是個特別的名字，我記得他。」

我微微一笑，但我也很困惑，為什麼她從沒提起這件事。我跟他交往超過六個月了，她也跟亞特拉斯見過幾次面。

但我猜這沒什麼好驚訝的。我母親一直有一點難對人敞開心胸。我不能怪她。她有好多年待在一個不讓她發表意見的男人身邊，我曉得，要她學習再度發聲並不容易。

我問她：「妳為什麼沒表示過意見？」

她聳聳肩。「我心想，如果妳想讓我知道，自然會提起。」

「我是想跟妳說，但我也不想讓妳覺得跟他相處很尷尬，畢竟爸爸對他做過那樣的事。」

她把視線從我身上移開，快速掃視後院，靜默了一下。「我沒跟妳提過，我其實跟亞特拉斯講過一次話，算是吧。我提早下班回到家，你們兩個在沙發上睡覺，還真嚇了我一跳。」她笑著說：「我以為妳還是天真爛漫的小女生，結果妳跟一個不知哪來的男孩，躺在我們家客廳的沙發上睡覺。我差一點就要大聲斥責妳，但他醒來的時候樣子好害怕。現在回想起來，他怕的其實不是我，更像害怕失去妳。總之，他默默地迅速離開了。我追了出去，本來想警告他不要再回來。但莉莉，他就……他做了一件非常奇怪的事。」

「他做了什麼？」我的心臟快要跳到喉嚨邊。

她說：「他伸手抱我。」她的聲音帶著一絲笑意。

我的下巴掉下來。「他伸手**抱**妳？妳當場逮到他跟妳女兒在一起，他卻伸手抱妳？」

她點頭。「對，而且是出於理解的擁抱。彷彿他真心替我感到難過，我在他的擁抱裡感受到了。他好像在鼓勵我或安慰我。然後他就……走了。我甚至沒有機會大聲罵他擅自來我家跟妳待在一起。也許他早有盤算，也許那是操控人心的把戲，我不曉得。」

我搖搖頭。「他不是在耍把戲。」**亞特拉斯是如此體貼**。

「我知道妳在跟他交往，我也知道妳沒有隱瞞我，只是不想讓妳爸爸知道，所以我不覺得你們是刻意瞞我。我從來沒有干涉你們，因為莉莉，我很高興看到有人陪在妳身邊。」她指了指我們身後的屋子。「現在瞧瞧這個，他會永遠待在妳身邊了。」

聽了這個小故事，我把愛默生抱得更緊一些。

我母親接著說：「我很高興知道，妳生命中有個男人會給妳那樣有意義的擁抱。」

我故作正經地說：「他不只很會擁抱。」

媽媽不禁笑罵：「莉莉！」她站起身，搖了搖頭。「我要回家了。」

她離開的時候，我自顧自地傻笑，接著用空著的手傳簡訊給亞特拉斯。

我好愛你，你這個傻瓜。

第三十七章

［亞特拉斯］

席歐問：「你真的要這樣？」

我站在鏡子前調整領帶。席歐坐在沙發上，試圖說服我讓他在婚禮前讀我寫的誓詞。「我不會念給你聽的。」

他說：「你會出糗。」

「我不會，我寫得很好。」

「亞特拉斯，拜託啦。我是在幫你。我很清楚，你可能會在最後寫出『請成為我的小魚兒，與我共度餘生』之類的話。」

我笑了。我不知道他怎麼會在兩年後還能想到這些句子。「你晚上不睡覺，躺在床上練習怎麼罵人嗎？」

「沒有，我順口就講出來了。」

有人敲了敲門，把門打開一個縫。「還有五分鐘。」

我又快速再看一次鏡中的自己，然後轉身對席歐說：「喬許在哪裡？我要確定他準備好了。」

「我不能告訴你。」

我把頭歪向一邊。「席歐，他在哪裡？」

「我最後一次看見他，他在涼亭裡跟一個女孩子激烈舌吻。他很快就會讓你當爺爺了。」

「我是他哥哥。我會成為伯父，不是爺爺。」我望向窗外，但涼亭裡沒有人。「請幫我去找他。」

喬許跟我在很多方面很相像，但以那個年紀來說，他跟女生相處起來比我更有自信。他才剛滿十五歲，是我目前最不喜歡的年紀。我很確定，等他明年可以開車了，我會因此老十歲。

我得把思緒轉到其他事情上。我已經開始緊張了。也許席歐說得對，我應該把誓詞再順一遍，確定沒有想修改或增加的內容。

我把紙條從口袋拿出來攤開，然後找了一枝筆，以免最後一刻想修改什麼。

親愛的莉莉：

也許是因爲我習慣了，寫給妳的信不會被其他人讀到，所以剛開始落筆寫誓詞時，我覺得很不容易。想到誓詞要在其他人面前大聲念給妳聽，就覺得有一點可怕。

可是私下念就不叫誓詞了。誓詞是在他人見證下做出的用心承諾，不論是由上帝，還是親朋好友見證。

不過妳一定會好奇（至少我很好奇），誓詞必須公開發表的目的是什麼？我無法不去思考，以前人們究竟遭遇過什麼，才會認定愛必須由他人見證。

那是否表示，曾經有人違背誓詞？有人因此傷透了心？

如果妳眞的坐下來好好思考誓言存在的源由，其實會令妳失望。如果我們相信每個人都會遵守誓言，那就不需要發誓了。那麼人跟人只會單純陷入愛河，停留在愛情裡，忠心耿耿，直到永遠，就這樣。

可是我猜問題就在這裡。我們是人。我們是凡人。人有時候會做令人失望的事。

意識到這一點，讓我在寫誓詞的過程想到另一件事。我開始好奇，如果人們經常令人失望，又鮮少能與所愛之人長相廝守，我們要如何確保我們之間的愛經得起時間的考驗？如果一半的婚姻最後都以離婚收場，那就表示新人的結婚誓詞將有一半遭到違背。我們如何確定我們不是統計數據中的一對？

不幸的是，莉莉，我們無法確定。我們只能懷抱希望。但我們無法保證，今天站在這裡對彼此許下的諾言，不會在幾年後的將來，成爲離婚律師的一份檔案。

我道歉。我發現，這些結婚誓詞讓婚姻像是令人沮喪至極的循環，只有一半的機會走到幸福快樂的結局。

但是對於我這樣的人來說，我覺得那其實有點令人興奮。

其中一半？

一半、一半的機率？

每兩對中的一對？

如果青少年時期有人告訴我，我有一半、一半的機率跟妳廝守終生，我會覺得自己是全世界最幸運的人。

如果有人告訴我，我有百分之五十的機率被妳愛著，我會心想自己究竟做了什麼好事，能如此幸運。

如果有人告訴我，有一天我們會結婚，我會帶妳去歐洲度蜜月、完成妳的夢想。如果我們的婚姻有百分之五十的成功機率，我會立刻詢問妳的戒圍，讓我們踏上這個旅程。

也許愛走到不好的結局，從不同角度切入，也會有不一樣的觀點。因爲對我來說，愛情走到盡頭，代表在某個時間點，愛曾經存在。而在我認識妳之前，我那一段生命裡，愛完全沒有降臨在我身上。

青少年時期的我，不會覺得心碎是一件壞事。我很嫉妒有人能夠深深愛著什麼，深愛到即使失去了也不足爲惜。在認識妳之前，我從未體驗愛是什麼。

而妳出現了，妳改變了一切。我不只有機會成爲第一個與妳相愛的人，也有機會與妳一起經歷心碎。接著，彷彿奇蹟般，我有機會與妳再一次相愛。

一生兩次。

怎麼能有人如此幸運？

經歷這一切的一切，我走到了這裡，「我們」走到了這裡，走到我們結婚的這一天，比我所冀求的人生實在多上太多了。一道氣息、一個吻、一天、一年、一輩子，我能擁有妳給的什麼都好，我發誓，我會珍惜接下來我能幸運與妳共度的每一秒，一如我始終珍惜在這一刻之前，與妳共度的每一秒。

樂觀來看，我們可以一輩子快樂地生活在一起，直到年老體衰。到時我得花一整天去接近妳的嘴唇，給妳一個晚安吻。等到那一天到來，我發誓，我會深深感激我們之間擁有愛，帶領我們共度人生。

悲觀來看，我們明天就有可能再次傷透彼此的心——我知道我們不會，但即使發生了，我發誓，直到死亡那一天，我都會深深感激我們之間的愛，帶領我們向前，直到心碎。如果我的命運是成為統計數據的一對，我也只想跟妳成為那一對。

而妳曾經說我是個務實的人，所以我想用務實的方式為這段誓詞收尾。在我心中，我相信，等我們今天離開這裡，我們的旅程將充滿著山坡、谷地、頂峰和峽谷。有時候，妳需要我牽著妳走下山坡，有時候我需要妳引導我爬到山上，但從今爾後，我們將一起面對一切。莉莉，有妳，有我。無論順逆，無論貧富，無論疾病或健康，從過去，到以後的以後，妳都是我最喜歡的人，始終都是，也始終會是。我愛妳——全部的妳。

——亞特拉斯

我呼出一口氣，紙張在我手裡抖動。這些就是我想要說的話了。於是我把紙張摺起來。這時喬許走進房間，身旁跟著達倫、布萊德、席歐和馬歇爾。

馬歇爾手扶著打開的門。「準備好了？該出去了。」

我點頭，我準備得非常充分了，但我在把誓詞塞進口袋前，決定稍微修改一下。我沒有更動寫好的字句，而是在最後面加上一句話。

附註：請成爲我的小魚兒，與我共度餘生。

致謝

我始終認定，我絕對不會為《以我們告終》這本小說寫續集。我覺得它已經結束在該結束的地方，我也不想再讓莉莉承受更大的壓力。

另一方面，抖音平台上吹起了「#BookTok」的風潮，加上線上請願、訊息和影片，我瞭解到，大部分的讀者不是要我讓書中人物承受更多的痛苦。你們只是希望看到莉莉和亞特拉斯幸福快樂。當我開始嘗試擬出故事大綱，我很快就發現，自己也很需要看到莉莉和亞特拉斯過得幸福快樂。謝謝所有要求我寫續集的朋友們；沒有你們，這本書不會存在。

我有太多要感謝的人了。他們不一定直接促使我寫出《從我們開始》，但這些年來有他們不間斷的支持，我才得以寫出一本我不曾想過有勇氣完成的書。我的親朋好友們、部落客、讀者、出版商、經紀人（無特定致謝順序），我要大聲謝謝你們一路以來的支持，也謝謝你們確保我一直熱愛寫作。

萊維・胡佛（Levi Hoover）、凱爾・胡佛（Cale Hoover）、貝克漢・胡佛（Beckham Hoover）、

希斯．胡佛（Heath Hoover），我在地球上最喜歡的四個男人。沒有你們的鼓勵和支持，我不可能完成一切。

琳．雷諾斯（Lin Reynolds）、墨菲．芬奈爾（Murphy Fennell）、凡諾伊．費特（Vannoy Fite），妳們是我在地球上最喜歡的三個女人。

給書蟲箱（Bookworm Box）和書之盛宴（Book Bonanza）的整個團隊和董事會成員，謝謝你們所做的一切！

給我的經紀人珍．迪斯特爾（Jane Dystel）和蘿倫．阿布拉莫（Lauren Abramo），以及迪斯特爾、戈德里與布瑞特文學代理公司（Dystel, Goderich & Bourret）的整個團隊。

感謝我的編輯梅蘭妮．伊格雷夏斯．培瑞茲（Melanie Iglesias Pérez），謝謝我的公關艾瑞爾．史都華．傅利曼（Ariele Stewart Fredman），並謝謝我的出版人莉比．麥奎爾（Libby McGuire），以及阿垂亞出版社（Atria）的整個團隊。

給史蒂芬妮．柯恩（Stephanie Cohen）和艾瑞卡．拉米雷茲（Erica Ramirez），謝謝妳們協助我實現夢想，總是思考什麼對我最好。我對妳們的愛無以言喻，每一次我走進我們的辦公室，都有回到家的感覺。

感謝潘蜜拉．卡瑞恩（Pamela Carrion）和蘿莉．達特（Laurie Darter）所做的一切，也謝謝妳們每天帶給我歡樂。

感謝西蒙與舒斯特有聲出版社（Simon & Schuster Audio）的團隊，為我的書籍賦予生命。

感謝作家蘇珊・史托克（Susan Stoker）大力提攜其他作家，總是不吝每個星期傳訊息恭喜我們，流通最新消息。

深深感謝以下總是支持我的人士：塔琳・費雪（Tarryn Fisher）、安娜・陶德（Anna Todd）、蘿倫・萊文（Lauren Levine）、莎諾拉・威廉斯（Shanora Williams）、契拉・拉戈斯基・諾斯卡特（Chelle Lagoski Northcutt）、泰薩拉・維加（Tasara Vega）、薇兒瑪・岡薩雷斯（Vilma Gonzalez）、安嘉妮特・格雷羅（Anjanette Guerrero）、瑪莉亞・布萊洛克、泰隆・史密斯（Talon Smith）、喬安娜・卡斯提歐（Johanna Castillo）、珍・貝南多（Jenn Benando）、克莉絲汀・菲利普斯（Kristin Phillips）、艾美・費特（Amy Fite）、金・霍頓（Kim Holden）、卡洛琳・凱普尼斯（Caroline Kepnes）、梅琳達・奈特（Melinda Knight）、凱倫・羅森（Karen Lawson）、瑪麗安・亞契（Marion Archer）、凱伊・邁爾斯（Kay Miles）、琳賽・達莫克（Lindsey Domokur），以及其他許多人士。

感謝書迷們、BookTok 社群、粉絲團 Weblich、部落客、圖書館員，以及所有致力散播閱讀熱情的人們。

最重要的是，感謝每一位曾經花時間傳訊息或撰寫電子郵件，向作者傳達他們的著作對你深具意義的人。你是我們提筆寫作的一大動力。

國家圖書館出版品預行編目資料

從我們開始／柯琳・胡佛（Colleen Hoover）
著；趙盛慈譯. -- 初版. -- 臺北市：大塊文化
出版股份有限公司, 2024.05
332面；14.8×21公分. --（R；102）
譯自：It starts with us
ISBN 978-626-7388-90-7（平裝）

874.57　　113004650

LOCUS

LOCUS